» LA GA

VO

MISS BEE E IL GIARDINO AVVELENATO

Romanzo di
ALESSIA GAZZOLA

LONGANESI

www.longanesi.it

ISBN 978-88-304-6406-3

I edizione novembre 2025
II edizione novembre 2025

MISS BEE E IL GIARDINO AVVELENATO

« Ecco com'è la fortuna: cieca, crudele e ingiusta! »

Apuleio, *Amore e Psiche*

Elenco dei personaggi

A Londra:

Beatrice Bernabò, 22 anni, figlia di un professore di Italianistica
Archer Blackburn, ispettore capo di Scotland Yard, suo marito
Leonida Bernabò, suo padre
Clara Bernabò, sua sorella maggiore, sposata con Mr. Hugh Blunt
Lucilla Bernabò, 9 anni, sua sorella minore
Federico Scandiani, nipote di Leonida Bernabò, medico italiano

Christopher Ashbury, detto Kit, vicino di casa dei Bernabò, nipote di un baronetto, figlio unico
Minerva Ashbury, sua madre
Marie Louise de Seguin, detta Milou, sua moglie
Jeanne Charpentier, zia di Milou

Mr. Fingham, bottegaio di lumi e paralumi in Charing Cross
Mr. Everett Williams, cliente di Mr. Fingham

A Wroxham Hall:

Felix Cartwright, barone di Costessey, erede di Wroxham Hall, cresciuto con Archer Blackburn, aviatore appassionato

Mrs. Sybil Lyndon-West, sua sorella

Sir Tristam Lyndon-West, suo cognato

Mr. Mark Trewalney, avvocato di Kit Ashbury

I figli di Sybil e Tristam (*Pelham* ed *Evander*)

Josephine Miller, attrice, amica di Sybil

Elizabeth Baird Maddock, amica di Sybil

Colin, suo figlio

Julian Lennox, undicesimo visconte di Warthmore

Andrew Lennox, suo fratello, morto in guerra nel 1917

Octavia Charteris, promessa sposa del visconte di Warthmore

Catherine Charteris, sua cugina

Sergente Anthony Webb, della polizia di Norwich

Geneviève de Vanancour, amica intima di Minerva Ashbury

Miss Banks, impiegata nella drogheria locale

Theodora, cane di razza whippet appartenente a Sybil Lyndon-West

LONDRA, PRIMO GIORNO DI AGOSTO DEL 1925

1 C'è un viavai in Queen's Gate

Per la prima volta dopo tanti mesi, qualcuno stava aprendo il portoncino del numero 53 di Queen's Gate, nella casa in stile georgiano che apparteneva a Minerva Ashbury e a suo figlio Christopher.

Ben due autovetture avevano affiancato la balaustra laccata di nero e, da quelle, fattorini dalla pelle bruna con tuniche di lino chiaro, gilet scarlatti e turbanti sul capo stavano scaricando voluminosi bauli portandoli dentro l'edificio.

Beatrice Bernabò osservava la processione, lo sguardo oltre il bovindo. Nel petto sentiva qualcosa di imprevisto e fastidioso, come una vecchia frattura che fa male quando cambia il tempo.

« Sembra che gli Ashbury siano tornati dall'India, dopo meno di un anno. Non è strano? » disse alla sorella maggiore.

Clara le restituì uno sguardo neutrale. « Forse hanno venduto la casa, di questi tempi non mi sorprenderebbe. Oppure anziché lasciarla disabitata l'hanno offerta a un amico di famiglia » proseguì, alzando brevemente il capo dal ricamo su cui era all'opera.

Sì, quelle di sua sorella erano di certo le ipotesi più probabili. Beatrice aveva sempre pensato che gli Ashbury non sarebbero tornati chissà per quanto tempo, dopo che Kit era partito alla volta dell'India per occuparsi delle proprie miniere. Aveva ormai smesso di pensare con insistenza a quei vicini di casa troppo vicini, come invece faceva una volta, quando ribolliva per il modo in cui entrambi sembravano averla messa da parte senza rimpianti.

« Non dovresti tornare a casa tua a preparare la cena? »

Per certi aspetti, nonostante le proprie personali vicissitudini, Clara restava vittoriana nel midollo. Beatrice alzò gli occhi al cielo. Era sposata da aprile con l'ispettore capo di Scotland Yard Archer Blackburn. Quest'ultimo poteva permettersi i servigi di Mrs. Catton, che preparava la cena e rassettava il piccolo appartamento. Ma adesso che l'ispettore capo non era più un irriducibile scapolo, la domestica si aspettava che la sposina contribuisse fattivamente all'economia familiare. E, a quanto pareva, anche Clara lo dava per scontato.

Ma per fortuna, non Archer.

Beatrice controllò l'ora: erano passate le sei, c'era ancora luce fuori. Tornando a Yeoman's Row non avrebbe di certo trovato Archer a casa. E la cena preparata da Mrs. Catton (cui aveva deciso di dare carta bianca chiedendole di attenersi ai gusti di Mr. Blackburn) era solo da scaldare sul fornello.

La vita di Beatrice era scandita in due metà esatte, come quella di Psiche nel racconto di Apuleio.

Di giorno niente era cambiato rispetto a quando era Miss Bernabò. Anzi, era più libera di prima, perché almeno adesso non doveva cedere alle insistenze di suo padre Leonida di trovarsi un impiego in un ufficio, occupazione che lui riteneva più adatta a lei.

Suo marito (era, quella, la definizione più assurda di tutte) le aveva detto di scegliere lei stessa come preferisse trascorrere le ore e lei dubbi non ne aveva mai avuti: voleva stare nella sua soffitta, come un tempo, in mezzo a paralumi di ogni foggia. C'era sempre qualcosa da fare: una volta alla settimana andava alla ferramenta di Bethnal Green a prendere le armature, un'altra a far incetta di preziosi scampoli da Fairbank's, un'altra ancora a Charing Cross per consegnare i paralumi confezionati a Mr. Fingham, che li rivendeva a sommette tutt'altro che disprezzabili: consentivano a Beatrice di rimpinguare il proprio borsellino senza che per le proprie spese personali fosse costretta a mendicare oboli al padre o al marito, evenienza che riteneva oltremodo umiliante. Pranzava poi con il padre che tornava dall'università e con Clara, nei giorni in cui la sorella non doveva rimanere di turno nella scuola per signorine presso cui aveva ripreso a insegnare dopo che Hugh, suo marito, le aveva comunicato di non volerla più per moglie. Date le circostanze crudeli in cui Hugh aveva preso quella posizione, cioè a seguito dell'ennesimo aborto di Clara, esitato in un intervento che non le avrebbe mai più consentito una gravidanza, in casa Bernabò Hugh non si poteva più nominare e, se proprio occorreva riferirsi a lui, lo si faceva usando il termine « lo straniero ».

Adesso, però, erano nel pieno dell'estate. Le lezioni erano state sospese e il tempo da trascorrere insieme sarebbe aumentato.

Di sera, Beatrice cessava di essere Miss Bernabò e diventava Mrs. Blackburn.

E la faccenda si faceva complicata.

Tuttavia, pensò Beatrice in quel momento, accogliere il suggerimento puntuto della sorella e rientrare in Yeoman's Row poteva offrirle la scusa per scoprire qualche particolare sul misterioso trasloco in atto in Queen's Gate.

Si mise le mani sui fianchi per poi rimuoverle subito dopo, quando ricordò che non era gesto da donna raffinata. « Sai che hai ragione, sulla cena? Meglio che vada » disse, spigliata.

Clara inarcò un sopracciglio con scetticismo, come sorpresa da tanta prontezza.

Un trillo aggressivo le fece sussultare: a casa Bernabò era arrivato il telefono. Non si erano ancora abituate.

« Sarà Lady Charteris, come al solito » disse Clara, con un cenno velatamente critico. Beatrice sapeva che la sorella disapprovava la sua amicizia con Octavia. « Che avrete da dirvi ogni santo giorno... »

« Mrs. Blackburn, c'è Lady Charteris al telefono » venne ad avvisarla Mrs. Pratt, la governante dei Bernabò. « Come volevasi dimostrare » commentò Clara con un sospiro. « Non attardarti, Beatrice. Non è il caso di far aspettare tuo marito. »

Beatrice la guardò silenziosa. Suo marito non la aspettava affatto. Poi raggiunse il telefono, prese la cornetta nera e disse: « Milady ».

« Mi confermi che gli Ashbury sono rientrati dall'India? » esordì quest'ultima, senza perder tempo in formalità.

« Oh. Suppongo sia possibile: c'è un viavai di gente da tutto il pomeriggio. Mi sorprende però che la cosa ti interessi. »

« Ho visto che Jules ha ricevuto un biglietto da parte di Kit. »

« E lo hai letto? » s'informò Beatrice.

« No, era ancora sigillato. »

« Davvero questo potrebbe fermarti? »

« Non ho alcuna intenzione di litigare con Jules per inezie. Le cose non sono facili già così. »

Il matrimonio tra Julian Lennox e Octavia sarebbe dovuto avvenire tre mesi prima, ma era stato rinviato a causa dell'intempestiva morte di una zia di Octavia, sorella del padre, che le aveva fatto da madre, e la cui perdita era inconciliabile con qualsivoglia festeggiamento.

Beatrice preferì non commentare e Octavia proseguì: « Ma la lettera di Kit arrivava dall'Inghilterra, non dall'India, sicché mi sono insospettita e mi sono detta chi meglio di te a cui chiedere. Del resto sei sempre in Queen's Gate, di certo molto più che nella tua nuova dimora. Le cose non devono essere semplici nemmeno per te, nevvero, Miss Bee? »

Presa in contropiede, Beatrice capì di non voler parlare di sé. E nemmeno di Archer. E nemmeno di Julian. Così le disse: « È la vita, Milady. Non le aggrada essere facile. Per questo ci distraiamo con il gossip. Quanto agli Ashbury, non te lo farò mancare ».

« Brava. Ti aspetto. »

Prima di lasciare Queen's Gate, Beatrice fece il giro dei saluti ai familiari: un bacio alla sorellina minore Lucilla, uno al caro padre Leonida che era assorto in un racconto di Joyce intitolato *The Dead* e che in genere rileggeva nei momenti di serenità per non abituarcisi troppo.

« Beatrice, c'è una cosa che dovresti sapere. Sono andato a parlare con il nuovo ambasciatore, chiedendo verifiche sulla tua ingiunzione di rimpatrio. »

A Beatrice si scatenò il batticuore. Benché appartenesse al passato, quell'odiosa rappresaglia di cui era stata vittima la feriva ancora al solo pensarci.

« Il matrimonio mi mette al riparo. In Italia niente hanno potuto obiettare e questionare nei confronti della moglie di un inglese. »

« E vorrei ben vedere. Ma finché l'ingiunzione resta in sospeso, la tua posizione è eccepibile e sospetta. Pertanto, lotterò affinché quella carta venga riconosciuta come ingiusta e affinché venga rimossa ogni accusa a tuo carico.»

Di certo sarebbe stato preferibile, convenne Beatrice. Il fatto che l'artefice di quella vile calunnia, il precedente ambasciatore – peraltro, vecchio amico di suo padre –, fosse stato infine allontanato dal suolo inglese non era sufficiente a farla sentire del tutto tranquilla. «Per esempio» proseguì il padre, «non sarebbe sicuro per te rientrare a Firenze.»

«Perché dovrei?» trasecolò Beatrice. Era un'ipotesi che non prendeva in considerazione quasi mai.

«Perché potresti averne legittimamente voglia. È il luogo in cui sei nata. Potresti decidere di far visita ai tuoi nonni. Per un'ultima volta, oso aggiungere.»

«Forse dovrei, prima o poi» ammise Beatrice, intristendosi.

«Non mi sfugge che tu e il tuo sposo non avete goduto di un viaggio di nozze.»

«È solo rinviato.»

«Per l'appunto. Sono certo che un uomo colto come Archer Blackburn gradirebbe visitare l'Italia.»

«Confido di sì.»

«La buona notizia è che il nuovo ambasciatore ha tutto l'interesse a dimostrare quanto pessimo fosse il suo predecessore, così che non ci voglia poi molto ad apparire migliore di lui» sogghignò infine Leonida. «Mi ha promesso che se ne occuperà personalmente. Non è stato difficile convincerlo della tua probità, Beatrice, giacché per fortuna nostra e sua non ti conosce.»

Beatrice roteò gli occhi. «Oh, papà...»

«In più, l'essere moglie di un inappuntabile ufficiale di Scotland Yard depone a tuo favore.»

Il padre non poteva saperlo, ma se fosse riuscito a ottenere la cancellazione della richiesta di rimpatrio, sarebbe venuta meno anche la ragione che teneva in piedi il suo matrimonio. Chissà cos'avrebbe preferito, Leonida: vedere la figlia minore pubblicamente accusata di spionaggio o ritrovarsi in casa un'altra figlia, dopo Clara, con stato civile divorziata?

«Oh, certo. Lo immagino» ribatté con una punta di irritato

sarcasmo di fronte al fatto che dovesse essere sempre la posizione di un uomo la miglior garanzia per una donna. E al contempo, anche con un po' di fretta. Salutò il padre sbrigativa: doveva uscire o si sarebbe persa le novità in Queen's Gate.

E in effetti, se le perse. La sua curiosità sulla casa degli Ashbury rimase insoddisfatta. Aveva rallentato appositamente il passo, si era guardata attorno, ma non vide né Kit né Minerva. E così non le restò che tornare in quella che, a rigore, era effettivamente casa sua: l'appartamento di Archer Blackburn in Yeoman's Row.

2 Yeoman's Row

Beatrice infilò la chiave nel portoncino affacciato su Yeoman's Row e salì i gradini fino all'ultimo piano. Prese dal mazzo la seconda chiave, aprì l'ingresso e trovò le stanze vuote.

Era una casa piccola ma molto singolare e ben lontana dall'essere umile.

Un precedente inquilino aveva fatto dipingere le pareti di un bell'azzurro scuro e polveroso, che mostrava tutti i segni degli anni ma resisteva e cambiava tonalità in base alla luce. Era un colore pretenzioso, da *dining room* di certe case abbienti di Belgravia. Beatrice lo amava in modo particolare.

La sala era raccolta, con un tavolo rotondo di legno di ciliegio tirato a lucido e quattro sedie. Poggiata alla parete c'era una libreria, piena di volumi perché Archer leggeva molto.

C'erano poi due poltrone tappezzate di velluto verde davanti al caminetto. Beatrice sospettava che Archer avesse acquistato la seconda solo in vista delle nozze e, quando glielo aveva domandato, Mrs. Catton l'aveva confermato. Beatrice aveva portato con sé i paralumi che amava di più, i più eccentrici che avesse realizzato, dalla foggia di pagode barocche, composti da ritagli di tessuti diversi tenuti insieme da passamanerie sgargianti e ornati da frange di perline di vetro. Ad Archer erano piaciuti molto, o così aveva detto.

Nell'appartamento c'era poi una minuscola cucina con un fornello, una ghiacciaia e una dispensa.

E c'era una camera da letto, una sola.

Con un solo letto, uno solo.

L'argomento era stato affrontato dai due fidanzati ancor prima del giorno delle nozze.

Archer insisteva che fosse lei a occupare la stanza; Beatrice, per conto suo, si sentiva un'usurpatrice di materassi e riteneva indecoroso che lui dormisse in siffatta scomodità a casa propria, tanto più che aveva già il merito di averla letteralmente salvata da un'ingiunzione di rimpatrio in Italia e tanto più che poi gli toccava lavorare tutto il giorno. Lui aveva replicato che sarebbe stata una scomodità momentanea: era evidente che avrebbero dovuto cercare un'altra casa, a breve, in cui ognuno disponesse di una propria camera. Così, per il momento, Beatrice dormiva nel letto di Archer e Archer dormiva su un letto da campo pieghevole che la mattina riponeva al suo posto per non insospettire Mrs. Catton, alla quale era stato detto che sarebbe servito nel caso in cui Mrs. Blackburn volesse ospitare la sorella minore.

Animata dai sensi di colpa per la situazione, Beatrice cercava ogni giorno una nuova casa. Archer, invece, sembrava non avere alcuna fretta; o forse era troppo occupato con il lavoro per star dietro a tutti gli appartamenti che Beatrice era desiderosa di mostrargli.

Pertanto, non avevano ancora trovato una valida alternativa a Yeoman's Row.

Per Beatrice non era una bella sensazione trascorrere la sera e la notte in una casa che non riusciva a sentire come propria, nonostante l'ispettore capo fosse gentile e le avesse messo a disposizione qualunque risorsa materiale fosse in grado di offrirle.

A parte gli aspetti pratici, tuttavia, l'ispettore capo rimaneva sulle sue.

Stava fuori il più possibile, come se a sua volta non si sentisse più a suo agio nella propria abitazione. Dopo cena si immergeva nella lettura o ascoltava la radio. Poi rifiutava l'aiuto che lei offriva per l'allestimento del letto da campo e ogni sera l'ultima frase che le diceva, guardandola dritta negli occhi, era: « Buonanotte, Beatrice ».

Lei apparecchiò la tavola con i piatti e i tessuti che appartenevano al suo corredo da ragazza italiana di buona famiglia. La zuppa di Mrs. Catton sobbolliva sul fornello. Fuori c'era ancora luce, ma dentro casa avanzava la penombra, così lei accese una lampada prima di sedersi sulla sua poltrona con una delle camicie di Archer, per rammendarla.

Quando lui rincasò era ormai quasi ora di cena. All'udire i suoi passi lei si alzò dalla poltrona, tenendo tra le mani la camicia.

« Buonasera, ispettore capo. »

Lui le sorrise fugacemente e prima ancora di salutarla indicò l'indumento. « Ne abbiamo già parlato, non siete qui per farmi da serva. »

« Ma mi allieta molto fare qualcosa per voi. Non mi sento una serva. E poi, ve lo dico onestamente, Dio solo sa quanto il vostro guardaroba abbia bisogno di una revisione. »

Lui, un po' mortificato, abbassò il capo dai capelli di un bel colore biondo scuro.

« Be'... allora grazie. » Restarono in silenzio e infine dissero, in contemporanea: « Com'è stata la vostra giornata? »

Ridacchiarono nervosamente.

Beatrice rispose quindi per prima: « Normale ».

Archer la osservò con attenzione, infine replicò: « Siete andata da Mr. Fingham? »

« No, però stamani sono stata da Fairbank's a cercare dei nuovi tessuti. In Charing Cross da Mr. Fingham andrò domani. »

Lui annuì, mentre Beatrice si spostava in cucina a prendere la zuppiera per portarla a tavola, al cui centro c'era un vasetto con dei fiori recisi estivi e una candela accesa. Quell'allestimento non aveva altri fini se non il portare un po' di tenerezza in una vita coniugale posticcia.

« La vostra giornata, invece? » domandò lei.

« La mia giornata... normale, grazie. »

Si sedettero quindi a tavola, con quel sottile imbarazzo di ogni sera. Con Beatrice che ricordava di dover tenere dritta la schiena come se Clara fosse lì davanti a lei a sgridarla. Sfiorarsi casualmente, come stava accadendo in quel momento in cui il ginocchio di Beatrice lambiva quello di Archer, li faceva scivolare in scuse maldestre. Quella convivenza era come respirare per tutto il tempo con il diaframma contratto e il fiato spezzato a metà.

La serata trascorse poi al solito modo: lui leggeva, lei ricamava. Non aveva mai ricamato così a lungo ma allo stesso tempo non aveva mai commesso tanti errori che la costringevano a scucire i punti e a ricominciare da capo.

Beatrice aveva avuto tutto il tempo di capire e valutare bene ciò a cui sarebbe andata incontro sposando Archer Blackburn. Tutto il tempo di porre sui piatti della bilancia cosa comportava quel matrimonio che altro non era che l'attesa di un divorzio.

Si era tormentata chiedendosi se fosse meglio tornare in Italia da nubile o rimanere in Inghilterra da futura divorziata e aveva fatto la sua scelta: si era aggrappata a quella mano che l'ispettore capo le aveva teso. Trascorsi i mesi, Beatrice poteva confermare l'assenza di altro scopo che non fosse permetterle di rimanere sul suolo inglese.

Per dirla tutta, si sentiva più che altro ignorata. Se mai le era nato dentro il sospetto che Archer provasse qualcosa per lei, qualcosa di più misterioso e travolgente di una semplice tenerezza, quel sospetto (che, a essere pienamente onesta con se stessa, la stuzzicava) era stato scacciato tuttavia da ogni evidenza: lui faceva di tutto per evitarla e, nonostante gli sforzi di Beatrice di rendersi utile o meglio invisibile per non essere di peso, Archer sembrava desideroso di trascorrere meno tempo possibile con lei.

Beatrice sollevò lo sguardo dal ricamo per sbirciare un istante il marito, come faceva di tanto in tanto.

C'era una V tracciata tra le sopracciglia di Archer mentre leggeva un passaggio di *Memorie dal sottosuolo.*

Senza distogliere lo sguardo dal libro, Archer socchiuse le labbra imperdonabilmente perfette e infine domandò: « C'è qualcosa che volete dirmi? »

« No » ribatté lei, tornando a ricamare, imbarazzata. Dunque se n'era accorto. « Vi piace il vostro libro? » gli chiese, schiarendosi la voce.

A quel punto Archer mise da parte il volume, la guardò e insisté: « Volete dirmi qualcosa, Miss? »

Miss. Come se non fosse mai diventata Mrs. Blackburn.

Beatrice lo guardò a sua volta. Prese il cestino e vi ripose il ricamo.

« Mi ritiro, ispettore capo. » Non l'aveva mai invitata a chiamarlo semplicemente Archer. Era come se gli stesse a cuore che niente cambiasse rispetto a prima.

Lui poggiò il libro sul tavolino di fianco alla poltrona. Implicitamente, il messaggio era che doveva prendersi il proprio giaciglio. Entrarono nella stanza e Archer si chinò per tirare fuori da sotto il letto la brandina pieghevole. Sotto la camicia si disegnò la curva delle sue spalle che Beatrice osservò con un'insistenza che non si seppe spiegare. O meglio, sì. Era semplice: suo marito era bello da guardare. Di una bellezza sleale.

Archer si diresse infine in salotto e aprì la brandina al centro. Al termine dell'operazione le si parò di fronte in tutta la sua altezza. Beatrice gli porse le lenzuola e il cuscino impregnati del suo odore: tabacco fresco e caramelle alla liquirizia.

Prese dalle sue mani le lenzuola e il cuscino e le disse, come ogni sera: « Buonanotte, Beatrice ».

Lei rispose a sua volta, secca: « Buonanotte ».

Tornò nella camera da letto, e vide la sveglia di Archer. Anche quella veniva riportata sul comodino per non insospettire Mrs. Catton. Era una precauzione suggerita da Beatrice, cui stava a cuore che la donna di servizio non sospettasse come stessero davvero le cose. Le rimaneva il timore, di certo dettato dall'ansia di tutti gli eventi che avevano portato alle nozze, che si venisse a sapere che era solo uno stratagemma per evitarle il rimpatrio. Che qualcuno facesse la spia, insomma. C'era più di una persona che aveva ragione di togliersi un sassolino dalla scarpa con lei.

Beatrice rispuntò in salotto e trovò Archer con le mani sulla cintura che si era appena slacciato. Mentre la sfilava dai passanti, fissandola negli occhi, le chiese: « Sì? »

Non era niente di sconcertante, in fondo, una cintura aperta su una patta chiusa, però lei voltò di lato lo sguardo e allungò la mano porgendogli l'oggetto.

« La vostra sveglia. »

« Si è guastata » commentò lui, asciutto.

« E come farete, domattina? »

« Non mi serve, in realtà. Non riesco mai a dormire oltre una certa ora. »

Era vero, pensò Beatrice. Anche la domenica, quando lei spuntava dalla camera da letto, lui era già sveglio e vestito di tutto punto.

« Allora me la riporto di là, a fingere di funzionare. Anche lei. »

Archer annuì, confuso e immobile, con la cintura tra le mani, e lei represse ciò che avrebbe voluto dirgli a quel punto. E cioè che iniziava a credere che dapprincipio si fosse lasciato trasportare dalla generosità ma che adesso si fosse amaramente pentito dell'aiuto che le aveva offerto.

Si avviò verso la camera da letto, poi si voltò di nuovo e gli disse, sconfortata: « Ispettore capo, io preferirei che voi... dormiste nel vostro letto ».

Lui aggrottò la fronte. « Con... voi? » Il tono di Archer era al contempo stupito e sfrontato mentre la guardava dritto negli occhi in maniera così penetrante che alla fine lei si mordicchiò il labbro e rispose: « Il letto è grande abbastanza per far sì che non ci sfioriamo nemmeno per sbaglio. E tuttavia... detesto riportarvelo alla mente, ma se quello che mi avete detto è vero, e cioè che voi non... » Si interruppe, naufragando di fronte a quell'enorme scoglio. Ma alla fine riuscì a dire: « Se voi non potete... sedurmi, il problema non esiste ».

Archer inarcò un sopracciglio al sussurro della parola *sedurmi* e le domandò con aria angelica: « Pensate che vi abbia mentito? »

« Lo avete fatto? »

Lui scosse il capo come atterrito alla sola idea che lo si potesse tacciare di menzogna, per quanto sarebbe stata ben preferibile alla realtà. « No. »

« Allora perché insistete con questa tristissima decisione? »

Gli occhi si fecero inespressivi quando le rispose: « Condividere il letto è un atto intimo. A prescindere dal fatto che io voglia o possa sedurvi o meno ».

Beatrice sussurrò: « È un atto che vi infastidisce? »

Lui sgranò gli occhi. Aveva ancora la cintura tra le mani e la lasciò cadere sul letto di fortuna. La guardò come se davvero non capisse e ripeté, lentamente: « Fastidio? Beatrice, me ne dolgo, ma allora non ci siamo compresi. Non volevo farvi pesare la situazione ».

Archer non gliela faceva pesare. Anzi, cos'altro avrebbe potuto chiedere all'uomo che si trovava davanti?

« No, non mi avete fatto pesare nulla. Sono io a sentirmi in difetto. »

« Non dovete. Sono stato io a proporvi questa soluzione. »

« E ve ne siete pentito. » Non era una domanda.

« No » replicò lui, con calore.

« Però... »

« Però? » insisté lui.

« Siete a disagio in casa vostra. »

Archer non rispose subito. Si prese del tempo come per scegliere bene cosa dire, e in che modo dirlo. « Io sono a disagio *con voi*. Non passa giorno senza che mi chieda se questo matrimonio è stato veramente la scelta migliore... *per voi*, Beatrice. »

Lei parve confusa. « Ispettore capo, senza il vostro aiuto a quest'ora io e la mia famiglia saremmo tutti in Italia sospettati di spionaggio. Come potete avere dubbi che fosse la soluzione migliore? »

Archer esitò un istante prima di replicare: « D'accordo. Ma non siete in debito e se lo preferite, come già vi ho detto altre volte, potreste tornare a dormire a casa di vostro padre, anche solo per qualche giorno, se temete di dare nell'occhio ».

Beatrice si sentì umiliata. Era evidente: era pentito e lei non riusciva a passarci sopra.

Fece un sospiro sconsolato e gli rispose: « Va bene. Tornerò per un po' a casa di mio padre ». Lui annuì, come soddisfatto. « Dormite bene, ispettore capo. »

Beatrice si rintanò in quella stanza che non era sua, si cambiò, si spazzolò i capelli, si lavò i denti e il viso nella bacinella e si coricò in quel letto che non era suo.

La mattina filtrò dalla finestra e Beatrice si destò. Controllò l'ora sull'orologio che c'era sul cassettone di legno e che forse, con la sveglia rotta, era l'unico affidabile. Erano le otto passate, orario indecente che seguiva una notte di sonno frammentario e turbolento.

Si alzò e si sciacquò il volto; indossò la vestaglia color rosa antico e uscì dalla camera da letto con la naturalezza di chi si aspetta di trovare la casa vuota.

Sul letto da campo c'era invece Archer, ancora addormentato, abbracciato al cuscino a pancia in giù.

Sul viso di Beatrice affiorò un sorriso al pensiero di quando aveva detto di non aver bisogno della sveglia. Inclinò il capo, concedendosi di osservare, di nascosto, la schiena nuda (era liscia, tesa e possente) e, al di là di quella, i fianchi affilati. I capelli erano arruffati, le sopracciglia prive della solita aria da *so tutto io* e sul viso poggiato sul cuscino le labbra disegnavano un broncio sensuale da dio della voluttà che Beatrice guardò ipnotizzata.

Le accelerò il battito quando risolse che andava svegliato.

« Ispettore capo » mormorò.

Lui non si mosse, così che lei lo chiamò di nuovo e osò toccargli una spalla, stavolta sussurrando dolcemente per la prima volta nella sua vita: « *Archer* ».

L'ispettore capo emise un pigro mugugno che poteva essere in pari misura di piacere e sofferenza e schiuse le palpebre. La guardò confuso, mormorò: « Beatrice » e le rivolse un sorriso che sembrava invitarla a distendersi accanto a lui, dimenticando tutte le complicazioni. Si era come aperta una crepa magica, ma lei ebbe appena il tempo di rispondere a quel sorriso che già era svanito e la crepa richiusa.

Lui si girò su un fianco, il lenzuolo scivolò appena scoprendo i due muscoli obliqui che si dirigevano verso l'inguine e prima che svelasse altro lei si voltò arrossendo. Che peccato. Fosse stato ancora addormentato, non se lo sarebbe perso. E che ipocrita a voltarsi, pensò di se stessa. Come se non lo avesse guardato con curiosità fino a un attimo prima. C'era però anche un'altra ragione: lei era senza cipria e le dispiaceva l'idea che lui la vedesse con la vistosa cicatrice che aveva sulla guancia senza che fosse almeno un po' attutita dal trucco.

« Scusatemi ma... è tardi e voi non vi siete svegliato. Oggi porterò la vostra sveglia ad aggiustare » proseguì, con voce tremante. « Se però non si potesse sistemare, ve ne comprerò una nuova. »

« D'accordo » disse lui, pieno d'imbarazzo.

« Allora io torno in camera, così voi potrete vestirvi » disse lei. Beatrice percepì che nel frattempo lui stava armeggiando per cercare i propri indumenti.

« Vi ringrazio » rispose Archer, distante di una misura che si stava ampliando sempre di più.

Lei si fece coraggio e si girò di scatto per guardarlo negli occhi, con sfida. In quel momento lui si stava passando una mano tra i capelli e non si aspettava che lei si voltasse all'improvviso, con un inspiegabile cipiglio da furia, annunciando: « Stasera non tornerò, dunque ».

La scapigliata sonnolenza di Archer si dissolse quando le rispose, dolcemente: « Beatrice, voi siete libera. Di andare o di restare. Di tornare o di non tornare ».

A volte le sembrava che la libertà fosse il mezzo attraverso cui lui intendeva lavarsi le mani di lei.

« E ciascuna opzione è per voi indifferente? » gli domandò, senza traccia di sentimento.

« Ha importanza? Questo matrimonio non è una relazione. »

« Nessuno potrebbe mai immaginare fino a che punto non lo sia » constatò Beatrice, in un flebile sussurro.

Archer sgranò gli occhi. A voce bassa e dubbiosa le domandò: « State dicendo che ve ne dispiace? »

Beatrice fu certa, allora, di essere andata oltre. « No. A volte mi sento solo... confusa. Recito così insistentemente la parte della moglie che, alla fine, quasi ci credo. »

Mentre si abbottonava la camicia Archer replicò con oscura ironia: « Manca un certo fondamentale adempimento, per crederci fino in fondo ».

« Che ci crediate o no, ispettore capo, non mi serve *quell'adempimento* per regolare la mia condotta nei vostri confronti. »

« Cosa cui occorre porre rimedio. »

« All'adempimento? » balbettò Beatrice.

Lui incurvò le labbra in un sorriso che, se lei non lo avesse conosciuto, le sarebbe sembrato malizioso, e la corresse: « Alla condotta deferente ».

Beatrice fece un profondo respiro. « Sono troppo deferente se vi dico che farete tardi al lavoro? »

« Questo ormai è inevitabile. »

« Allora... vi lascio preparare. »

Gli occhi di Archer si fecero volutamente inespressivi. « D'accordo. »

Beatrice si era accostata alla porta della stanza da letto. « Ci rivedremo tra qualche giorno. »

Lui annuì con la testa bassa. I capelli gli ricaddero sulla fronte mentre le rispondeva: « Quando vorrete ».

Lei si richiuse dentro in preda a uno stato d'animo di cui faticava a comprendere i contorni.

Fissò la sveglia e, mentre lo faceva, lo riconobbe: era tristezza. Nient'altro che tristezza.

3 Un ritorno

V'era di nuovo un viavai di gente che entrava e usciva dalla casa degli Ashbury, e se quel trambusto distraeva Beatrice dal ricamo, nessun effetto aveva su Clara, che stava leggendo *The Enchanted April* di Elizabeth von Arnim.

Beatrice controllò l'ora: erano passate le sei, c'era ancora luce fuori.

« Non resisto. Esco con una scusa per curiosare. »

Clara arricciò le labbra. « Perché questa curiosità, poi. »

Perché il tempo era trascorso ma non era stato sufficiente a lavare le offese e a lenire le ferite che entrambi gli Ashbury, madre e figlio, le avevano inferto. E se poteva accettare che i sentimenti di un ragazzo potessero rivelarsi incostanti, lo stesso non avrebbe mai pensato dei sentimenti di materna affezione che Minerva le aveva mostrato in tutti quegli anni. Adesso le ronzava dentro la tentazione di poterla finalmente rivedere anche se non sapeva cosa dirle né come farlo. Di certo più per una chiusura, che le era mancata, che per una riapertura.

Infine Beatrice uscì, a passo studiatamente lento per cogliere altri dettagli di quell'inatteso ritorno che sulla carta non aveva alcun motivo di interessarle, Clara aveva ragione, ma che tuttavia catturava la sua attenzione. Si guardò attorno, ma non c'erano informazioni aggiuntive da trarre rispetto a quanto non si potesse già appurare dal salotto di casa. Mentre si voltava per rientrare dall'altro lato di Queen's Gate, si sentì chiamare.

« Bee! »

E lei si voltò, riconoscendo quella voce. Se l'era cercata, nondimeno scoprì di tremare.

« Ciao, Kit. » Era fermo lì sulla strada, con un completo di lino bianco che rimarcava il volto abbronzato e i capelli schiariti dal sole dell'India. Al dito un anello, nuovo, di indicibile pessimo gusto e, al guinzaglio, Uther Pendragon con la lingua tra i pochi denti che gli restavano e negli occhi una ferocia indomita che si poteva solo attribuire alla avversa permanenza nelle Indie Orientali.

C'era tra Kit e Beatrice un imbarazzo logorante, eppure, pensò lei, che strano, non gli porto nemmeno rancore.

« E così... siete tornati » disse, spostando lo sguardo sull'anziano cagnetto pechinese e chinandosi per accarezzarlo a proprio rischio e pericolo.

« Sì. Tu... voi... come state? »

« Bene. Tutti bene, grazie. » Anche se in pochi mesi ne erano successe di tutti i colori. « Tua madre? »

« Oh, non ne poteva più dell'India. Temperature inadatte a lei. »

« Di certo le sono più confacenti i climi freddi. I tuoi affari vanno bene? » s'informò poi lei, senza reale interesse.

« Molto. Molto bene. Anche troppo. »

Il solito spaccone, pensò annoiata.

« Sto cercando di diversificare i miei investimenti e stavo anche valutando di comprare una tenuta. »

Beatrice corrugò la fronte. Ricordava bene che se c'era qualcosa che Kit desiderava ossessivamente era equipararsi ai Landlord da cui discendeva ma da cui era sempre più lontano per le crudeli leggi dinastiche che di generazione in generazione ridimensionavano prestigio e fortune dei figli cadetti.

Dunque, Kit aveva accumulato in meno di un anno una fortuna tale da potersi permettere una proprietà; era proprio vero, come lui le aveva sempre detto in un passato che sembrava adesso ancora più lontano di quanto non fosse, che in India si poteva riscrivere il proprio destino.

« Congratulazioni, Kit » disse quindi Beatrice, compita. Il cielo si stava velando di nuvole di passaggio. « Adesso però... » proseguì, allungando lo sguardo verso la strada, ma lui la interruppe.

« Sai, io mi sono sposato. »

Beatrice accolse la notizia con indifferenza. « Sono felice per te. »

« Si chiama Milou. È venuta con me dall'India... sono certo che le farebbe piacere incontrarti... come anche a mia madre salutarti. »

Al sentire evocare Minerva Ashbury, Beatrice fibrillò. E Kit stava diventando fin troppo amichevole, quando invece di amicizia tra loro proprio non si poteva parlare. Tutta quella familiarità dimentica dei loro pregressi era straniante. « Non è proprio il caso » obiettò Beatrice, sorpresa dalla propria durezza.

Kit abbassò lo sguardo sulle sue scarpe lucide. Facendosi serio, anche se esitante, le disse infine: « Io... credo di doverti delle scuse ». Lei, che non si aspettava minimamente quell'uscita e che si stava già accingendo a tagliarla lì, sgranò gli occhioni ambrati. « Dico sul serio » aggiunse Kit, come se – giustamente – non si aspettasse di poter essere percepito sincero.

« In merito a cosa, Kit? » lo interrogò Beatrice, con aria di sfida.

« Agli eventi del nostro comune passato » rispose lui, con piccoli timidi segni di vergogna.

« Tutti? » incalzò lei, animata da un coraggio imprevedibile. « Per gli inganni, dal primo all'ultimo? Per le tue insistenze sfacciate? Per essere partito senza nemmeno salutare? O per quella volta in cui mi hai scagliato addosso la spilla che mi avevi regalato? »

Sopraffatto, Kit replicò con una punta d'orgoglio: « È stato solo uno scatto d'ira. E tu... non ti sei fatta niente ». Beatrice lo guardò storto. « E se non ti ho salutata è perché provavo imbarazzo » concluse lui.

« Un biglietto, Kit. Due righe per dire 'addio', dopo... dopo tutto quello che c'era stato. »

Lui iniziò a sembrarle insofferente come lei sapeva bene che poteva diventare, ma le rispose: « Certo. Avrei dovuto farlo ».

« Non è questione di *dovere*. Ma di *sentire*. »

Piombò su di loro il silenzio e lei stava per andare via quando lui disse, ad alta voce: « Le mie scuse sono sincere. Non solo te le devo, ma le sento ».

Colpita, Beatrice alzò lo sguardo che vagava sulla strada.

« Ne sono felice » disse, piatta.

« E mi credi? »

« Ti credo » mormorò Beatrice.

« Davvero? » le domandò Kit, e sembrò che ci tenesse sinceramente.

« Sì. Accetto le tue scuse. »

Ora che non gliene importava più niente era talmente più semplice, farlo. Ma, si disse, meglio tardi che mai, e una certa inattesa soddisfazione le irrorò ogni capillare, finendo con il farla arrossire.

Kit si abbandonò a un sorriso rilassato – quanto lo trovava irresistibile, un tempo che sembrava adesso così lontano! « Che sollievo. Se non ti avessi incrociata così, per caso, sarei venuto a cercarti. Lo posso giurare! »

In imbarazzo per tanto calore Beatrice disse, asciutta: « D'accordo. Grazie ».

« Conservi ancora la spilla? » domandò intanto lui prendendola ancora una volta in contropiede.

Le sembrò una domanda inappropriata. « Non ho l'abitudine di rivendere gli ori che possiedo, Kit, quindi sì, la conservo ancora » rispose con un sorriso gelido.

« E la porti? »

« Di tanto in tanto » replicò guardandosi bene dal dirgli che la usava ogni giorno ed era solo un caso che in quel momento non l'avesse indosso, perché non voleva che le rovinasse il bavero di raso dell'abito che portava e che le era costato diversi paralumi.

« Mi allieta sapere che la usi nonostante tutto. »

« La uso proprio perché è un brutto ricordo. Mi fa stare in guardia » gli disse con sfida.

Kit le rivolse uno di quegli sguardi che un tempo le facevano battere forte il cuore. L'effetto, adesso, si rivelava del tutto inspiegabile.

« Sono certo che tu non ne abbia più bisogno. »

Era vero, non aveva più bisogno di essere messa in guardia da Kit Ashbury. Tuttavia Beatrice traballò; in un certo senso sentiva di aver fatto un passo falso con quell'affermazione, di aver svelato qualcosa di intimo.

« Adesso però devo andare. »

« Dove? » le chiese lui con prontezza.

Beatrice arrossì appena. « A casa di mio padre » disse.

« Mi era parso che ne fossi appena uscita » osservò lui, con aria perplessa.

« Ho dimenticato la borsetta. »

Kit le sorrise allora con comprensione. « Certo, capisco. Arrivederci dunque, Bee. »

Lei si era appena voltata dopo un piccolo cenno di saluto quando lui la chiamò di nuovo.

« Sì? »

« Hai la fede al dito. »

« Mi sono sposata » disse infine lei.

« Lo conosco? »

Beatrice si chiese: che senso avrebbe negarlo?

« È l'ispettore capo Blackburn... ti ricordi? »

Kit trasecolò. « Non posso crederci! »

« E invece dovrai » replicò lei, soave.

Lui la fissò con ambiguità. « Sicché, tutto quello che è accaduto alla fine ha trovato un suo senso. »

« Possiamo vederla così. »

« Be', sappi che non gli porto rancore » concluse, alludendo ai trascorsi che avevano spinto Blackburn a indagare su Kit ai tempi della strana morte di James Carter Lacy.

« Non sai che sollievo » disse lei con pronunciato sarcasmo, un sarcasmo che, permaloso com'era, lo stizzì. « Arrivederci, Kit. Ti auguro buona fortuna. In India, o ovunque ti porterà la vita. »

E stavolta, lui non la trattenne ulteriormente.

4 Si suona il jazz allo Chez Victor

Sentendo un rumore di passi in corridoio, la giovane Mrs. Ashbury si affrettò a chiudere il diario che stava scrivendo e a riporlo in un cassetto.

Il viaggio dall'India era stato estenuante e ne avvertiva ancora i postumi; aveva detto a Kit e a sua madre che aveva bisogno di recuperare le forze e non voleva farsi trovare impegnata in altro che non fosse il riposo.

« Oh, eccoti! » lo accolse con un sorriso ampio e seducente non appena lui fu entrato dopo un leggero colpetto alla porta.

Era un angelo, con lui. Se non altro era un bel ragazzo. Poteva andarle molto peggio.

Lui la avvolse in uno sguardo compiaciuto. Era pazzo di lei. « Ti senti meglio? » le domandò, affabile.

« Rinata! » Mai farsi vedere facilmente spossabili. Gli uomini devono pensare di aver a che fare con una donna con cui divertirsi senza freni e non con signorine inservibili dopo un viaggio in treno (dall'altro capo del mondo, ma questo era secondario).

« Oh, me ne rallegro. Allora stasera cena e jazz da Chez Victor. »

Era un club privato in Grafton Street, aperto l'anno prima, molto esclusivo. Kit voleva essere ammesso a tutti i costi e via telegramma aveva incaricato l'avvocato Trewalney di procurargli l'iscrizione.

Milou batté le manine come una bambina estasiata. « È un'idea eccellente! » Le idee di Kit erano sempre nientemeno che *eccellenti*.

« Ci sarà anche Felix. È reduce da una delle sue imprese da pilota. Poi già domani partirà per il Norfolk. » Non vedeva l'ora di farsi vedere in quel luogo portando come ospite un autentico nobile. E che nobile: nientemeno che il famigerato Felix Cartwright, barone di Costessey.

« Oh, capisco. »

« Non essere delusa. Abbiamo tutta la vita per cenare noi da soli. » Milou gli riservò quel sorriso tenerissimo che lo scioglieva. « Non riesco ancora a credere che una come te... voglia uno come me. »

« Anche noi poi andremo subito nel Norfolk? » domandò però Milou, che presa dal filo dei suoi pensieri si era quasi persa l'ultima melensa asserzione di Kit. Che naturalmente era vera. Faceva bene a non riuscire a crederci.

« C'è giusto qualche cena cui occorre presenziare. E poi la prossima settimana ci metteremo in viaggio per il Norfolk, sì. »

« Mia zia Charpentier...? » domandò Milou.

« Verrà con noi, *ça va sans dire*! È diventata la nuova compagna d'avventure di mia madre. »

In effetti, pensò Milou, la zia Charpentier aveva un ottimo ascendente sulla suocera, Minerva.

« Cosa indosserai? » chiese dunque Kit a Milou. Più di una volta le aveva lasciato intendere che dovesse sforzarsi di essere più elegante.

Milou aveva investito i capitali di cui disponeva in un guardaroba all'ultima moda, e lo era prima che partisse per l'India. Ma giunta a Londra aveva avuto l'orrendo sentore che l'ultima fosse in corso di trasformazione in penultima. Avrebbe dovuto comprare meno roba, ma da Chanel. E invece aveva puntato sulla quantità, sbagliando.

« Quell'abito azzurro che ti piace tanto. »

Kit non parve convinto, ma alla fine disse: « D'accordo. Adesso torna a riposare. La notte sarà lunga. Io ho una miriade di affari da sbrigare. E poi prima di incontrare Cartwright voglio parlare con Trewalney ».

« Non posso venire con te? »

« No, *mon amour* » replicò lui, imprimendole sulle labbra un bacio umido e impetuoso prima di andare via.

Milou si asciugò le labbra con il dorso della mano e si lasciò cadere di nuovo sul letto.

Era tendenzialmente un tipo pigro, ma ne aveva abbastanza di riposare.

Più tardi, si truccò con cura e abbinò all'abito azzurro delle scarpette a punta nere con il cinturino. Sistemò i capelli corti di una bella sfumatura di castano chiaro e guardandosi allo specchio si compiacque del fatto che, se non altro, l'abito valorizzava l'azzurro dei suoi occhi, facendoli sembrare più brillanti. Si spazzolò i denti per l'ennesima volta, perché aveva il terrore che l'alito non profumasse a sufficienza, e stava infilando i guanti bianchi corti quando Kit bussò di nuovo.

« Pronta, mia cara? »

« Prontissima. Sto bene? »

« Fin troppo » le rispose lui sorridendo con galanteria.

Dopo un breve tratto in auto, raggiunsero Grafton Street, dove c'era Chez Victor, sopra le Grafton Galleries. L'atmosfera era al contempo glamour e raccolta: v'erano al massimo cinquanta persone e c'era già chi danzava sfrenatamente nella pista da ballo in ebano al ritmo di tromba, sax e percussioni. Il volume era alto e il cantante aveva una voce ampia e graffiante che trascinava tutti i presenti in un vortice di allegria ed elettricità.

Felix Cartwright era già seduto a un tavolo rotondo con una bottiglia di champagne nel secchiello del ghiaccio, e scorgendoli si alzò in piedi. Rivolse a Milou un inchino impeccabile.

Era un giovanotto vicino alla trentina, di bell'aspetto, con spalle molto larghe e con l'insolita combinazione di ricci scuri, occhi ancor più scuri e tuttavia una leggera barba che tendeva sfumatamente al rosso, di cui però non v'era traccia nella chioma.

« Mrs. Ashbury, la nuova signora di Wroxham Hall » esordì, con uno sguardo compiaciuto.

« Calma, quanta fretta, Cartwright! » nicchiò Kit.

Felix rise: « Quando la vedrete sarete voi ad avere fretta di averla ».

« Be', la conosco. Dimenticate che ho frequentato a lungo la dimora dei Baird, lì vicino » chiosò Kit. Lui non aveva accesso a quella roccaforte di nobiltà che era Wroxham, ma l'Harmon Vicarage dei Baird era decisamente più alla sua portata, dato che intercorrevano rapporti d'amicizia tra suo padre e il proprietario. « Comunque tutti sanno che è una delle più incantevoli dimore d'Inghilterra » aggiunse Kit con aria distaccata, come se non volesse mostrarsi troppo interessato.

« Oh, è vero. L'Harmon Vicarage. »

« A proposito, come stanno George ed Elizabeth? » chiese Kit. Poi si voltò verso Milou, spiegandole che erano i figli di Mr. Baird, vecchio amico di suo padre. Da bambino, trascorreva all'Harmon Vicarage due settimane ogni estate.

« Una volta ereditato, George Baird ha venduto il Vicarage. Elizabeth invece è rimasta nei paraggi: ha sposato Anthony Maddock di Clifton House, ma questo forse lo saprete, non è di certo un fatto recente. »

« Mi era giunta voce. »

« Purtroppo Maddock è morto da poco. Lei vive con il figlio a Clifton House. Vive per modo di dire, dato che ora che è vedova Elizabeth passa più tempo a Wroxham Hall che a casa propria. »

« Sono eccitatissima all'idea di visitare Wroxham Hall » disse quindi Milou.

« Siete mai stata nel Norfolk, Mrs. Ashbury? » le domandò Felix, versandole dello champagne nel calice senza lesinare.

« Invero è la mia prima volta in Inghilterra » replicò Milou, e nel riferirlo l'accento francese si fece più marcato e il suo inglese un po' più incerto. Kit le aveva detto che il modo in cui parlava in inglese era una delle cose che trovava in assoluto più irresistibili. Ed eccitanti. Chissà come avrebbe reagito se avesse saputo da chi lo aveva imparato.

« Capisco. Be', amerete il Norfolk: vi è tutto ciò di cui si ha bisogno. »

« Certamente non ci farebbe rimpiangere l'India » commentò Kit, che non aveva amato il subcontinente, Milou lo sapeva bene. D'altra parte il tempo non era stato sufficiente per potersi davvero ambientare; poco dopo il suo arrivo, la dea fortuna gli aveva scoccato un bel bacio sulla fronte permettendogli di tornarsene in Inghilterra nello status che aveva sempre ritenuto più confacente a lui, quello del milionario. Nella miniera di cui era azionista di maggioranza, azioni ereditate in parte dal defunto James Carter Lacy, era stata rinvenuta una vena ricca di grossi diamanti incredibilmente puri. *Il vecchio aveva ragione alla fine*, gli aveva sentito dire Milou.

« Oh, l'India non è per tutti » convenne Felix Cartwright, con tono cordiale.

« È vero che avete percorso in volo dall'Inghilterra all'India e ritorno? » gli domandò quindi Milou, con curiosità.

« Verissimo, Mrs. Ashbury, e come potete vedere sono ancora tutto intero. Il *Daily Mail* aveva messo in palio cinquemila sterline per il primo che avesse compiuto l'impresa. Mi sono detto, perché no? »

E subito dopo domandò al cameriere un'altra bottiglia di champagne. « Se vi farà piacere, quando sarete nel Norfolk, sarò lieto di portarvi a fare un giro » disse poi Felix, saltando da un pensiero a un altro, e Milou parve confusa.

« Sul velivolo? » trasecolò Milou.

« Sul velivolo » confermò Felix.

« Non fa proprio per me. Soffro di vertigini. Ma grazie ugualmente, Milord » rispose Milou.

« Be', io invece vorrei approfittarne » affermò Kit, con molta partecipazione. « Non ho mai provato e sono curioso. »

« Giusto approccio. Bisogna superare la paura del distacco dal suolo, la paura del vuoto. Fatto questo, resta una sensazione di dominio e di infinite possibilità che non ha eguali. »

« Sono convinto anch'io che l'aviazione sia il futuro. »

« Lo è, ma richiede investimenti » ribatté Felix.

La conversazione proseguì senza mai abbandonare la superficialità, proprio come si addiceva alla situazione. Era evidente che quello non era stato che un appuntamento di cortesia, ma che la settimana successiva a Wroxham Hall sarebbe stata cruciale per chiudere la compravendita di quella magnifica proprietà, e difatti Milou sapeva che nel Norfolk si sarebbe recato anche l'avvocato Trewalney, che curava gli affari di Kit.

« Ci sarà una piccola combriccola di amici, a Wroxham. Spero che possiate intrattenervi piacevolmente, Mrs. Ashbury. »

« Chi? » domandò Kit, sorseggiando dal calice.

« Mia sorella e mio cognato vivono ancora a Wroxham, credo di avervelo accennato. Per una felice coincidenza ci sarà anche Miss Josephine Miller, che è una delle più care amiche d'infanzia di mia sorella Sybil. »

Milou trasecolò. « Josephine Miller! »

Kit s'illuminò d'orgoglio. Portava sua moglie negli ambienti più stimolanti. Anche quella sera al Chez Victor era più esaltante del previsto. Merito dell'arredamento lussuoso, della band americana, delle luci moderne.

« Be', una vecchia casa di campagna ha ancora discrete attrattive da offrire » disse Felix con falsa modestia.

Si trattennero per un'altra ora. Poi Kit pagò buttando con noncuranza sul piattino d'argento quasi il doppio del conto e infine, ben rifocillati, debitamente brilli e ancora elettrici per le musiche, tornarono in Queen's Gate, dove si abbandonarono ad attività che Milou espletava né più né meno come parte di un impiego e difatti, mentre era di spalle (preferenza di suo marito) lei pensava a quanto poco tempo mancasse prima di andare, finalmente, a Wroxham Hall.

5 L'invito

Nella bottega di Mr. Fingham in Charing Cross c'era sempre un gradevole odore di cera d'api, impiegata per lucidare un vecchio bancone alle cui spalle c'erano scaffali pieni di scampoli di tessuti e paralumi. L'atmosfera era molto intima e accogliente; in più, l'ometto dai baffetti appuntiti con il grembiule sbiadito era un venditore sorridente e ciarliero. Non c'era da stupirsi che gli affari andassero bene.

« Ecco qui la nostra *signorina* » la accolse in italiano, precipitandosi a prenderle dalle mani le borse con i paralumi, « ... che ormai però *signorina* non è più! Non dovreste potare pesi, non si sa mai foste in dolce attesa. Come sta vostro marito? »

Beatrice glissò su ciascuna delle affermazioni e domande che le piovvero addosso con lo stesso effetto gradevole della grandine. « Buongiorno anche a voi, Mr. Fingham. »

« In effetti è un giorno buono. Anzi, più che buono: ho un possibile incarico che porterà nelle nostre tasche qualche bella sterlina. »

Beatrice sgranò gli occhi per la bella notizia. Sterline, addirittura!

« Stupendo, Mr. Fingham! »

« Ma prima di esultare, lasciate che vi spieghi. Preparatevi a lavorare anche di notte. »

Come se avessi di meglio da fare, di notte, pensò con amarezza Beatrice.

La commissione in effetti era molto particolare. Doveva realizzare una ventina di rivestimenti di pizzo nero per i paralumi della casa di un gentiluomo che viveva da solo. Aveva avuto un incidente in seguito al quale soffriva atrocemente la luce; il lavoro sarebbe stato ben pagato ma era urgentissimo.

« Urgentissimo, quanto? »

« Tutto pronto in una settimana. Ho spiegato a Mr. Williams che vi avrei vista solo oggi e che se si fosse trovato in casa sareste andata subito a prendere le misure di ogni paralume. Sempre ammesso che il lavoro vi interessi... »

« Ma certo che mi interessa! »

« Ho già il pizzo » disse quindi Mr. Fingham, voltandosi verso uno degli scaffali su cui era poggiato un rotolo di pizzo nero, peraltro di gran bella manifattura, considerò Beatrice. Con la giusta attenzione poteva ricavarne dei ritagli per confezionare dei guanti per lei, per Clara e anche per Lucilla (quando avesse raggiunto l'età per poterli indossare).

« Allora, datemi l'indirizzo, così che possa andare a prendere le misure e iniziare subito. »

« Sempre però che non dia fastidio a vostro marito... »

Mr. Fingham nutriva una particolare soggezione nei confronti dell'ispettore capo Blackburn.

« Mio marito mi concede massima libertà nel gestire il mio tempo » replicò Beatrice.

« Quand'è così, presentatevi al 58 di Greek Street e chiedete di Mr. Everett Williams » concluse Mr. Fingham, porgendole un metro arrotolato per prendere le misure.

Fu così che Beatrice percorse a piedi il tragitto tra Charing Cross e l'indirizzo di Mr. Williams, lievemente accaldata dalla bella giornata di agosto. Si trovò davanti a una palazzina bianca, la cui porta venne aperta da una donna di mezza età in divisa da governante.

Beatrice si accorse subito che la casa era immersa nell'oscurità: ogni dettaglio sembrava essere stato pensato per respingere la luce. Il legno dei mobili e delle boiserie era ebano e le pareti erano tinteggiate di un opprimente color borgogna. Le tende erano coltri impenetrabili. Di fronte a lei, c'era una stretta scalinata sovrastata da due statue di cani color lapislazzulo. O erano draghi? O erano draghi-cane?

« Sono cani *pho* » disse la voce di un uomo, come leggendole nel pensiero, ma più probabilmente perché l'aveva sorpresa a fissarli con curiosità. « Sono creature benevole, a dispetto delle apparenze. Proteggono la casa. Venite per conto di Mr. Fingham? »

« Sì. A prendere le misure dei paralumi. »

« Prego, seguitemi. Il vostro nome? »

« Beatrice. »

« Il vostro cognome? »

« Ber... scusatemi. Sono sposata da poco e non mi ci sono ancora abituata. Il mio nuovo cognome è Blackburn. »

Mr. Everett Williams sembrò guardarla con più attenzione. « Il nome di vostro marito? »

A Beatrice parve un interrogatorio lievemente fastidioso. « Archer. »

« L'ispettore capo di Scotland Yard? »

« Sì » rispose Beatrice. « Lo conoscete? »

« Non personalmente. Ma ho letto di lui sul *Times*. Si è occupato di indagini di un certo rilievo, non dev'essere uno sciocco » disse, studiandola più intensamente.

« Non lo è » affermò quindi Beatrice, con un piccolo fremito di orgoglio.

Everett Williams le fece cenno di seguirlo e si voltò dandole le spalle. Era un uomo dai capelli folti, ormai tutti ingrigiti; era di alta statura ma ingobbito.

Beatrice gli andò dietro.

« Potreste favorirmi un foglio e una penna? » gli domandò.

L'uomo annuì e li fece portare dalla donna che l'aveva accolta alla porta. Una volta pronta, Beatrice annotò le misure, la forma e la posizione di ciascun paralume. Rivestendoli di pizzo nero, pensò, la casa sarebbe diventata ancora più lugubre e inquietante.

« Siete sicura di riuscire in una sola settimana? »

« Sicura, Mr. Williams » rispose lei mentre lui la conduceva in una stanza in cui vi era un armadio dalle ante aperte. I ripiani contenevano, allineati, numerosi barattoli da farmacia di porcellana bianca. Mr. Williams non si curò di richiudere le ante e Beatrice, per discrezione, non fece domande.

« Anzi, non qui. Non considerate queste lampade. »

Beatrice notò che era però la stanza più luminosa della casa e difatti Everett Williams aveva fretta di lasciarla. Mentre chiudeva la porta, le spiegò: « Ero un farmacista, non so se Mr. Fingham ve lo ha già detto ».

« No, non mi ha detto nulla. »

« La farmacia di Romilly Street, a pochi passi da qui, era mia. »

« Vivete da solo, Mr. Williams? » gli domandò Beatrice, chiedendosi se un'altra persona potesse tollerare di vivere in quell'oscurità.

« Mia moglie è mancata due settimane fa. Non ho più nessuna ragione di far entrare la luce in questa casa. » Beatrice non poté reprimere un « Oh ». Mr. Williams aveva appena pronunciato la frase più romantica che avesse mai sentito.

« Avete figli? »

« No. »

Giunti in camera da letto, Everett Williams ebbe la delicatezza di farla entrare da sola, perché era un uomo d'altri tempi. Beatrice prese le misure rapidamente e contò i paralumi che aveva segnato fino a quel momento. Erano sedici.

Uscita dalla stanza, l'uomo le disse: « Non c'è altro ».

« D'accordo. Sarò veloce come avete chiesto a Mr. Fingham. »

« Se vi è necessario, sentitevi libera di tornare » disse Mr. Williams, con gentilezza.

Quando Beatrice arrivò a casa Bernabò in Queen's Gate, Mrs. Pratt spense il grammofono che aveva acceso affinché le facesse compagnia mentre spolverava. In casa non c'era nessun altro: Leonida era andato di nuovo in ambasciata e Clara e Lucilla erano uscite per una passeggiata a Hyde Park.

« Mr. Blackburn è stato qui non più tardi di venti minuti fa » annunciò la governante, con tono di riprovazione. Era ovvio che la permanenza, fosse essa transitoria o definitiva, sotto il tetto paterno delle due sorelle Bernabò, entrambe coniugate, rappresentasse per lei un abominio.

« Ha lasciato un messaggio? »

« Ha solo detto che desidera parlarvi » ribatté l'altra.

« Capisco » replicò Beatrice, invero leggermente confusa. E non solo dall'evidente dissenso di Mrs. Pratt, ma dal fatto che Archer l'avesse cercata.

« Vi ha detto dove posso trovarlo, se in ufficio o a casa? »

« Se non lo sapete voi... »

Beatrice le porse il rotolo di pizzo nero. « Mentre io vado a parlare con mio marito, che è evidentemente la mia priorità, siate così gentile da portarlo voi, in soffitta. »

Mancava da casa ormai da cinque giorni, forse Archer voleva dirle che era opportuno che rientrasse. Lei stessa ci aveva pensato e sapeva di essere al limite. Suo padre sembrava vieppiù sospettoso.

Era metà pomeriggio. Archer rientrava a casa ben più tardi, di norma. Tuttavia se era passato da Queen's Gate era ragionevole presumere che adesso si trovasse a Yeoman's Row.

Per discrezione, invece di entrare subito, bussò, e quando aprì la porta non capì lei stessa se era stupita o no di trovarselo davanti. Archer era in maniche di camicia e aveva tra le labbra una sigaretta accesa. Sullo stupore di lui, dubbi non ve n'erano.

« Avete perso le chiavi? » le chiese senza risultare scortese, ma solo perplesso.

« No, è che non volevo irrompere in casa vostra senza essere attesa. Ma so che mi avete cercata... »

« Entrate » disse lui e Beatrice obbedì. Le era mancata, la casetta linda e azzurra di Yeoman's Row? Le era mancato Archer? « Sì, vi ho cercata poco fa » replicò lui, andando a spegnere la sigaretta e ad aprire la finestra per far uscire il fumo.

Davanti al suo silenzio, Beatrice prese quindi l'iniziativa. « Presumo voleste dirmi che per me è ora di tornare a casa. »

« No » ribatté Archer, con una certa prontezza, ma restando di spalle. « O meglio, non esattamente. » Infine si voltò e la guardò negli occhi. « Ero venuto a riferire un invito che ho ricevuto e che mi terrà lontano da casa per qualche giorno. Sta a voi decidere se cogliere l'occasione per fermarvi ancora da vostro padre o, piuttosto, venire con me.»

«In qualità di vostra moglie?»

«È questo che siete, Beatrice.»

«Dove siete stato invitato?» domandò lei, incuriosita.

«A Wroxham Hall.»

«Il nome dovrebbe dirmi qualcosa?»

Archer rispose: «È una tenuta nel Norfolk. È dove sono cresciuto».

«Non sono molte le cose che so di voi.» Anzi, non so niente, pensò Beatrice.

«Mia madre ha sempre lavorato a Wroxham Hall, tranne per il breve periodo in cui è stata sposata con mio padre, che è morto quando avevo due anni. Quando è tornata lì, mi ha portato con sé.»

«Stavo pensando che... non so nemmeno quanti anni avete.»

«Ventotto. Dicevo, Wroxham Hall appartiene adesso a Felix Cartwright, il nuovo barone di Costessey. Io e lui siamo cresciuti insieme. Vuole vendere la tenuta ma prima di concludere l'affare, ecco, vorrebbe fare una festa. La trovo un'iniziativa barbaramente sentimentale e in genere anziché partecipare a una festa mi farei torturare. Eppure, in maniera del tutto incoerente, ho accettato.»

Tra le poche cose che Beatrice aveva appreso prima delle nozze c'era che la madre di Archer era morta qualche anno prima, dunque non era per questo che lui stava valutando di andare a Wroxham Hall.

«Forse desideravate rivedere il vostro amico Felix...» propose Beatrice, anche se naturalmente le ragioni potevano essere mille altre. Ma lei non aveva accesso alla sua sfera più privata, sicché poteva solo andare per ipotesi.

«Sì, è senz'altro così. Ora, Wroxham Hall è, per dirla in modo semplice, il posto più bello di tutta l'Inghilterra. E noi non... Noi non abbiamo mai fatto un vero viaggio di nozze.»

«Oh. E quando dovremmo partire?»

«Tra due giorni. Verreste, dunque?» incalzò lui.

Beatrice si domandò se la desiderasse davvero al suo fianco o se fosse un semplice passaggio da evadere per salvare le apparenze. L'unica certezza, tuttavia, era che lei doveva preparare sedici rivestimenti di paralumi per Mr. Williams. « Vedete, il fatto è che ho appena accettato un lavoro molto urgente per Mr. Fingham... »

Archer rispose, prima ancora che lei completasse la frase e con completa neutralità: « Non preoccupatevi ». E le sorrise. Quando veniva dal cuore, il suo sorriso era bellissimo.

Beatrice gli domandò: « Quanto tempo starete via? »

« Fino a domenica » rispose lui.

« Ritroverete altre vecchie conoscenze? »

« Sarà inevitabile. »

« Deve farvi un minimo piacere, tuttavia... »

« Piacere è un sostantivo che applicherei a ben altre circostanze. »

Beatrice si domandò quali fossero, quelle circostanze.

« Tuttavia, risulterebbe anomalo se io non vi accompagnassi... » azzardò Beatrice, perché stava scoprendo dentro di sé la voglia di andarci eccome, a Wroxham Hall. Era una magnifica esca cui abboccare. Ma non aveva il coraggio di ammetterlo.

Archer scrollò le spalle. « È sempre valida la solita scusa: vostra sorella è malata e dovete accudirla. »

Che poi, pensò Beatrice, nulla poteva essere più distante dal vero in entrambi i casi. Clara era praticamente rinata e Lucilla, la sua sorellina minore di appena nove anni, aveva una salute di ferro: aveva preso da sua madre, Agnese, la seconda moglie di Leonida.

« Naturalmente » replicò quindi lei. « Stavo pensando che... » aggiunse infine, non senza difficoltà, « non devo usare le armature dei paralumi, soltanto le stoffe. Portandomi dietro l'occorrente posso lavorare ovunque. Quello che voglio dire è che potrei lavorare anche a Wroxham Hall. Non è quello che ci si aspetta di fare in viaggio di nozze, ma del resto... »

Archer la guardò in quel suo modo distante. « ... del resto quello che ci si aspetta di fare in viaggio di nozze non lo faremmo ugualmente. Volevate dire questo? »

Beatrice arrossì come se le fosse salita la febbre a quaranta. « Alludevo a, non so, lunghe passeggiate. »

Lui sorrise. « Lunghe passeggiate, certo. »

« Ma presumo che di tanto in tanto quelle potremmo anche farle » chiosò Beatrice, cui sembrava di non azzeccarne una.

« Consideratemi a disposizione per tutte le *passeggiate* che vorrete. »

Beatrice non si soffermò troppo a pensare e diede voce a un'idea che dentro di lei si era fatta insistente. « Ispettore capo, non ha alcun senso e pur tuttavia io... vorrei accompagnarvi. »

Lui indugiò in un istante di silenzio prima di dire: « Sicura di desiderarlo veramente? »

Negli ultimi tempi faccio un po' fatica a capire cosa io desideri nel profondo, pensò Beatrice. Che però rispose: « Se Wroxham Hall è così bella come dite, so che rimpiangerei di non averla mai vista. E se sarà venduta, suppongo che non avrò tante altre occasioni in futuro ».

« Dunque, è deciso. »

« È deciso » confermò Beatrice, con il batticuore. « Dal momento che mi trovo qui, se non vi dispiace vorrei prendere un abito che si trova nel vostro armadio. » Era appartenuto a Clara ma la sorella se n'era liberata perché le ricordava Hugh. L'abito era perfetto per una gita in campagna ma andava leggermente accorciato, perché Clara era più alta di lei.

Lui sembrava stupito da tanta prontezza. « Ma certo » disse indicando con lo sguardo la camera da letto che non avevano mai condiviso.

Beatrice varcò la soglia da sola e accostò la porta senza chiuderla, ché sarebbe stato sgarbato.

Il letto era in ordine alla solita maniera di Mrs. Catton, ma sul comodino v'era una busta indirizzata ad Archer che, Beatrice lo sapeva, non avrebbe dovuto prendere e guardare. Ovviamente però lo fece.

La missiva era stata spedita da una certa Elizabeth Maddock ed era stata aperta. Estrarre la lettera e leggerne il contenuto era in cima alle cose che desiderava fare ma sapeva di doversi porre un limite e dunque, con dolorosa disciplina, la rimise al suo posto. Era stata lasciata lì, evidentemente, solo perché Archer non si aspettava che Beatrice tornasse. Non che, in linea di principio, le dovesse spiegazioni.

Aprì quindi il grande armadio che conteneva i vestiti di entrambi (che paradosso, quell'intimità) e prese l'abito in questione, di una bella tonalità tenue di giallo. Uscì dalla stanza tenendo l'abito sul braccio, in ogni caso lo avrebbe stirato personalmente per togliere tutte le pieghe.

« Partiremo in treno? »

« Sì, da Liverpool Street, a mezzogiorno. Sono circa tre ore di viaggio. »

« Allora verrò in tempo da casa di mio padre. Se per voi va bene. »

« Va bene. »

Beatrice si avviò verso la porta e lui la scortò attraverso il piccolo appartamento.

« Buonanotte, ispettore capo. »

« Buonanotte, Beatrice. »

La breve distanza tra Yeoman's Row e Queen's Gate fu percorsa da Beatrice con inquietudine. Aveva fatto bene a cedere a quell'impulso immotivato di seguire Archer a Wroxham Hall? Perché di certo di impulso si era trattato. La solita sete di vita che la spingeva a smuovere le acque quando troppo quiete e che finiva sempre con il metterla nei guai. Se non altro, il cruccio di Leonida a proposito del loro viaggio di nozze sarebbe stato risolto.

Ma quando rientrò nella casa paterna trovò il padre con una bottiglia di autentico champagne tra le mani che stava consegnando a Mrs. Pratt con malcelato terrore.

« Mrs. Pratt, adagiatela nella ghiacciaia. Con prudenza. »

« Basta che poi ve ne ricordiate, professore, altrimenti finisce come l'altra volta che la bottiglia è scoppiata e io ho dovuto pulire. »

« Impossibile che me ne dimentichi. Beatrice, sei di nuovo qui? »

« Sì. Mio marito è impegnato in un sopralluogo » mentì lei.

« Anche stanotte? »

Beatrice fece spallucce. « Gli svantaggi di essere sposata con un poliziotto di Sua Maestà. »

« Parola mia, non immaginavo fosse una vita tanto dura » replicò il padre con convinzione.

« Eppure... Ma cosa festeggiamo? »

« Il mio miglior allievo, che diventerà titolare di una cattedra a Cambridge, mi ha regalato questa bottiglia come dono d'addio. Beviamo alla sua salute. »

In quel momento li colse Clara, rientrando in casa con aria spenta.

Alle sue spalle vi era Hugh.

6 La bottiglia di champagne

Nella casa scese il gelo, perché mai vi fu accoglienza meno entusiasta di quella che Hugh Blunt ricevette dal suocero e dalla cognata. Anche Clara, per conto suo, teneva gli occhi bassi.

« Non mi azzarderò a dire che sia una gioia rivedervi, Hugh » disse Leonida, molto serio.

« Lo capisco » replicò Blunt, con altrettanta serietà. « Posso parlarvi? »

« Solo se mia figlia Clara è d'accordo, e in sua presenza » affermò quindi Leonida, interrogando la primogenita con lo sguardo.

« Sì, papà. Ascolta quello che ha da dire. »

Beatrice si allarmò moltissimo. In cuor suo aveva sempre temuto che nonostante l'effetto energizzante che Federico Scandiani aveva avuto sulla sorella, costei potesse ricadere sotto l'ombra malefica del marito che l'aveva abbandonata nel momento peggiore della sua vita. E non soltanto abbandonata: l'aveva umiliata e denigrata. Dalla cucina era nel frattempo emersa anche Mrs. Pratt, che vedendo Hugh impallidì, certa com'era che finalmente se lo fossero tolto dai piedi. Associò la bottiglia nella ghiacciaia a quell'improvviso ritorno e fu incenerita dall'ipotesi della peggiore delle evenienze.

« Vi fermate per cena, Mr. Blunt? » chiese nondimeno.

« Ma Sant'Iddio, Mrs. Pratt, vi sembra rilevante? » abbaiò Leonida.

Come risultato ottenne che Lucilla si accorse del trambusto e si palesò anche lei, salutando Hugh assai timidamente.

« Mrs. Pratt, potreste portare Lucilla giù in cucina con voi? » disse quindi Beatrice, con spirito d'iniziativa.

La domestica acconsentì. « Vieni, *sweetpea*, ti faccio assaggiare in anticipo il pasticcio di tordi. »

Con le narici allargate, Leonida avanzò verso la sala e volutamente non si sedette per non mettere Hugh a proprio agio. Che parlasse rimanendo in piedi e si affrettasse a sloggiare.

Costui, tuttavia, intrecciava le dita con prevedibile disagio. Alla fine si passò la mano tra i capelli biondi con la riga di lato e disse: « Io e vostra figlia abbiamo attraversato una terribile prova rispetto alla quale ognuno ha reagito a modo proprio. Io ho senz'altro reagito nel modo sbagliato, ma sono pentito ».

Leonida cercò di nuovo lo sguardo della figlia, che tuttavia lo rifuggiva. Beatrice studiava la scena con apprensione ma non osava intervenire, non ancora.

« La situazione non è cambiata » mormorò infine Leonida, con amarezza e compassione.

« La situazione no, ma io sì. E vorrei che Clara tornasse a casa nostra, perché è quello il suo posto. »

« Il suo posto? » si espose quindi Beatrice. « Il suo posto è accanto a chi si prende cura di lei. »

Hugh aveva sempre ritenuto la cognata una spina nel fianco, una ragazzetta improvvida che avrebbe dovuto essere addomesticata come una gallina da cortile, tuttavia con fare conciliante rispose: « Appunto. È quanto sto facendo ».

Beatrice esitò prima di dire, coraggiosamente: « Sono soltanto parole ».

Hugh la fulminò con lo sguardo. « Resteranno parole fino a quando non mi verrà concessa l'opportunità di agire. »

« Clara? » la chiamò quindi Leonida.

La ragazza rispose, cauta: « Di certo Hugh non si aspetta che io rientri all'istante, dopo quanto accaduto ».

Beatrice percepì la tensione allentarsi, per un attimo. Forse la sorella stava solo prendendo tempo, benché Hugh si meritasse soltanto di essere respinto, senza mezzi termini.

« E naturalmente Clara potrà conservare il suo impiego alla Scuola per fanciulle di Mrs. Hastings » proseguì Hugh.

Leonida assunse un'espressione sarcastica. « Naturalmente! Che gentile concessione! »

Beatrice, che stava letteralmente fremendo, cercò lo sguardo di Clara, ma lei glielo negò.

« Professore, sono venuto a sapere che tempo fa avete ospitato un parente scapolo... in questa casa » aggiunse quindi Hugh, e lì per lì nessuno capì dove volesse andare a parare. Clara non mutò colorito, dal che si poteva ritenere che il marito non fosse a conoscenza di quanto accaduto con il suddetto *parente* che era, per l'appunto, Federico Scandiani. « L'ho considerato un gesto molto inappropriato, e tuttavia sono disposto a passarci sopra. »

« Questa poi! » esclamò Leonida, avvampando.

« Sapete meglio di me che avreste dovuto informarmi personalmente e tempestivamente, ma a dimostrazione della mia buona volontà, chiuderò qui la questione. »

« Be', Hugh, io invece non chiuderò qui la *questione*. Se Clara vorrà tornare con te è libera di farlo, ma sappi tu e sappia pure lei che io disapprovo. »

Beatrice si chiese chi fosse quell'uomo, quel Leonida di nome e di fatto, che aveva assunto le sembianze del suo altrimenti pavido genitore.

Hugh accolse le parole del suocero con completa indifferenza e scrutò Clara. Impettito nel suo completo color kaki, era talmente scialbo e respingente che Beatrice non riusciva a credere che la sorella potesse davvero riconsiderare di tornare sui propri passi. Dopo Federico, soprattutto. E a tal proposito, che ne era stato di lui?

« Rifletterò e prenderò la mia decisione » concluse Clara, guardando prima il marito, poi il padre. « Grazie per la passeggiata, Hugh. Ma adesso preferirei che tu andassi. »

I saluti furono insopportabilmente formali, e quando la porta si fu chiusa alle spalle di Hugh, Beatrice disse: « Sul serio, Clara? »

Ma Leonida intervenne ancora prima che quest'ultima rispondesse. « Ti dirò solo questo, figlia mia. Pensaci molto bene. Molto. »

« Ovviamente » sibilò lei, le guance rosse.

Leonida abbassò lo sguardo e infine disse: « Con voi due io ho fatto del mio meglio, ma questo è quanto ».

« Papà, non ho ancora deciso » si schermì Clara.

E Beatrice aggiunse: « Papà, il mio matrimonio è felice ».

« Come no » replicò Leonida. « E difatti tu mi hai riportato quell'uomo in casa e tu, invece, sei qui ogni santo giorno, e sera, e ormai anche notte. »

« Partiamo per il viaggio di nozze tra due giorni. » Clara e Leonida la fissarono, ma Beatrice proseguì: « Tuttavia è secondario, credo, rispetto ai problemi di stasera ».

« Problemi? Quali problemi? Tu per primo, papà, hai sempre detto che era un momento difficile e che io e Hugh avremmo potuto, e tra le righe intendevi anche *dovuto*, superarlo. »

« Questo accadeva *prima.* »

« Prima di cosa? »

« Prima che ti offendesse. »

« Tutto ciò di cui si lamentava, però, era vero » obiettò Clara.

Beatrice, che ricordava la vergogna con cui sua sorella le aveva confessato le parole del marito, non poté trattenersi. « Avrebbe anche potuto sforzarsi di capire. Non puoi veramente difenderlo. Non adesso... »

Clara la guardò malissimo, pur sapendo che Beatrice non avrebbe mai menzionato Federico davanti al padre.

Leonida colse la tensione tra le figlie e fece ciò che ritenne più saggio: le lasciò lì a confrontarsi, ché tanto lui quello che doveva dire l'aveva detto, e se ne andò canticchiando « *Il Piave mormorò: 'Non passa lo straniero!'* » Beatrice fece quindi cenno alla sorella di andare di sopra, per poter parlare. Clara respirò profondamente e obbedì.

Quando furono da sole, poco più che bisbigliando, Beatrice disse: « Che ne è di Federico? »

« Non è Federico il punto. »

« È al corrente di *questo*? »

« Certo che no. Beatrice, vediamo di capirci. Sono affezionata a Federico. E come potrei non esserlo? Gli sono grata, in un certo senso, perché mi ha fatta tornare in vita. »

« Già. E chi ti aveva quasi ammazzata? »

Clara si irrigidì. E guardandola affranta le rispose: « Questo mio inutile grembo sterile ».

« No, Clara. Tuo marito. Lui sapeva che rischiavi, ma ti ha messa incinta lo stesso. E quando stavi male, ti ha abbandonata ogni santo giorno. »

« E tuttavia... la cosa migliore per me è che io torni con lui. Non ho mai voluto essere una divorziata. Me la raccontavo così perché non avevo alternative, ma hai idea dello stigma che ne conseguirebbe? » Quelle parole colpirono Beatrice come uno schiaffo. Il divorzio era esattamente ciò cui lei andava incontro. « Per quanto sia evoluta l'Inghilterra, il divorzio resta un'onta e uno scandalo. »

« Be', almeno qui esiste. In Italia sarebbe impensabile. »

« Difatti non avevo trovato nemmeno il coraggio di dirlo ai nonni. Né a nessun altro. E sebbene papà faccia l'eroe liberale, anche a lui era preso un colpo, all'inizio. »

E di nuovo, Beatrice impallidì pensando a come il padre avrebbe preso la notizia sua e di Archer, quando mai gliel'avrebbero data. Il cuore accelerò i battiti quando rifletté per l'ennesima volta sulle proprie azioni. Di fronte alla scelta tra tornare in Italia o sposarsi per poi divorziare appena possibile, aveva deciso a favore della seconda. Di tanto in tanto, come in quel momento, era sfiorata dal dubbio. Era stata la scelta giusta? Cosa ne sarebbe stato di lei, in qualità di divorziata? Chi l'avrebbe voluta? Ma del resto, chi avrebbe voluto in Italia una persona rimpatriata con l'accusa di spionaggio? Era insomma con le spalle al muro e così restava, a dispetto di ogni pretesa di libertà. Non c'era una vera soluzione.

« E quindi » riprese Clara, « cosa dovrei fare, secondo te? Finché era Hugh a volere la separazione, non potevo che accettare la sua scelta e farmene una ragione. Sforzarmi di vedere il buono. Ma adesso che vuole riprendermi con sé, dovrei essere io a voler divorziare? Per la legge nemmeno è possibile. L'unica ragione sarebbe l'infedeltà dimostrata. Ed è pure una conquista recente, prima non era possibile nemmeno questo. Atteso dunque che non potrei ottenerlo, cosa mi resterebbe? Fare l'adultera con Federico Scandiani? » Pronunciò quel nome con sarcasmo, come se fosse improponibile. « Che qui è precario più di noi e che in Italia non può più tornare? Che senso avrebbe, spiegamelo. »

« Il senso di scegliere per te stessa... » replicò stancamente Beatrice, ma Clara la interruppe.

« Come predichi bene, sorellina. Tu puoi dire di aver scelto per te stessa? Ti sei sposata perché Blackburn ti ha lanciato un salvagente e tu ti ci sei aggrappata, e tanti cari saluti a Julian Lennox, per cui ti saresti lanciata nel fuoco. Che ne siamo consapevoli o no, non facciamo che questo: provare a salvarci. »

Beatrice, che al sentire il nome di Julian aveva accusato il colpo, disse soltanto: « La situazione non è paragonabile proprio perché tu non hai bisogno di nessun salvagente. Sei *tu* il tuo salvagente. Tu sei andata enormemente avanti e questo sarebbe un tremendo passo indietro ».

Clara si accasciò sul suo letto, che esalò un cigolio. Sfiorò con la punta delle dita il ricamo sul lenzuolo bianco.

« Da quanto tempo è tornato a farsi vivo, lo *straniero*? » le domandò Beatrice, andando a sedersi di fianco a lei.

Clara si poggiò sulla sorella. « Ha iniziato a inviarmi delle lettere... da un po'. » Non c'era da stupirsi che non gliene avesse parlato prima, Clara era così riservata che tendeva a nascondere se una ferita le sanguinava.

« Mi prometti che non prenderai decisioni fino a che non sarò tornata dal Norfolk? » le chiese Beatrice, sfiorandole il viso.

Clara annuì, rimanendo lì adagiata a farsi accarezzare.

Guardando l'abito giallo che apparteneva alla sorella e che aveva poggiato sullo schienale di una sediolina, Beatrice si domandò se alla fine avrebbe dovuto restituirglielo.

Dopo la cena, che fu silenziosa e inappetente, Mrs. Pratt stava lavando i piatti nell'acquaio e intanto non faceva che pensare alle due ragazze Bernabò. Che bizzarri, quei tempi moderni. Erano maritate o no? Da quando in qua una signora andava e veniva da casa a proprio piacimento? Certo, a lei quel Mr. Blunt non era mai piaciuto. E se n'era ben accorta che Mrs. Blunt e l'italiano si erano dati da fare – non che lei non la capisse, eh.

Quanto a Mrs. Blackburn, quella era davvero inqualificabile. Con quel pezzo d'uomo che aveva sposato, che ci faceva lì ancora con quel padre anemico e lunatico?

E poi, mentre asciugava le stoviglie a una a una, un atroce pensiero la paralizzò.

La bottiglia del professore, Cristo santissimo. Lo champagne dimenticato in ghiacciaia.

Lo sapeva, lei, che sarebbe finita così.

Che destino infame.

7 Wroxham Hall

La mattina della partenza, Beatrice aveva già tutto pronto.

Aveva radunato le mise più eleganti e alla moda che possedeva, incluso l'abito giallo: Clara le aveva detto che, in ogni caso, non lo avrebbe mai rivoluto indietro.

Il padre insisté per accompagnarla fino a Yeoman's Row perché, spiegò, dopo quanto accaduto con Hugh lui intendeva vigilare adeguatamente sul genero superstite.

Il genero in questione era già davanti casa con un cab, in attesa della moglie con i suoi bagagli. Lui e Leonida scambiarono due parole con cui il professore in sostanza si dichiarava assai lieto per quel viaggio di nozze a sorpresa nel Norfolk. Disse tuttavia al giovane sposo, prendendolo da parte e con aria molto autorevole in materia, che ovviamente il lavoro era lo scopo della vita di un uomo, ma non al punto da rispedire la moglie al padre per più di un giorno.

Archer si schiarì la voce e rispose, compassato: « Mi è chiaro il senso, Mr. Bernabò ».

« Ottimo, mio caro giovanotto. E ora che dire se non: buon viaggio a entrambi. »

« Grazie, papà » rispose Beatrice, visibilmente travolta da un'emozione che il padre scambiò per l'eccitazione di una sposa per il proprio viaggio di nozze.

Si trattava in realtà di qualcosa di assai più ingarbugliato che si tradusse in un viaggio piuttosto teso.

Mentre il treno attraversava la campagna dirigendosi verso l'East Anglia, Beatrice guardava oltre il finestrino tenendo le mani sulla borsetta di rafia. Accadeva che di tanto in tanto lei e Archer incrociassero gli sguardi, come avveniva quando la sera a casa lui leggeva e lei ricamava. All'ennesima occhiata simultanea lei gli disse: « Mi spiace se mio padre vi ha messo in imbarazzo ». Aveva captato qualcosa del discorsetto di Leonida ad Archer.

« Dal suo punto di vista ha ragione, sono un marito indubitabilmente assente. »

« Ma, vedete, è più sensibile al tema per via della situazione di Clara. » Archer ne era al corrente, lei gliene aveva parlato quando ormai credeva che la sorella fosse ineluttabilmente proiettata verso la conclusione del proprio matrimonio.

« Lo capisco. Credo tuttavia che la mia iniziativa non incontri il suo favore e che tornati dal Norfolk sarà necessario che rientriate a Yeoman's Row. Almeno fino a che il nostro matrimonio resterà in piedi. »

« Credo anche io. »

Tacquero un istante. Lei sembrava sconfortata all'idea di tornare a casa con lui, tanto che Archer si sentì di aggiungere: « Come già vi ho detto... appena possibile procederemo con l'annullamento ».

« Annullamento? Non divorzio? »

Guardandola attentamente Archer disse, piano: « L'annullamento è una strada più semplice e per voi anche socialmente più accettabile, rispetto al divorzio. Anche per ricominciare... dopo ».

Beatrice sgranò gli occhi. Si era informata, ovvio. Chi non l'avrebbe fatto, al suo posto? Sapeva che, non essendo mai stato consumato, il loro matrimonio era facilmente annullabile ed essendo lei vergine, qualunque medico avrebbe potuto testimoniarlo senza fatica. Aveva molto riflettuto anche su quest'ultimo aspetto. Se era ancora vergine non era di certo merito del suo senso del decoro, quanto piuttosto della decisione di Julian di fermarsi. Doveva davvero essergli grata, alla fine, proprio come lui aveva previsto?

Una richiesta di annullamento tuttavia obbligava Archer ad ammettere il proprio impedimento fisico e questo le procurava senso di colpa. « Ma l'annullamento... ci esporrebbe in maniera troppo intima da sopportare. »

Archer replicò: « Nondimeno lo farebbe il divorzio. Per ottenerlo dovremmo dimostrare che uno di noi è un adultero. O che io vi picchio».

« Per me va bene. »

« Che io vi picchi? » chiese lui, illuminandosi.

Beatrice ignorò il suo sarcasmo. « Che mi accusiate di adulterio. Se lo ritenete meno oneroso, per voi, anziché dimostrare che il nostro matrimonio non è mai stato *consumato.* »

« Le cause di divorzio sono pubbliche. Non sarebbe piacevole da sopportare, per voi. E io... non riuscirei ad accusarvi pubblicamente di adulterio, Beatrice. »

« Neanche se fossi colpevole? »

« Fossi in voi, eviterei di scomodare Lord Warthmore. »

Beatrice arrossì violentemente. « Anziché ricascarci con lui preferirei che voi mi picchiaste a sangue. »

Archer, divertito, le chiese: « Ne siete proprio sicura? » Beatrice annuì con foga. « Ve l'ha fatta grossa, Sua Signoria » constatò quindi lui, adagiandosi disinvolto sul sedile e prendendo una sigaretta.

« La verità più inaccettabile di tutte è che sono stata io a permetterglielo » ammise Beatrice. « Sarei ingiusta verso di lui ma anche verso me stessa se mi dipingessi come la vittima della situazione solo per alleggerire la mia posizione ai vostri occhi. »

« Oh, ma io lo vedo bene che il vostro orgoglio ribolle » rispose lui, la sigaretta tra le labbra. Non l'aveva ancora accesa e la tolse via con tre dita. « Tuttavia mi duole informarvi che per parte mia non sono incline all'idea di sfinirvi di botte. Diciamo allora che non ci resta che ammettere la verità. E cioè che questo matrimonio non è stato, né mai verrà consumato. »

Lei arrossì e Archer si inclinò verso di lei, per parlare a voce più bassa possibile. « Beatrice, fidatevi. L'annullamento sarà meno doloroso. »

In quel momento il treno sobbalzò bruscamente sulle rotaie e lei gli finì addosso. Quel contatto le colorò le guance di un rosso ancora più intenso.

« Scusatemi. »

Lui scosse il capo, come a dire: Non è niente.

« A ogni modo » proseguì lei, lievemente malferma, « non è qualcosa che dobbiamo affrontare nello specifico adesso. O sì? » gli domandò, dubbiosa.

« Lo dicevo solo per tranquillizzarvi. »

Beatrice lo guardò accendersi la sigaretta e riporre la scatola nella tasca.

Meno doloroso. Come no.

Wroxham Hall era una bianca dimora dalla forma quadrata ma con una cupola tonda al centro. Su ogni lato si affacciava lo stesso tipo di colonnato e i quattro spigoli puntavano tutti verso un punto cardinale. Sotto l'apparente armonia il risultato aveva agli occhi di Beatrice qualcosa di enigmatico. Tuttavia, da qualunque prospettiva lo si guardasse, circondato dai giardini, il palazzo era semplicemente splendido.

« Un gran bel posto in cui crescere, ispettore capo » commentò mentre percorrevano il vialetto centrale verso l'ingresso a nord-ovest, fiancheggiato da cespugli di rose.

« Già » rispose Archer con quella naturale ombrosità tutta sua.

Dalla grande porta centrale venne fuori intanto un suo coetaneo che Archer le presentò come Felix Cartwright. Costui si voltò verso Beatrice con gli occhi pieni di buonumore: « Spiegatemi come avete fatto a far capitolare quest'uomo, Mrs. Blackburn. Parola mia, lo credevo impossibile! »

Beatrice si sentì trasalire. « Suppongo... si sia innamorato » balbettò, scialba come forse mai era stata in tutta la sua vita.

« Oh, be', suppongo di sì » disse Felix, e mentre Archer evitava di rispondere proseguì, compassato: « Siete in tempo per il tè del pomeriggio. A meno che non desideriate riposare ».

Archer si voltò verso Beatrice, interrogativo, come se demandasse a lei la scelta.

« Mi farà piacere un tè, grazie » replicò lei compita.

Nel frattempo, entrarono nella villa attraversando un brevissimo corridoio e infine si trovarono in una sala dalla pianta rotonda. Qui l'attenzione di Beatrice fu subito catturata da affreschi estesi su tutte le pareti fino alla cupola. Dalle aperture in fondo ai corridoi penetrava intanto il verde brillante della radura intorno, e le fu definitivamente chiaro perché Archer volesse rivedere Wroxham Hall un'ultima volta. A Beatrice venne istintivo girare su se stessa per osservare ogni dettaglio dei dipinti, ma poco dopo Felix la richiamò per affidarli a un cameriere che si sarebbe occupato di accompagnarli nella loro stanza.

Beatrice continuò a essere distratta lungo il tragitto. Wroxham Hall era di dimensioni decisamente più contenute rispetto ad Alconbury, che era una specie di villaggio in miniatura, e se non altro stavolta non rischiava di perdersi.

Vennero quindi condotti in una camera che a quell'ora era ombreggiata e che aveva al centro un unico enorme letto e nessun divano, solo un paio di piccole poltrone dall'aria scomoda di fronte al camino spento. Si sarebbe riproposta la solita estenuante lotta con l'inevitabile conclusione di Archer costretto, in questo caso specifico, a dormire sul tappeto?

« Ispettore capo, comprendo che è presto per andare a dormire e perdonatemi se anticipo il nostro problema più ferale ma vi prego, almeno per questi giorni, non tormentiamoci per il letto. »

Lui fissò l'oggetto in questione come fosse il kraken emerso dagli abissi, ma alla fine disse: « D'accordo ».

« Siete serio? »

« Sì. »

« È grande abbastanza? » lo stuzzicò lei.

Lui non le rispose a parole ma le indirizzò uno sguardo carico di impertinenza, prima di accostarsi a una delle finestre, da cui si mise a rimirare l'esterno.

« Era la vostra stanza, quando vivevate qui? » gli domandò Beatrice, togliendosi la cloche.

« Figurarsi. »

« Dove alloggiavate allora? »

« Al pianterreno. Con la servitù. »

« Vostra madre... »

« Era la governante, sì. »

« Perché Felix Cartwright vuole vendere Wroxham Hall? » domandò poi Beatrice, capendo che Archer non gradiva approfondire i propri ricordi. « Debiti? »

« Anche. Ma non è di quegli aristocratici fissati con la conservazione delle proprietà. Ha trovato un acquirente disposto a pagare una cifra stupefacente e vuole essere libero di dedicarsi all'aviazione, che è la sua vera passione. Nel profondo, è un avventuriero. La vita da nobile di campagna non fa per lui. Finirà con lo sperperare tutto in aerei e imprese assurde. Ma sarà molto più soddisfatto. »

« Ma come si può essere disposti a perdere un posto del genere? » osservò Beatrice, trasognata.

« Suppongo che tutto stia nel concetto di *possesso*. Su quanto sia cruciale per ciascuno. Non per tutti lo è. »

« Ispettore capo, suvvia. È facile per noi, perché abbiamo poco e niente. Ma se Wroxham Hall fosse vostra davvero potreste separarvene? »

Di spalle, ma con convinzione, Archer rispose: « Eccome, Miss ».

« Dovreste abituarvi a chiamarmi Beatrice almeno in pubblico. »

« Anche voi per prima mi chiamate ancora ispettore capo. »

« Non mi avete mai chiesto di usare il vostro nome. »

« Fatelo pure, Mrs. Blackburn. »

Era la prima volta che le si rivolgeva così e lei si attardò nel suo sguardo, per poi distoglierlo imbarazzata. Per quanto la riguardava, Beatrice non era sicura di riuscire a chiamarlo di nuovo Archer con tanta facilità. Ma intanto, prima di unirsi alla compagnia per il famigerato tè, Beatrice aveva altre domande su Felix che, si rese conto, riconducevano infine più a lui che al padrone di casa.

« Cartwright è stato in guerra con voi? »

« All'inizio, sì. Poi l'ultimo anno lui ha scelto la RAF. Non vedeva l'ora. »

« Se posso chiedervelo... quanti anni avete trascorso al fronte? »

« Dal 1915 fino all'ultimo disgustoso giorno. » Beatrice si chiese quando fosse stato ferito. Sapeva che lui era stato in Francia, perché una volta vi aveva fatto cenno, ma lui intanto proseguì. « Io e Felix ci siamo arruolati poco prima di compiere diciotto anni. Abbiamo imbrogliato sull'età. Quando il barone l'ha saputo per poco non ci ammazzava lui. »

« Perché tanta fretta? »

« Perché la guerra era la cosa più importante del mondo. » Si interruppe un istante per accendere una sigaretta. « Se non ci andavi, non eri uomo. » Inspirò profondamente, con voluttà, e infine disse: « Dobbiamo andar giù » e a lei parve un evidente modo di chiudere il discorso.

Dalla sala in cui era servito il tè proveniva un vociare allegro, che si attutì allorché loro due vi entrarono. Beatrice si sentiva molto intimidita, soprattutto quando una donna si alzò da uno dei divani color grigio polvere per andare ad abbracciare Archer.

« È tua moglie! » esclamò giuliva costei.

« Sì » disse Beatrice, impettendosi. Se doveva recitare la parte della mogliettina devota, tanto valeva farlo fino in fondo.

« Quel giorno eravate troppo presa dall'emozione, come è giusto che fosse. Ma ero in chiesa al vostro matrimonio, sapete? »

« Oh. Grazie, Milady. »

« Vi prego, chiamatemi Sybil. »

E poi ogni altra cosa svanì dal suo orizzonte perché a un certo punto riconobbe un'altra ospite.

Non poteva crederci. Era Josephine Miller in carne e ossa! Non solo un'attrice, piuttosto una diva. Bella dal vivo ancora più che sul grande schermo, quando andava a vedere i suoi film al cinema con Lucilla, che a sua volta l'adorava. Capelli neri come la notte, occhi azzurri come gemme preziose in un volto del colore del miele scuro, sopracciglia sottilissime, labbra dall'arco di Cupido così pronunciato che non si poteva non ammirarle. La sua storia la conoscevano tutti: figlia di un ricco mercante inglese e di una donna dei Caraibi, cresciuta tra agi, ricchezze e pregiudizi. Ma anche i detrattori dovevano arrendersi davanti al suo fascino unico.

Santo Cielo, dove l'aveva portata, l'ispettore capo? In paradiso? Se solo ci fosse stata anche Lucilla e avesse potuto vederla! Beatrice non faceva che pensare alla gioia che avrebbe provato la sua sorellina.

« Mrs. Blackburn, posso presentarvi il resto della compagnia? » disse intanto Sybil, il cui nome completo era Sybil Lyndon-West e, a quanto Beatrice aveva appena appreso, era la sorella di Felix. Costei era molto gioviale e sembrava ansiosa di presentarle il marito, Tristam Lyndon-West, il tipo d'uomo che risulta piacente in virtù di un'elevata sicurezza interiore più che per doni ricevuti dalla natura.

« E credo non ci sia bisogno di presentarvi Miss Miller » concluse Sybil, conducendo entrambi davanti al divano su cui la diva restò seduta, con aria leggermente altezzosa. Josephine Miller indossava dei pantaloni e aveva le labbra dipinte di rosso. Quanta audacia, pensò Beatrice incantata, e non riuscì a tenere a freno il visibilio. « Miss Miller, è un profondo onore conoscervi. »

« Grazie... potete ripetermi il vostro nome? »

« Mrs. Blackburn. Beatrice. »

« Grazie, Beatrice. Siete molto cara. »

« Mia sorella Lucilla, in particolare, vi venera. »

« Oh. Che gioia per me saperlo. Dovrei avere qualche foto in camera. Potrebbe far piacere a vostra sorella, riceverla? »

« Ma si capisce! Non potete immaginare quanto. Siete gentilissima. »

Josephine Miller sorrise graziosamente e tornò al suo tè, che sorbiva tenendo la tazzina con le dita laccate di rosso come le labbra.

Beatrice andò quindi a sedersi, seguita da Archer. Si interrogò su quali fossero i rapporti della diva con i Cartwright; di certo dovevano essere confidenziali, date le specifiche circostanze di quel ritrovo. Una cameriera intanto le versò il tè e Beatrice era talmente inibita che si astenne dal prendere un pasticcino, proprio lei che non rifiutava mai un dolcetto.

Piuttosto, si guardò attorno. Il soffitto era ornato da larghe fasce di stucchi e le pareti erano di un colore rosa neutro. Un grammofono suonava Jack Hylton mentre una leggera brezza dolce e calda faceva ondeggiare le tende arricciate a pacchetto.

Fu, quello, un attimo di una perfezione inarrivabile.

8 Il nuovo proprietario di Wroxham Hall

Finito il tè, quando Beatrice si accingeva a risalire al primo piano, nella sala entrò Felix Cartwright, salutando gli ospiti con un piccolo inchino con aria molto rilassata.

« Sbaglio » disse all'improvviso Tristam Lyndon-West, il cognato di Felix, « o Christopher Ashbury è in ritardo? »

Beatrice trasalì e rivolse uno sguardo perplesso ad Archer. Lui comprese al volo, ma scrollò le spalle come a dire che non ne sapeva nulla.

« Sì, lo è. Era atteso per il pomeriggio ma forse vorrà tardare il più possibile l'esborso. È più tirchio di un vecchio duca » replicò Felix, con una risata sbrigliata.

Beatrice ragionò velocemente. Kit, in effetti, aveva annunciato di voler comprare una proprietà e lei presumeva che non ce ne fossero così tante in vendita. Soprattutto non così belle come Wroxham Hall, e Kit aveva tutta l'aria di essere tornato in patria con un solo proposito: strafare.

Fortuna che si fossero incontrati e in un certo senso anche chiariti, o sarebbe stata una sorpresa profondamente spiacevole. Di certo, comunque, non la si poteva ritenere una casualità gradevole. Anzi. D'istinto sfiorò la spilla a forma di ape che aveva appuntato al bavero anche quel giorno. Avrebbe dovuto toglierla, in vista dell'arrivo di Kit? Non voleva inviargli il messaggio sbagliato, e cioè che l'avesse indossata con intenzione.

« Ma arriverà almeno per cena? » chiese Sybil.

« Sì. Con la moglie e con Mark Trewalney, il suo avvocato. » Scese un silenzio imbarazzato, che Beatrice non seppe motivare con certezza. Era stato il nome dell'avvocato a causarlo? Oppure la consapevolezza che quella casa appartenuta ai Cartwright per secoli si apprestava a cambiare proprietario?

« Almeno una lieta notizia » disse Tristam. « Il buon vecchio Trewalney dà enormi soddisfazioni al tavolo da gioco. »

Sybil roteò gli occhi. « Trewalney ci è già stato tra i piedi nelle ultime due settimane con tecnici e architetti » riprese poi a beneficio di Josephine Miller. « Non lo sopportavo più. »

Quell'affermazione non era che l'eco delle ripetute lamentele della sorella e Felix chiosò, verso Josephine: « Doveva verificare le condizioni strutturali della villa. Un passaggio necessario ».

« Ed è tutto a posto? » domandò l'attrice.

« Nell'insieme sì, ma tetto e cucina necessitano di lavori. E c'era da negoziare il prezzo. Trewalney ha fatto questo lavoro preliminare per conto di Ashbury, incluso spulciare il Land Registry. Meno male che nostro nonno aveva già iscritto la proprietà. »

Guardandosi attorno, Tristam disse: « Certo che almeno gli arredi potevamo tenerceli ».

Con una maschera di indifferenza Felix replicò: « Non è rimasto niente di valore, ormai. Sai come si dice: non sei un vero nobile se non vendi almeno un quadro all'anno ».

Sybil arrossì d'imbarazzo. « Felix! »

« Be', che c'è? Meglio riderci su che finire con una corda al collo come Alastair Lennox. »

Tutti lo guardarono sgomenti, Beatrice per prima. Per quanto ne sapeva lei, il suicidio di Alastair era un segreto ben custodito.

Tristam, in particolare, sembrava turbato: « Ma non era morto per una polmonite? »

« Anch'io sapevo così. Ma me lo ha detto Kit Ashbury, e mi sembra credibile. »

« Conoscevo bene suo fratello. Andrew era nella mia stessa divisione. Fummo feriti insieme » rivangò Tristam. Archer cercò lo sguardo di Beatrice, trovandola febbricitante come sempre quando si parlava dei Lennox. « Sicché concluderete già oggi? » proseguì ancora Lyndon-West.

« Firmeremo il preliminare » precisò Felix. « Poi lui avrà trenta giorni per completare il pagamento e a quel punto si procederà con il trasferimento della proprietà. Ma alla firma del preliminare il vincolo sarà ormai stretto ed è reciproco. » Scese in quell'istante un silenzio che Felix interruppe bruscamente dicendo: « Dopotutto, ogni cosa ha una fine. Blackie, che effetto ti fa? »

Blackie. Che adorabile soprannome, pensò Beatrice. Rendeva più intima una domanda già molto intima: che effetto avrebbe dovuto fare ad Archer? E soprattutto perché avrebbe dovuto fargli effetto?

L'ispettore capo, che al sentirsi chiamare Blackie era raggelato, poggiò la tazza di tè ormai vuota sul tavolino di fronte al divano.

« Se non fa effetto a te, Fluke » rispose a tono.

« Cuore di tenebra » lo apostrofò Felix in direzione di Beatrice, aggiungendo: « Lo è sempre stato, sin da bambino ».

Beatrice sorrise, immaginando un piccolo ispettore capo che sgattaiolava dalle cucine per raggiungere i bambini dei piani alti. Era con loro che si nascondeva sotto i letti, come aveva raccontato una volta a Lucilla? E si domandò perché poi Archer fosse tanto ostile agli aristocratici, quando era evidente che vi fosse cresciuto in mezzo e che avesse legami profondi con i Cartwright.

Ma intanto, Sybil intervenne con voce spezzata: « Il denaro può comprare solo ciò che è in vendita ». Una riflessione pungente che attirò uno sguardo inquieto di Felix.

« Abbiamo commesso un errore imperdonabile, rivendendo le azioni della miniera di Carter Lacy » disse Tristam, di punto in bianco. Quell'osservazione attirò immediatamente l'attenzione di Archer e Beatrice, che si scambiarono uno sguardo eloquente.

« Non sapevo che tu ne possedessi una quota » affermò infine Archer, rivolgendosi a Lyndon-West.

« Il mercato azionario mi diverte » replicò Tristam. « E alle volte è in grado di procurare grandi gioie. Questo sarebbe stato il caso. »

« In conclusione » stabilì Josephine, inserendosi nella conversazione come se l'annoiasse, « fino all'arrivo di... come avete detto che si chiama? »

« Christopher Ashbury » le rispose Felix.

« Bene. Fino al suo arrivo possiamo ancora convincerti a ripensarci. » La sua voce morbida e profonda irruppe tra i pensieri di Beatrice, che si ritrovò a considerare che fosse un peccato che al cinema non la si potesse udire, quella voce da brividi.

« No, sia chiaro, non ci ripenserò. »

« Be', allora presto detto, dovremo farci amico questo Ashbury » replicò Josephine, volendo forse, pensò Beatrice, alleggerire il clima.

« Anche noi dovremo farcelo amico? » domandò quindi Archer a Beatrice, in un sussurro.

« Voi di sicuro, visto che non molto tempo fa l'avete fatto languire in prigione da innocente » mormorò lei, soave, finendo il suo tè.

« Siete molto impertinente, Mrs. Blackburn. » Ci aveva preso gusto, a quanto pareva, a chiamarla in quel modo. « In ogni caso, mi sembra evidente che il destino lo abbia ben ripagato delle pene che gli ha inflitto attraverso la mia persona. »

Beatrice annuì con una certa foga e avrebbe voluto dire d'impeto *altroché*, salvo poi ricordarsi di doversi condurre con maggiore grazia e dicendo quindi: « Non succede molto spesso, ma a volte il destino si ricorda di farlo ».

« Ma non era andato in India? » proseguì quindi Archer.

« È già tornato. In realtà, io lo sapevo: l'ho incontrato qualche giorno fa. Si è parecchio arricchito, e in fretta. »

Archer rifletté un istante, poi disse: « Era da mettere in conto. Ed è ovvio che si siano incontrati in India: Felix del resto è stato lì qualche tempo. Ci è arrivato in aereo ».

Beatrice si voltò: « Volando? »

« Sì. Come vi dicevo, ha un velivolo tutto suo » le rispose Archer.

« Avete mai volato con lui? » gli domandò prima di spostare l'attenzione su Felix che stava dicendo a Sybil: « ... siamo d'accordo. È la scelta migliore. Ne trarrete vantaggio anche voi e i bambini ».

E mentre Archer le rispondeva di no, Beatrice continuava a ritenere incomprensibile la scelta di Felix. Ma forse era anche l'esperienza con Julian a farle credere che per principio tutti i nobili avessero un legame inscindibile con la terra e le tenute.

Intanto, anche se aveva voglia di rimanere lì, Beatrice sapeva di doversi mettere al lavoro, o non sarebbe riuscita a rispettare le tempistiche richieste da Mr. Williams. Lo accennò all'ispettore capo, che le bisbigliò: « Vi accompagno? »

« Non occorre. »

« Allora a più tardi. »

Salutò la comitiva e si avviò verso l'uscita, ma venne letteralmente travolta da tre bambini urlanti, di età compresa tra i cinque e gli otto anni al massimo, stancamente seguiti da una ragazza vestita di nero con un lungo giro di perle al collo.

Nel frattempo, anche Tristam Lyndon-West aveva raggiunto il corridoio, forse richiamato dalla concitazione dei piccoli. Li stava rampognando con la sua voce possente.

« Ma papà, Pelham mi ha chiamato *scallywag* » riferì uno dei tre a Tristam. Doveva dunque trattarsi dei figli di Sybil e Tristam, nipoti di Felix. Colei che li accompagnava doveva essere la loro istitutrice.

« Elizabeth, manda a chiamare Miss Fizzwig, per pietà » disse Tristam, rivolgendosi alla giovane donna, che scosse il capo biondo.

« Oh, no, non è necessario... li accompagno io nelle loro stanze » rispose lei, e poi, guardando accigliata il minore dei tre, aggiunse: « Prima di cena è meglio che dia anche una strigliata a Colin. Con permesso » concluse infine, con un sorriso gentile diretto a Beatrice a cui lei replicò con altrettanta cortesia. La giovane donna infine si proclamò capitano della ciurma e ordinò di andare tutti a lavarsi, o li avrebbe fatti camminare sulla passerella e finire fuori bordo a fare da spuntino agli squali. A Beatrice parve un modo grazioso e al contempo energico per affrontare i tre scalmanati e ancora con il sorriso sulle labbra si ritirò nella propria stanza, dove si mise a cucire i rivestimenti dei paralumi senza nemmeno guardare l'orologio fino a quando, con un timido bussare, Archer si annunciò.

« È ora di prepararsi per la cena » disse, chiudendo i battenti della porta.

« Oh. »

« Ve ne dispiace? »

« Avete presente quel magico momento in cui il lavoro ingrana per bene, non pesa affatto e anzi duole abbandonarlo? »

Le labbra di Archer si incurvarono in un sorriso laterale. « Ho presente. » Beatrice sospirò, riponendo il pizzo nero nel cestino. « Non avete appetito? »

« Un po', in effetti. Sapete se Christopher Ashbury è arrivato? »

Archer si tolse il gilet rimanendo in camicia e rispose: « Sì, è arrivato ».

« Vi siete incontrati? » domandò Beatrice. L'idea dei due sotto lo stesso tetto era tragicamente comica. O comicamente tragica. E in una certa misura la imbarazzava anche molto, forse perché Kit era stato il suo primo bacio e Archer l'ultimo. Per tacere di cosa c'era stato in mezzo tra i due. Le girò la testa.

« Sì. »

« È stato imbarazzante? »

« Per lui di certo più che per me. »

« Siete tremendo. »

« Be', è la verità. L'ultima volta in cui l'ho visto mi ha vomitato sulla camicia. E ha tradito il suo migliore amico, che in una scala di disvalori per quanto mi riguarda è al vertice. Ho sempre avuto il sospetto che voi c'entraste qualcosa. »

« Io? » arrossì Beatrice.

Archer inarcò un sopracciglio. « Ashbury era geloso marcio di voi e di Lord Warthmore. »

« Solo per un triste e malsano senso di possesso. Non era amore. »

« Questo è possibile. » Archer si sedette sulla poltroncina vuota, di fronte a Beatrice. « Ma forse, nemmeno il vostro lo era. »

Sentendosi un po' a disagio per la piega intima presa dal discorso, Beatrice ammise tuttavia: « No. Non lo era ». Si scambiarono uno sguardo che indugiò più del dovuto.

« A ogni modo vi tranquillizzo » tagliò corto Archer, « gli scambi tra noi sono stati molto urbani. Era sorpreso di vedermi, ovviamente. Ma ci ha tenuto a precisare che è contento di rivedere anche voi. »

Beatrice fece un'espressione sarcastica. « A quanto pare l'India non lo ha solo arricchito, lo ha pure redento. »

« Se voi credete nella redenzione, certo, è possibile. Beatrice... Se con l'arrivo di Ashbury vi disturba restare, lo capirei. Possiamo ripartire già domani con una scusa. »

« Ma no. Non mi perderei mai la permanenza in un posto così bello. Nemmeno per Kit. »

« E non avete ancora visto il giardino. »

« Cos'ha di speciale? » domandò Beatrice.

« Ce ne sono pochi, come i giardini di Wroxham Hall. »

« Oh » disse Beatrice, poco impressionata.

Ma Archer proseguì con convinzione. « Sul serio. »

« È dove giocavate da bambino? »

« Sì, tra le altre cose. Anche se il mio posto preferito da bambino era un altro. »

« Quale? »

« La torre colombaia, giù al confine sud con Clifton House. Ma quella non ha niente di bello. »

« Perché ci andavate? »

« Per arrampicarmi. Ogni bambino che si rispetti prova a rompersi l'osso del collo. »

« Ma non ci siete riuscito, mi sembrate tutto intero. »

« Mi sono rotto una volta la clavicola e un'altra il polso. Meglio che niente. »

Beatrice avrebbe voluto raccontargli che anche le sue avventure da bambina avevano lasciato un segno, ma poi pensò che, se c'era qualcuno per cui in realtà la sua cicatrice sembrava non esistere, quello era proprio Archer.

Nominarla, o indicarla, l'avrebbe resa presente più di quanto non fosse mai stata tra loro. E in lei, lo era già più che abbastanza.

Non molto tempo dopo, Beatrice e Archer si presentarono dabbasso. Poco prima di entrare nella sala in cui veniva servito il cocktail che apriva la cena, lui le porse il braccio. Beatrice, sorpresa, rispose: « Be', perché no. Se si deve fingere, tanto vale farlo bene ».

« Sono d'accordo. Siete incantevole stasera, Mrs. Blackburn. »

« Vi riesce molto bene fingere stasera, Mr. Blackburn. »

Fecero qualche altro passo verso la sala quando lui si chinò appena dicendole all'orecchio: « Non è una finzione, questa ». La voce di Archer era bassa a sufficienza da suscitare un brivido su ogni dentellatura della sua schiena. E fu con le guance infuocate che Kit la trovò. Andò loro incontro, molto biondo e molto disinvolto. I saluti furono brevi perché l'obiettivo principale di Kit sembrava, in realtà, presentare sua moglie Milou. E come non capirlo, pensò Beatrice: c'era di che essere ben fieri di averla sposata. Aveva un fascino sottile ed esperto e parlava con un accento francese che rendeva la sua voce irresistibile. Beatrice si chiese se Kit avesse confessato a Milou dei loro trascorsi. Per solleticare un riflesso di gelosia e di vanità, per esempio. O forse, per le stesse ragioni, aveva evitato accuratamente di menzionarla. Ma Kit si rivolgeva a Milou con evidente devozione, cui lei replicava con affetto e gratitudine. Erano belli e infondevano speranza nel destino. No, non doveva averle raccontato proprio niente. Si vedeva che non desiderava turbarla in nessun modo, perché ne era innamorato in maniera autentica e non aveva bisogno di sotterfugi.

Intanto, quello scambio diede a Beatrice anche l'opportunità di scoprire che l'ispettore capo parlava francese, appreso nei dintorni di Amiens, dove a quanto pareva era stato per mesi in trincea. Lui e Milou scambiarono qualche frase divertita, l'ispettore capo un po' incerto mentre lei lo correggeva con dolcezza. Osservandoli, Kit sorrise a Beatrice, come a volerle dire che, alla fine, il destino era stato benevolo con entrambi.

« Corre voce che tu sia qui per comprare Wroxham Hall » disse quindi lei; nel frattempo, un cameriere passò con il vassoio dei calici.

« Cos'è? »

« Dubonnet » replicò Kit al posto del servitore. « È il preferito della casa, o così mi è stato detto. Prova, è buono. Forte, ma buono. »

Beatrice ne prese un bicchiere con un po' di scetticismo, perché in realtà non amava il sapore degli alcolici e finiva in genere con il bagnarsi solo le labbra.

Distratto dal passaggio del cameriere, Kit non aveva risposto alla sua domanda e adesso Milou e Archer avevano abbandonato il francese. La conversazione era nuovamente a quattro e tale si mantenne fino a quando non andarono a cena.

Beatrice si ritrovò seduta vicino a Kit, che era tra lei e Josephine Miller. La sedia accanto ad Archer restò vuota qualche minuto, prima di venire rimossa insieme al coperto; era destinata, sentì dire Beatrice, a Elizabeth (l'istitutrice dei tre bambini? Allora forse non lo era, se sedeva a tavola con loro). Costei però aveva accusato un'indisposizione e aveva disertato la cena.

Milou era finita accanto a Tristam Lyndon-West da un lato e all'avvocato Trewalney dall'altro. Entrambi non mancavano di vezzeggiarla.

«Secondo te» disse Kit, distraendola dall'osservare gli altri commensali, «sarà felice qui, Milou?»

Beatrice corrugò la fronte. «Lo chiedi a me?»

«Perdonami, capisco che possa sembrare scortese chiedertelo. Ma mi piace pensare a te come a un'amica ritrovata. Al contrario di me, tu ti sei fatta rimpiangere.»

A quelle parole, Beatrice trattenne un attimo il respiro, perché Kit le aveva pronunciate con una tale tenerezza che lei ne fu commossa. «Io» proseguì Kit, «vorrei essere lo stesso per te. Se lo vorrai, potrai considerare Wroxham Hall anche un po' casa tua, e venire ogni volta che lo desideri.»

Beatrice era sorpresa da tanta affabile generosità. Non era spiegabile se non con un affetto sincero. La domanda tuttavia restava egoista, se non di dubbio gusto.

«Sono sicura che Milou starà benissimo qui a Wroxham Hall.»

«È abituata a viaggiare, sai. Il padre aveva un giro d'affari enorme in mezzo mondo. È sempre stata obbligata a un continuo ricambio di amicizie e non c'è cosa che lei desideri di più della stabilità in un posto tranquillo.»

«Posso capirlo» replicò Beatrice, compita, fissando l'anatra con i piselli stufati che aveva nel piatto.

« D'altra parte » proseguì Kit, « l'enorme capitale che ho guadagnato di colpo, sai, a volte mi mette in ansia. Saprò mantenerlo? O finirò male come certi aristocratici? Posso veramente permettermi questo posto? » concluse guardandosi intorno.

« Credo dipenda dal fatto che il tuo successo è stato fulmineo, non graduale. Per questo ti spaventa. »

« Già, è possibile. D'altra parte » disse bevendo del vino con fare un po' altero, « è anche vero che non si è trattato solo di fortuna. »

Beatrice lo guardò incuriosita.

« Non si trovano i diamanti così per caso. Io in quella miniera ho creduto. Ho fatto degli errori nel cammino, certo, come tutti. Ma ci ho creduto fino all'ultimo » disse alzando un po' la voce. « Non come certi altri che si sono dati alla fuga perdendo inutilmente un'enorme quantità di denaro. »

Il commento pareva indirizzato a Tristam Lyndon-West, che tuttavia sembrava incapace di coglierne la sfumatura caustica. Alzò il calice in direzione di Kit e disse, senza acrimonia: « Un brindisi ai temerari! Ché il coraggio va innaffiato con buon vino! »

Sybil indirizzò al marito uno sguardo ammonitore ma Felix, che aveva udito il brindisi, sollevò anche il proprio calice. « Mi aggiungo, caro cognato. »

E quindi il brindisi si fece. Non appena fu concluso e Kit tornò a parlarle, lei si riagganciò a quanto stava per dirgli poco prima. Non poté proprio tenerlo per sé, sapendo quanto Kit indugiasse alle volte nella propria spacconeria.

« La cosa più importante è aver trovato dei buoni consiglieri » e indicò Mark Trewalney, l'avvocato che aveva accompagnato Kit. Costui era un uomo sulla cinquantina, una marcatissima stempiatura che sottolineava la forma ovale della testa, palpebre appesantite, naso greco e modi che rivelavano lunga pratica con certi ambienti.

« Chiaro, Trewalney. Gli ho fatto firmare un contratto di esclusiva, perciò lavora solo per me. Bee... posso ancora chiamarti Bee? »

Beatrice non era certa che le facesse piacere ma annuì. « D'accordo, Kit. »

« Del resto è un nomignolo che ti ho dato io, anche se poi lo ha usato anche qualcun altro » aggiunse, in tono neutro, come se le sue parole non contenessero alcuna recondita allusione.

Beatrice decise di portarla ugualmente in superficie. « Hai rivisto quel *qualcun altro*, da quando sei rientrato in Inghilterra? »

Kit esitò, ma infine rispose: « No, ma è stato l'ultimo che ho salutato prima di partire. Qualcosa vorrà dire ».

« Vi legava un'amicizia profonda. »

Kit s'incupì, ma si riprese dicendo: « È stato un buon amico, sì, finché è durata. Presumo che anche i tuoi rapporti con lui si siano diradati » concluse, sistemandosi il tovagliolo di cotone di fiandra sulle cosce.

« Estinti » ribatté Beatrice, fiera della parola che le era sgorgata dal cuore, ma anche remotamente nostalgica. Dall'espressione che aveva sul viso, Kit sembrava nutrire quella stessa nostalgia. « Ti manca? » proseguì lei.

« È difficile non sentire la sua mancanza: è molto bravo a rendersi indispensabile. »

Restarono un momento in silenzio e alla fine Beatrice osservò: « Tu fai sempre in tempo a rivederlo. È inaspettatamente misericordioso. Se gli va ».

La descrizione strappò a Kit un sorriso. « Già. Se gli va. Bee, in questi giorni sarai una buona compagnia per Milou, me lo prometti? »

Beatrice era perplessa. Milou aveva tutte le carte in regola per adattarsi splendidamente all'ambiente. « Si capisce, se vuoi te lo prometto. Ma non mi sembra necessario... »

« Io penso di sì, invece » la interruppe Kit.

« Va bene » disse Beatrice anche se, guardando la squisita semplicità e dimestichezza con cui Milou conversava con i commensali, pensò ancora che no, non ne avesse proprio bisogno.

La serata, brillante e vivace, si concluse a notte fonda.

Beatrice, sfinita, desiderava ritirarsi in camera; in realtà non vedeva l'ora di addormentarsi e risvegliarsi la mattina seguente pronta a visitare il giardino. Subito dopo, avrebbe dovuto rimettersi al lavoro, come da programmi.

Addormentarsi.

Bel problema. Avrebbe indossato la camicia da notte? L'ispettore capo sembrava determinato a dormire in camicia e pantaloni. Magari non quelli del black tie, che dovevano rimanere in condizioni non meno che eccellenti.

« Vi servirebbe una vestaglia » disse Beatrice, con innocenza.

Archer rabbrividì. « Non sono una cortigiana. »

Beatrice sorrise di nascosto ma poi rispose seria: « Io sono talmente stanca che crollerò addormentata subito. Non vi guarderò nemmeno ». Ma subito dopo trasalì e si corresse: « Non che io lo faccia, normalmente. Intendo, quando non sono stanca ».

Archer la tenne sulle spine un istante prima di rispondere, con delizioso sarcasmo: « Ovviamente ».

Andò dietro un paravento nero e oro con esuberanti decorazioni Art déco per togliersi il black tie.

Beatrice restò dall'altro lato del paravento, immobile per un istante. Poi capì tutto in una volta che doveva usare quel tempo per cambiarsi anche lei e iniziò a contorcersi per raggiungere i bottoncini sulla schiena. « E comunque » riprese, in un'inesorabile ruzzolata verso l'imbarazzo, « non ci sarebbe niente di male se ci guardassimo. Insomma, Dio ci ha dato gli occhi per farlo. » Aveva la sensazione di blaterare ed era insolito che pasticciasse parole senza senso. Si chiese cosa le fosse preso.

« La Genesi secondo Beatrice Bernabò. »

« Be', non solo secondo me » replicò lei.

« Beatrice » scandì Archer, teneramente, affacciandosi dal paravento. Si intravedeva il suo torace nudo. Era ben fatto. Molto ben fatto. « Volete che io vi guardi? Ditelo. Esplicitamente. E io lo farò. Non mi costerebbe alcuno sforzo. »

« Non proprio adesso » esplose lei, mentre con le mani tirava su l'abito che aveva iniziato a scivolare scoprendo la biancheria intima.

Archer si ritirò dietro il paravento e restarono ammutoliti fino a quando non furono cambiati. Prima di riemergere lui domandò: « Posso uscire, ora? »

Lei indossava una delle camicie da notte d'epoca umbertina abbottonate fino al collo che erano appartenute a sua madre Virginia.

« Allora... buonanotte, ispettore capo. »

« Buonanotte, Beatrice. »

E spenta la luce si misero a letto, ognuno assottigliato sulla propria sponda, dandosi le spalle.

Beatrice si accorse subito che prendere sonno era tutt'altro che semplice. Era la prima volta che dormiva con un uomo. E sebbene in passato si fosse abbandonata sul letto ad attività un po' più sconvenienti di una sana dormita, adesso si accorgeva che quel silenzio era più profondo dell'amore e quell'oscurità era più devastante della lussuria.

Il tempo sembrò dilatarsi insopportabilmente, e il sonno che lei implorava arrivasse non voleva saperne di raggiungerla. Dall'altro lato del letto il respiro non si era mai fatto profondo, segno che anche Archer versava nella stessa disperata condizione.

Lei si voltò, abbracciando il cuscino.

« Ispettore capo, siete sveglio? »

« Sì. »

Archer si girò a sua volta. Il cuore di Beatrice batteva così forte che quasi la faceva soffocare. L'uomo che aveva davanti restava un enigma che non poteva risolvere. Non riuscire a dormire nel suo stesso letto dipendeva da ciò che Archer sentiva per lei, ammesso che sentisse qualcosa, oppure, più in generale, da ciò che lo affliggeva?

Era una situazione assurda in cui lei aveva sbagliato a ficcarsi. Doveva dargli retta.

E adesso non voleva che restasse, ma non voleva che se ne andasse.

Voleva che la sfiorasse, magari per sbaglio, ma tremava dall'ansia all'idea che lui lo facesse.

« Nemmeno voi riuscite...? »

« No. »

Si guardarono in silenzio, ancora sdraiati, accarezzati dal buio.

Infine Archer, con la sua voce scabra che riempì la notte, disse: « Non può funzionare ».

Beatrice annuì. Non aveva senso ribattere negando il vero: si causavano reciprocamente uno stato di tensione che lei non era pronta ad affrontare.

Ma a quanto pareva, neanche lui, che si alzò dal letto senza tante indecisioni.

« Conosco ogni angolo di questa casa. Mi troverò un posto senza che nessuno se ne accorga. »

L'ispettore capo si diresse verso la porta. Abbassò la maniglia, disse: « Buonanotte, Beatrice » e se ne andò.

Nel corridoio, Archer provò a rallentare il respiro per calmare i battiti. Aveva dentro un subbuglio infernale. Un bagno freddo, ecco cosa gli ci voleva.

Lui detestava mentire, ma quando, prima di sposarsi, Beatrice gli aveva domandato se provasse qualcosa per lei, aveva negato.

Era una bugia, e ora, quattro mesi dopo quelle nozze, lo era ancora di più. Ed era sfibrante.

Le aveva offerto l'unica alternativa possibile per rimanere sul suolo inglese, per diventare inglese, e lei l'aveva accettata perché non desiderava altro.

Nondimeno, lo tormentava l'idea di averla legata a sé per necessità, ed era per lui un punto d'onore che quel legame restasse minimo, labile, insussistente sotto ogni aspetto che non fosse quello formale.

Trarre qualsivoglia vantaggio da quel rapporto era un'idea che lo disgustava.

Non aveva fatto i conti, però, con quella linea di confine sottilissima che lui per primo aveva oltrepassato in segreto, perché quello che provava, ormai, era innegabile.

E quindi era nei guai.

Perché non poteva nemmeno concedersi l'opportunità di provare a costruire qualcosa con lei.

Primo, gli sarebbe sembrato un vile accerchiamento. Secondo, cosa poteva offrirle, se non il nome che le aveva già dato?

Non vedeva l'ora che il matrimonio venisse annullato. Eppure, al colmo di un'incoerenza che non sapeva né spiegarsi né affrontare, l'idea che quel giorno sarebbe arrivato lo devastava.

E questa era la situazione in cui si trovava.

Non lo aiutava quello che Mr. Sigmund Freud chiamava *inconscio*, dal momento che negli unici brevi istanti in cui aveva preso sonno aveva sognato di far scivolare lentamente dalle asole, uno a uno, i bottoni della camicia da notte di Beatrice. Un bacio per ciascun bottone. E le labbra di sua moglie, nel sogno, erano morbide e dolci come certe pesche di fine giugno, proprio come lo erano la prima e unica volta in cui le aveva toccate.

A far precipitare le cose era poi il fatto che puntualmente, quando sognava, ciò che non funzionava in lui si aggiustava. Lo si poteva considerare un buon segno? Forse.

Si avviò verso sud per raggiungere la torre colombaia che risaliva al Medioevo e che si trovava a sufficiente distanza dalla villa e da Beatrice. Lì era stata ricavata una stanza da letto che il vecchio barone usava per i suoi affari privati ancora fino a ottant'anni. L'età non gli aveva mai messo un freno. Le cameriere, sua madre inclusa, lo sapevano bene.

Probabilmente Archer l'avrebbe trovata impolverata, dal momento che l'attuale erede non aveva ragione di usarla. Mentre percorreva il cammino si chiedeva se in effetti l'avrebbe ancora trovata disponibile: uno come Felix sarebbe stato capace di cederla al vicino con assurdi diritti di servitù solo per racimolare qualche soldo.

Quelle ore del mattino che appartenevano ancora alla notte erano fresche, in agosto, e l'aria tersa portava con sé scie profumate di magnolie e di erba.

Dopo una decina di minuti di cammino, Archer raggiunse la torre. Sapeva dove trovare la chiave, in una scatola infilata sotto una fitta siepe. Si chinò e trovò la scatola di latta vuota.

La cosa lo irritò.

Si avvicinò quindi alla porta d'ingresso e provò ad aprirla senza risultato. Fece per andarsene quando si accorse che una debole luce si era accesa all'improvviso nella torre.

Qualcuno aveva avuto la sua stessa idea. Archer si era già incamminato quando nel silenzio assoluto udì il rumore di una serratura che scatta e di una porta schiusa. Si voltò, e vide Felix uscire dalla torre. Era con Josephine Miller. Archer si riteneva bravo a intuire connessioni tra le persone. Gli veniva naturale, ne aveva fatto un mestiere ed evitava i giudizi. Eppure, quella scoperta lo sorprese. Anche se poi, a ben pensarci, quando si trattava di Felix non c'era niente di cui stupirsi.

9 Il giardino

Beatrice si svegliò quando il sole era già alto nel cielo.

Si sentiva intontita e desiderava un po' di latte e caffè con ogni sua fibra.

Si mise in piedi e si vestì rapidamente, un'occhiata al pizzo nero arrotolato che giaceva sul tavolino. Dopo che Archer era andato via si era dedicata ai rivestimenti per un po', perché era comunque troppo tesa per dormire. Il lavoro l'aveva aiutata a rallentare i battiti e i pensieri, riuscendo ad accompagnarla gradualmente verso il sonno.

Mentre sceglieva l'abito da indossare, le vennero in mente i pantaloni di Josephine Miller. Al contrario di Beatrice, la diva poteva usarli senza risultare scandalosa perché era un abbigliamento coerente con l'audacia che ci si aspettava da lei, eppure, possedere e indossare dei pantaloni era diventato all'improvviso un desiderio pulsante.

Chissà, forse in futuro.

Per l'intanto scelse una camicetta avorio con le ruches sullo scollo a V e una gonna color kaki. Nulla che avrebbe mai fatto dire *wow* a chi l'avesse vista, ma era decorosa.

Mentre si spazzolava i capelli, che portava in un caschetto morbido e ondulato di un bel colore castano, sentì bussare alla porta che poco dopo fu aperta dall'ispettore capo. I capelli umidi gli ricadevano sul viso.

« Che vi è successo? » domandò Beatrice.

« Ho fatto un bagno » replicò lui.

Aveva un'aria selvatica e scomposta del tutto inusuale. « Fuori? » chiese lei.

« Sì. »

« Avete dormito? »

Archer scosse il capo. Indugiarono in uno sguardo strano e profondo, poi Beatrice si riscosse per prima e propose: « Volete mostrarmi il giardino? Così poi potrò tornare al lavoro ».

« D'accordo » rispose Archer mentre si frizionava i capelli con un telo di cotone.

Si recarono quindi di sotto, nella sala allestita per il buffet della colazione.

Kit e Milou erano seduti a tavola e nei piatti di fronte a loro fumavano delle uova al forno con prosciutto. Era con loro anche la zia di Milou, Madame Charpentier, che sembrava essere una donna di natura silenziosa.

Kit accolse i nuovi arrivati con un sopracciglio inarcato: « Non l'avrei mai detto. I Blackburn che si presentano per ultimi a colazione! Ah! Che gioie, la luna di miele! »

Mentre era di spalle guardando il buffet con una certa indecisione (*aringa sì o no?*), Archer sbarrò gli occhi per tanta insolenza.

Milou ridacchiò maliziosa in direzione del marito. « In fondo, io ho la sensazione di non essere ancora tornata dalla luna di miele... » In risposta, Kit assunse un'espressione compiaciuta.

Beatrice si sedette di fianco alla ragazza francese e domandò, compassata: « Dove l'avete trascorsa, Mrs. Ashbury? »

« A Venezia. »

Beatrice pensò alla sua Italia. Non si stavano lasciando bene: il suo paese la reclamava in patria per condannarla come spia e lei, piuttosto che tornare, aveva preferito un matrimonio di convenienza. Invece, Mrs. Milou Ashbury aveva avuto il lusso di godersi un luogo come Venezia, di cui lei aveva soltanto sentito parlare, per fornicarci con Kit in libertà. « Solo Venezia? » chiese poi, senza tradire alcuna emozione.

« Un breve passaggio a Milano ma, se posso dirlo, non mi è sembrata granché. »

« Dopo aver visto Venezia, qualunque altra città lascia insoddisfatti » chiosò Kit, leccando il cucchiaino. « Ci siete mai stato voi, Blackburn? »

Archer, ancora di spalle, replicò con un: « No » che suonò come un tuono.

« Dove alloggiavate? » domandò Beatrice, per fare conversazione. Non aveva idea di quali fossero i nomi di spicco dell'*hôtellerie* veneziana, quindi per lei un nome valeva l'altro.

« Al Gritti » replicò Milou.

« C'era anche Somerset Maugham » aggiunse Kit.

Archer Blackburn si voltò. « Davvero? »

« Parola mia. E mi ha detto: caro Ashbury, *al Gritti non sei un ospite, sei un amico* » e imitò la parlata lievemente balbuziente dello scrittore, dettaglio che solo chi aveva davvero avuto a che fare con lui poteva conoscere.

« Dalle finestre della nostra stanza si vedeva il Canal Grande » raccontò di punto in bianco Milou, trasognata. Kit la guardò adorante.

Oh, com'erano stucchevoli, pensò Beatrice. Ma subito le rincrebbe della sua stessa iniqua ostilità. Nella sala entrò poi Mark Trewalney, abbigliato di tutto punto. Fu presto chiaro che aveva già fatto colazione e che era lì per richiamare Kit ai loro affari inderogabili. Lui chiese permesso e si alzò da tavola.

« Mrs. Blackburn, posso affidarvi la mia signora? » chiese, rivolgendosi a Beatrice.

« Mio marito stava giusto per accompagnarmi a visitare il giardino. Forse Mrs. Ashbury gradirebbe unirsi a noi? »

« *Avec beaucoup de plaisir* » disse Milou, in direzione di Archer, che a sua volta sorseggiava un tè così nero e così amaro che lo si poteva scambiare per caffè.

« Mr. Blackburn è cresciuto qui a Wroxham Hall » spiegò Kit a Milou.

« *J'étais le fils de la servante* » disse quindi Archer a Milou, con un sorriso ironico molto seducente.

Kit stirò le labbra in una smorfia e si alzò per accodarsi a Trewalney.

« A più tardi » si congedò quindi.

« Ci mostrerete i posticini più segreti che solo un bambino può conoscere? » domandò Milou, in inglese. Farlo in francese sarebbe stato fuori luogo e Beatrice apprezzò la capacità di discernimento della moglie di Kit.

« Non vorrei togliere alla nuova padrona di Wroxham Hall il gusto di scoprirli da sé, a uno a uno » rispose Archer.

Milou arrossì e infine si voltò verso la sua parente e le chiese: « Venite con noi, zia Charpentier? »

La donna rispose: « *Non, merci* » e Milou disse a Beatrice: « Non spiccica una parola in inglese, ma è l'unica parente che mi è rimasta, sapete ».

« Siete figlia unica? » domandò Beatrice.

« Sì. »

Intanto tutti si erano alzati da tavola. La zia Charpentier si ritirò nella sua stanza mentre Beatrice, Milou e Archer si avviarono verso il giardino. Innanzitutto c'era da dire che era di dimensioni tanto grandi che sarebbe stato più corretto definirlo parco.

Attraversarono un sentiero delimitato dai carpini e si fermarono davanti a una fontana che rappresentava il dio del mare e dominava un vasto stagno in luogo di tutti gli oceani. Una libellula si aggirò intorno a Beatrice, prima di planare sull'acqua verdastra. Una leggera aria faceva dondolare i rami di una magnolia diffondendone a tratti il profumo. Da quel punto, la vista di Wroxham Hall mozzava il fiato.

A costo di suonare banale e scontata, Beatrice domandò a Milou: « Vi piace? »

La francese replicò: « Non posso dire quanto ».

Beatrice si asciugò la fronte sudata e sistemò meglio la paglietta che aveva indossato per ripararsi dal sole di agosto. Era già quasi mezzogiorno.

« C'è un giardino segreto, non è vero, Mr. Blackburn? » domandò Milou.

« Sì. Il vecchio barone vi faceva crescere fiori rari. »

« E ci sono ancora? »

« Se Felix non li ha sradicati con un atterraggio d'emergenza, probabilmente sì. »

Milou sorrise e seguì Archer fino al giardino all'italiana. Insieme al verde delle siepi e dell'erba, il violetto era il colore prevalente, in maniera gentile e divertita eppure insistente. Nelle aiuole sonnecchiavano i narcisi, ma salendo due piccole scalinate ai lati delle siepi si arrivava al ninfeo e lì davanti era invece piantata una distesa di *Allium giganteum* che era fiorito in forma sferica. Era eterno come lo è ogni pianta, eppure l'effetto risultava insolito. Moderno, si sarebbe potuto dire.

Di fianco al ninfeo c'erano poi due vasi medicei di pietra bianca; anche lì vi erano dei timidi fiori violetti.

« È l'Eden » mormorò Milou intanto, sfiorando le corolle dei narcisi con la punta delle dita. Si distanziò dagli altri due, per esplorare il giardino in solitudine, e Beatrice andò a sedersi su un gradino che portava al ninfeo. Si sentiva stanca e anche un po' assetata. Faceva tanto caldo e lei avrebbe gradito moltissimo una limonata fresca.

Archer si avvicinò e si piegò sulle ginocchia per parlarle alla stessa altezza. Una brezza leggerissima gli scompigliava i capelli che scansò dagli occhi chiari. « Ne avete abbastanza? »

« No. È solo che... è una giornata particolarmente calda, oggi. »

L'ispettore capo rispose: « Sì, lo è ».

« Dov'è che avete fatto un bagno, stamattina? »

« Se volete vi ci porto. S'intende che non resterei, se voleste farlo anche voi. »

« Ma non ho portato un costume. Non immaginavo... »

« Neanche io ce l'ho. »

Beatrice si specchiò in quegli occhi azzurri che, alla luce del sole, lui socchiudeva leggermente, incorniciandoli con rughe sottili.

« Lo fate nudo? » gli domandò a voce bassissima, le guance in fiamme.

Sostenendo il suo sguardo, lui annuì come se stesse ammettendo una bricconata inconfessabile. Ma poi Beatrice lo vide cambiare espressione, alzarsi in piedi e abbandonare senza tanti rimpianti quel piccolo spazio sconveniente che si era creato tra loro. Seguì il suo sguardo e vide l'istitutrice, o quel che era, dei nipoti di Felix. Vestita sempre di nero (era a lutto, forse?), il colorito perlaceo tipicamente celtico che in Italia non aveva nessuna, il nasino all'insù, il viso delicato. Elizabeth. Era da sola, senza i bambini.

Archer aveva infilato le mani nelle tasche rimanendo dov'era, ma i suoi occhi in genere impassibili non lo erano, non in quel momento.

L'uno in presenza dell'altra mostravano un'esitazione che rivelava *qualcosa.*

« Buongiorno, Mr. Blackburn. E buongiorno a voi, Mrs. Blackburn » aggiunse rivolgendosi a Beatrice.

Elizabeth poteva essere, si domandò quindi Beatrice assemblando i tasselli di ogni sguardo o parola che aveva captato tra i due, quella stessa Elizabeth Maddock di cui aveva trovato una lettera sul comodino dell'ispettore capo? E la scelta di quest'ultimo di accettare l'invito di Felix poteva essere collegata a quella lettera o, per meglio dire, a quella presenza?

« Buongiorno a voi... temo che non siamo mai state presentate e non conosco il vostro nome » disse quindi Beatrice, alzandosi dal gradino. Le era presa un'inspiegabile possessività che trapelò nel suo tono.

Archer sospese per un istante lo sguardo su di lei e poi disse: « Beatrice, lei è Mrs. Elizabeth Maddock ».

Per l'appunto. Le due si salutarono con un piccolo inchino formale. « Mi dispiace disturbare la vostra passeggiata, ma Felix chiede di Mr. Blackburn. »

L'ispettore capo alzò le spalle e con il tono apocalittico che gli veniva fuori quando voleva essere ironico rispose: « Obbedisco ».

« Manca il tempietto » gli ricordò Beatrice.

« Torneremo, magari nel pomeriggio » replicò lui.

« Resto qui con Mrs. Ashbury, allora. E poi rientrerò in camera, dove vi aspetterò e ogni minuto separata da voi mi parrà un'eternità » disse quindi, soave e melliflua, alzando la voce affinché Elizabeth Maddock potesse udire.

Archer sbarrò gli occhi per la sorpresa e lei gli sorrise con una furbizia che lo devastò.

Una semplice firma e un assegno.

Si poteva immaginare qualcosa di più fragile ed effimero di un pezzo di carta? Eppure, valeva quanto la sua casa, o almeno, parte di essa.

Christopher Ashbury aveva appena firmato il loro contratto. E con quanta spocchia, per nascondere l'agitazione di compiere un passo del tutto inadatto a un uomo della sua ignavia.

Gli era piovuta dal cielo un'enorme quantità di denaro, ma le grosse fortune patrimoniali richiedevano spalle robuste e ingegno. Ashbury mancava evidentemente delle une e dell'altro.

Adesso Felix si girava tra le mani quell'assegno da quarantamila sterline con assoluta indifferenza e si accingeva a firmarne uno, assai più ridotto, a favore di Archer.

Il suo amico d'infanzia entrò in quell'istante, poco dopo che lui aveva chiesto a Elizabeth di andare a chiamarlo. Perché Elizabeth sapeva sempre dove fosse Archer, era una sua prerogativa. Ma lo stesso non si poteva dire dell'inverso, visto com'era finita poi.

« Oh. Eccoti. Insolitamente scombinato, Blackie. »

« Vai al sodo » disse quindi Archer, prendendo posto su una sedia davanti alla scrivania.

« Ashbury ha firmato. Ho tanta liquidità quanto mai nella vita. È tempo che ti faccia il mio regalo di nozze. »

Prese la penna e il libretto degli assegni e si mise a scrivere.

Archer aggrottò la fronte. « Vuoi darmi dei soldi? »

« Preferisci un servizio da tè? »

« Non disturbarti. »

Felix si spazientì. « Questo tuo orgoglio. Sempre questo tuo maledetto orgoglio. È così tanto assurdo ricevere un regalo di nozze da parte mia? Non sono potuto venire alla cerimonia perché ero ancora in India, ma Sybil mi ha detto che è stato tutto delizioso. E invero, la tua mogliettina è un *bijou.* »

« Grazie » replicò Archer. « Ma davvero. Non mi occorre niente. » Pagato con i soldi di Ashbury, poi.

Felix chiuse il libretto con aria sconfitta. « Dannato testardo. Lo sai che ti spetta. »

« Se la metti in questi termini » disse quindi Archer, sfiorando un antico calamaio impolverato sulla scrivania, « non mi spetterebbe solo un assegno. »

Felix lo guardò male. « Ti piaccia o no riceverai il tuo fottuto regalo, Blackie. E sarà molto, molto generoso. »

Archer gli chiese: « È solo per questo che mi hai fatto chiamare? »

« No. Non soltanto » confessò Felix.

Archer gli fece cenno di proseguire. Se lo aspettava, che non potesse trattarsi solo di un regalo.

« Si tratta di Mr. Seaman. »

Il loro vecchio precettore. Archer gli doveva moltissimo. E il barone aveva capito che aveva un magnifico ascendente su Felix, suo nipote, l'erede rimasto dopo la morte del suo unico figlio legittimo. Mr. Seaman riusciva persino a fargli entrare l'algebra in quella zucca vuota. Il precettore era rimasto nell'orbita dei ragazzi fino a che non erano partiti per il fronte. E senza che Felix potesse minimamente sospettarlo, il barone aveva avuto la magnifica pensata di inserire una clausola, nel proprio testamento (era un'opera d'arte, quel testamento, gli andava riconosciuto).

> *In caso di alienazione, cessione o vendita della proprietà conosciuta come Wroxham Hall, nessun atto di trasferimento potrà essere validamente compiuto senza l'approvazione della scelta dell'acquirente da parte del fiduciario nominato nel presente testamento. Il fiduciario avrà il diritto esclusivo di approvare o rifiutare l'acquirente proposto, basandosi sul criterio della salvaguardia degli interessi della famiglia e della proprietà stessa.*

Era, quella clausola, ignota a chiunque non fosse della famiglia, perché Felix l'aveva ritenuta profondamente offensiva nei confronti della propria capacità di giudizio. Un'eccentricità del nonno, nulla di più, che non doveva in alcun modo scoraggiare i possibili acquirenti.

Archer era proprio curioso di sapere cosa pensava, Mr. Seaman, della vendita di Wroxham Hall. Alla lettura del testamento Felix aveva dato in escandescenze ma Mr. Seaman lo aveva tranquillizzato. Ancorché il potere fosse uno strumento allettante, lui non ne avrebbe abusato.

Per quanto Archer e Felix ne sapevano, Seaman si era ritirato a vivere in Scozia e Felix non ne aveva notizie da anni, nemmeno in virtù di un rapporto mantenuto per cortesia o per convenienza. Felix credeva infatti che non sarebbe mai stato necessario esercitare quella clausola. Ed ecco che invece il presente lo smentiva e la notizia della vendita di Wroxham Hall a Christopher Ashbury era stata comunicata a Seaman via lettera all'ultimo indirizzo noto.

Non era ancora arrivata risposta, e il tempo stringeva. Non poteva omettere ancora l'informazione della clausola ad Ashbury, l'avvocato Trewalney era stato chiaro su questo punto. Era andato in deroga fin troppo a lungo al proprio dovere.

« Vuoi dire che Ashbury non ne è al corrente? »

L'anta accostata di una delle finestre sbatté per la corrente, come a rimarcare il pathos, e Felix scosse il capo.

« Presumo tu ti renda conto da solo della gravità della cosa » gli disse Archer.

« Inizio a sospettare » ribatté Felix, piuttosto indifferente alle ultime parole di Archer, « che Seaman sia morto. »

« Lo sospetti o lo speri? »

« L'uno non esclude l'altro. »

« E cosa posso fare io per te, Felix? »

« Rintracciarlo. Parlargli. Convincerlo, nel caso in cui fosse riluttante. »

Archer si rimise dritto. « Non c'è ragione per cui debba essere riluttante. Sarà morto. »

« Lo farai, tuttavia? »

« Non puoi inviargli un telegramma? »

« Vuoi mettere un telegramma da parte mia, quando può parlargli il suo pupillo? »

« Sopravvaluti il mio ascendente. »

« Lo farai? » ripeté Felix, mentre Archer si metteva in piedi, un po' annoiato.

« Se credi davvero che possa servire » disse, mentre si avvicinava alla porta.

« Quanta fretta di tornare dalla tua moglietina » lo stuzzicò Felix.

Archer lo ignorò.

10 Suite francese

Il sole era sempre più alto quando alla fine Milou propose a Beatrice di rientrare nella villa.

« Mi sento tutta appiccicosa, fa più caldo oggi qui che in India, *mon Dieu* » mormorò Milou, facendosi aria con una manina leggiadra. « Posso farvi una domanda, Mrs. Blackburn? » disse poi Milou, affiancandola mentre Wroxham Hall si faceva sempre più vicina in prospettiva lungo il sentiero.

Beatrice ebbe un fremito. Forse voleva chiederle dei sentimenti passati tra lei e Kit? L'argomento l'avrebbe imbarazzata, e molto. Si sentì tuttavia pronta a tutto mentre le rispondeva: « Certo, Mrs. Ashbury ».

« Sapete dirmi... Josephine Miller... in che rapporti è con la famiglia? »

Oh. Sicché era solo curiosa. E come non esserlo, quando ti ritrovavi a cena con una delle più affascinanti attrici inglesi.

« Da quel che ho capito » esordì Beatrice, che aveva posto il medesimo quesito ad Archer, « Josephine è un'amica di Mrs. Lyndon-West. Credo siano state nello stesso collegio da ragazzine. »

« Che sorpresa, davvero. »

« Non posso dirvi che sorpresa sia stata anche per me! A casa ho una sorellina che la venera. »

« La immagino in luoghi molto diversi. Salotti londinesi e vera, alta aristocrazia. »

« E invece, ce la siamo ritrovata qui. Non so voi, a me basta contemplarla. Sentirla parlare. Vederla in pantaloni. Quanto al resto, forse non avrei molto da dirle. »

Milou la guardò come se avesse detto qualcosa di strano e si limitò ad assentire con poca partecipazione, prima di chiederle, ancora: « Che tipo è? »

« Temo vi aspettiate da me un livello di conoscenza approfondito che mi manca del tutto. »

« Ma Kit mi ha detto che vostro marito... è cresciuto qui ed è in ottimi rapporti con la famiglia. »

« È così, ma noi siamo sposati da pochissimo e anche il fidanzamento è stato... breve. »

« Oh » concluse Milou, insoddisfatta. « Vedete... mi è parso che qui nessuno abbia molta voglia di parlare con me. A parte voi. E gli uomini. »

« Dunque » osservò Beatrice, spigliata, « invertendo la prospettiva, sono più numerosi coloro che vogliono parlarvi. »

Milou sorrise, però poi aggiunse: « Né Sybil né le sue amiche sono molto accoglienti con me. Forse è per via del fatto che sarò la padrona di Wroxham Hall. Ma scusatemi. Non sono argomenti adatti a una conversazione leggera ».

Era vero, ma al contempo Beatrice comprendeva che le fosse venuta voglia di confidarsi.

« Non preoccupatevi » rispose quindi, comprensiva.

Milou restò un istante in silenzio e poi disse: « Oh, be'. Se vogliono essere antipatiche, che lo siano. La realtà non cambia. Questa casa da oggi è mia. Tecnicamente sarebbero loro, gli ospiti. Lo so io e lo sanno anche loro ».

Beatrice annuì, ben lieta che Wroxham Hall fosse sempre più vicina.

Le porte del palazzo erano tutte aperte; al pianoforte, dita abili e malinconiche stavano suonando la *Suite francese n. 2* di Bach che si udiva attutita in tutta la villa (chiunque fosse, era bravo da spezzare il cuore). Seguì dunque le note verso la stanza da cui provenivano e si affacciò per la curiosità di scoprire chi stesse suonando.

Seduta al piano c'era Elizabeth che, accorgendosi di essere osservata, sollevò lo sguardo dallo spartito. Sbagliò una nota e si interruppe.

« Posso aiutarvi? » le chiese, così truce che anche laddove Beatrice avesse davvero avuto bisogno di qualcosa non avrebbe potuto che essere scoraggiata dal domandarglielo.

« Non volevo disturbarvi. Scusatemi. Siete... eccellente. »

Sul volto della ragazza si dipinse un sorriso. « Grazie. Anche voi suonate? »

Beatrice scosse il capo. « Che peccato » commentò Elizabeth, riprendendo l'esecuzione senza nemmeno guardare i tasti, come se le riuscisse talmente facile da non averne bisogno.

« Non... non vi disturbo oltre. »

« Arrivederci, Mrs. Blackburn. »

Più tardi, a cena, Beatrice si ritrovò alla sua sinistra Tristam Lyndon-West.

Costui era arrivato a cena già lievemente alticcio. Non riusciva proprio a tenere un tono di voce basso e di tanto in tanto la moglie gli rivolgeva occhiate inquiete, come se temesse che da un momento all'altro potesse uscirsene con qualcosa di inappropriato.

E, invero, l'umore della tavolata era strano: Kit era silenzioso e tradiva un certo nervosismo. Forse, pensò Beatrice, era per via del contratto appena firmato. Per quanto ricco potesse essere diventato, alleggerire il patrimonio della cifra considerevole che doveva aver speso per Wroxham Hall avrebbe agitato chiunque. O forse c'era dell'altro. Di tanto in tanto Beatrice coglieva saette tra lui e Milou, e allora pensò che ci fosse stata una scaramuccia tra innamorati. Uno sprazzo di buonumore era parso tornargli solo quando Felix aveva accennato al giro in volo che lui e Kit avevano fatto insieme proprio quel pomeriggio. In quel momento Kit si era come illuminato, forse ricordando l'emozione, ma quel chiarore non era durato a lungo.

Elizabeth era seduta accanto ad Archer, stessa assegnazione della sera prima. Costei era pallida e le dita le tremavano. Nonostante ciò, Elizabeth e Archer sembravano non esaurire mai gli argomenti di conversazione mentre Beatrice e Tristam li avevano evidentemente terminati, benché lui si impegnasse a rivolgerle domande gentili ancorché banalissime. Si rivelò tuttavia utile che Mr. Lyndon-West alludesse ai figli: « Due scavezzacollo,

Mrs. Blackburn. Se il buongiorno si vede dal mattino, i miei figli finiranno nelle prigioni di Sua Maestà, poco ma sicuro».

«E... Mrs. Maddock è la loro istitutrice?» gli domandò, pulendosi le labbra con il fazzoletto e con aria innocente.

«Oh, certo che no. Elizabeth è sempre stata la nostra vicina. È cresciuta nel Vicarage che confina con Wroxham Hall e da quando ha sposato Anthony Maddock si è trasferita a Clifton House, una piccola proprietà qui vicino. Suo figlio Colin e i miei ragazzi sono inseparabili. Purtroppo per lei, perché finiranno per traviarlo.»

«E... Mr. Maddock?»

«È mancato a maggio.» Sicché, pensò Beatrice, dopo le loro nozze. Tristam bevve del vino in un unico sorso e poi disse: «Vostro marito non ve l'ha detto?»

Beatrice scosse il capo. «No. Di cosa è morto, se posso domandarlo?»

«Era più vecchio di Mosè.»

«Capisco.»

«Invero tutti ci siamo meravigliati quando si sono sposati» soggiunse, abbassando la voce. «Ma a dirla tutta, Mrs. Blackburn, eviterei di aggiungere altro sull'argomento. Non vorrei scivolare in una delle mie imperdonabili *gaffes*.»

Beatrice avrebbe voluto dire che lo aveva fatto già con quella semplice affermazione. Si chiese se, oltre a essere colei che gli mandava lettere che lui teneva sul comodino, Elizabeth fosse la persona con cui Archer era in procinto di sposarsi al rientro dalla guerra.

L'idea che fosse lei e che ora fossero così vicini le procurava un fastidio sottopelle.

«Vi prego, Mr. Lyndon-West, indugiate in tutte le *gaffes* che potete. La serata è un mortorio. Dite qualcosa di assolutamente irripetibile.»

Tristam aveva gli occhi congestionati e soffocò una risata. «Che birba che siete, Mrs. Blackburn. Ditemi un po', riuscite a far ridere anche il vecchio Blackie?»

« Per quello, temo ci voglia il circo. Ma di quando in quando, se ha la guardia abbassata, allora gli strappo un sorriso. »

« Credo di riuscire a cogliere il punto. Ma siate indulgente: è stata la guerra. Ci ha spezzati tutti. » Sugli altri Beatrice non sapeva dire nel dettaglio, ma per quanto ne sapeva, Archer aveva dentro di sé un'enclave di demoni in perenne attività.

« Voi... eravate con lui in Francia? »

« Sì, ma in un'altra divisione. L'ultimo anno, a Saint-Quentin, è stata un'ecatombe. Archer è l'unico tornato vivo del suo plotone, ma questo lo saprete senz'altro. Mrs. Blackburn, questo discorso certamente non solleverà l'umore della serata. »

Ma per quello, pensò Beatrice, c'era almeno la veneranda Madame Charpentier, la cui collana di perle era sprofondata nella gelatina di ribes che le era appena stata servita e che lei continuava a sorbire con lentezza. In quello stesso momento, Archer aveva appena rivolto un sorriso a Elizabeth così intimo e complice che chiunque altro se ne sarebbe sentito escluso.

« Madame » bisbigliò quindi Beatrice, verso la zia di Milou, per avvisarla. Era seduta di fianco ad Archer. La donna era mezza sorda quindi non udì, ma sentendosi insistentemente osservata ricambiò lo sguardò di Beatrice, che indicò la propria collana. Madame Charpentier la guardò perplessa, stringendo gli occhi e chiedendo: « *Quoi?* »

Alla fine Beatrice desistette e scrollò il capo come a dire: Niente.

Al termine della serata, tornati in camera, Beatrice non aspettava altro che chiedergli: « Ispettore capo, Elizabeth Maddock era la vostra fidanzata? »

Lui si voltò, sorpreso e torvo. « Chi ve lo ha detto? »

« Ci sono arrivata da sola. Le fate certi occhi dolci... » soggiunse, lasciando aperta la frase.

Archer impallidì. Era adorabile il fatto che nonostante i suoi lineamenti non tradissero mai le sue emozioni, in certi misteriosi attimi fugaci le si potesse cogliere senza alcuna possibilità di ingannarsi.

« Ne dubito fortemente » ribatté dunque lui.

« Ma sì, vi dico. Come avrei fatto ad accorgermene, altrimenti? »

Lui non replicò. Si limitò a togliersi la giacca scura. Lo faceva ormai in un modo naturale davanti a lei, ma Beatrice era ben lontana dall'esserci abituata. Quando rimaneva solo in camicia e i capelli gli si arruffavano era seduttivo in modo disarmante.

« Ho saputo che è rimasta vedova da poco » buttò lì, intenzionata a non finire la serata senza saperne di più.

Mentre sbottonava i polsini della camicia lui rispose: « Lo trovate rilevante? »

« Sì. Voi no? » gli chiese, mentre la memoria andava a tutte le volte in cui lui aveva parlato del loro futuro divorzio, o annullamento, o quel che era.

« Nient'affatto. »

« Comunque, appena è apparsa vi siete presto dimenticato del mio bagno. »

« Per fortuna l'afa non vi ha uccisa. »

« Tuttavia, ho tratto le mie conclusioni. »

« Sentiamo. »

Senza astio, lei rispose: « Potevate anche dirmelo, che desideravate accettare questo invito per avere l'opportunità di rivederla ».

Archer si fermò, facendosi serio. « Questa è una vostra teoria. »

Beatrice lo guardò: « Non dite bugie ».

« Davvero » replicò quindi lui. « Vi sbagliate. Non sono venuto per lei. »

« Ma sapevate che ci sarebbe stata? »

« Sì, mi aveva scritto una lettera. »

« E non siete contento di rivederla? »

« Ve la cavate piuttosto bene con gli interrogatori. »

« E voi siete molto bravo a eluderli. » Per un glorioso momento, Beatrice pensò di aver avuto l'ultima parola, fino a che lui le rivolse un sorriso malizioso e le rispose: « Beatrice, vi informo che la si potrebbe scambiare per gelosia, benché io non sia tipo da farmi certe illusioni ».

Beatrice fremette. « Era solo per sottolineare che mentre voi conoscete pressoché tutto del mio passato, voi non mi mettete in una pari condizione, sicché io non so niente di voi.»

«Dunque non è gelosia?»

«Ma figurarsi.»

«Dunque è solo curiosità.»

«Ovviamente!»

«Splendido. Allora, Beatrice» disse con tono quieto, «io vado a dormire.»

«Non siete intenzionato a soddisfarmi?» Archer sgranò gli occhi. Beatrice si affrettò ad aggiungere, subito dopo: «Intendo, a soddisfare la mia curiosità».

Lui scosse il capo e la guardò con insolenza. «No.»

In Beatrice montò una furia incendiaria. «Buonanotte, ispettore capo. Che sia affollata da sogni.»

Archer si avviò verso la porta ma poi si fermò. «Potreste, per favore, augurarmi l'esatto contrario?»

«Cosa c'è... avete paura degli incubi?»

«In realtà io ho paura dei bei sogni.»

Lei restò interdetta e davanti al suo silenzio Archer fece scattare il pomolo della porta. «Buonanotte, Beatrice.»

Quando fu uscito, lei scoprì di sentirsi sola. Si sciacquò il viso truccato con l'acqua fresca nella bacinella e mise la camicia da notte. Una volta a letto, si girò e rigirò in attesa che il sonno la esonerasse dai pensieri.

Ripensò alla musica che proveniva dal pianoforte quella mattina. La malinconia le si acuì.

11 I giardini di Queen's Gate

Mrs. Pratt aveva appena annunciato che si era presentato in visita di cortesia Federico Scandiani.

Clara trasalì: « Di chi ha chiesto? »

« Di vostro padre, ma dal momento che non c'è, ha chiesto se voi o vostra sorella foste in casa. »

« Mrs. Pratt, cos'avete risposto? »

« Che non lo sapevo e avrei controllato. Sapete, essendo questa casa Buckingham Palace, mi potrebbe sfuggire. »

« Allora riferitegli che non sono in casa. Grazie, Mrs. Pratt » disse quindi Clara congedandola con un piglio mordace e sforzandosi di tenere a bada il rullo che aveva nel cuore.

Federico le mancava in maniera atroce. Privarsene era una ferita così crudele che Clara voleva solo che il tempo passasse per guarirla.

Quando la porta della sala si riaprì, lei sperò scelleratamente che fosse Scandiani che metteva a ferro e fuoco Queen's Gate per portarla via. Poteva essere più incoerente?

Invece era Mrs. Pratt, che le consegnò un biglietto da parte di Federico.

Clara lo aprì con le dita che le tremavano e trovò scritto soltanto: *Perché?*

Già, *perché*.

Perché mio marito mi vuole riprendere con sé e forse io stessa ho soltanto sognato quando ho pensato di poter affrontare un divorzio e la libertà.

Clara non desiderava affatto la sua vita di prima. Era opaca, scialba, triste per non dire infelice. Eppure era convinta che fosse la vita migliore cui potesse ambire, quella al riparo di un tetto coniugale, con il vantaggio di poter beneficiare di una certa indipendenza mediante il proprio lavoro. Quanto al suo desiderio di maternità, lo avrebbe soddisfatto salvando un bambino sfortunato in un orfanotrofio. Sì, sarebbe stata felice.

Mentre qual era la prospettiva con Scandiani? Lenzuola sgualcite da lussuria inesauribile. Talvolta, nemmeno le lenzuola. La perdizione nel nulla. Per quanto il dolore fosse straziante, doveva togliersi quella spina che Federico le aveva conficcato nel cuore.

Le venne voglia di parlare con sua sorella Beatrice. Non per sfogarsi, attività che si proibiva in quanto anch'essa in un certo senso voluttuosa, quanto per ascoltare la sua voce e sentirsi un po' meglio.

« Lucilla » chiamò. La bambina si presentò. Aveva una treccia di lato e l'altra la stava ancora annodando.

« Mi annoio molto » annunciò.

« E difatti usciamo » rispose Clara.

Lucilla sgranò gli occhi per la gioia inattesa. « Andiamo ai giardinetti? »

Alludeva ai Queen's Gate Gardens. Clara non aveva idee precise ma quella le parve buona: era vicino a casa ed era piacevole. Di strada si sarebbe fermata alla cabina telefonica e avrebbe chiamato Wroxham Hall per farsi passare Beatrice. Le sarebbe costato un bel po' e per questo preferì evitare il telefono di casa, ma insomma, non ci si poteva privare proprio di tutto. Lucilla risalì quindi immediatamente in camera per prendere la corda per saltare, anche se segretamente sperava di trovare qualcuno con cui giocare a palla avvelenata.

Furono rapide a prepararsi; Clara mise nel cestino giusto due mele e un libro di Amalia Guglielminetti per leggere mentre Lucilla sarebbe stata presa dai suoi giochi.

Quel libro, in Italia, aveva fatto condannare la sua autrice per oltraggio al pudore. Il padre lo aveva fatto arrivare nel 1923, alla sua uscita, e all'epoca Clara, sfogliandolo, era rimasta scioccata che le donne pubblicassero libri dal titolo *Quando avevo un amante*. Adesso quel volume per lei era tutto e sperava solo che il padre non si accorgesse che lo aveva sottratto in via definitiva dalla sua libreria.

Lucilla e Clara percorsero quindi la breve strada fino alla cabina, ma la trovarono in manutenzione e si riproposero di chiamare al ritorno. Andarono dunque fino al giardino, in cui Lucilla trovò alcuni bambini del quartiere che già conosceva e con cui giocare.

Ma, soprattutto, Clara vi trovò Scandiani.

Era lì, seduto su una panchina, mestissimo.

Tale fu la sorpresa che a Clara cadde il cestino e le mele rotolarono quasi fino alla panchina di Federico.

Scorgendola, lui si alzò prontamente; raccolse le mele e porgendogliele, con l'aria da scavezzacollo che aveva sempre, giusto un po' offuscata dalla malinconia, le disse: « Una mela al giorno leva il medico di torno. A quanto pare, è vero ».

« Buon pomeriggio, Federico » replicò lei gelida più che poteva, ma le vibrava la voce. Pensare a lui era un conto, rivederlo era tutt'altro. Alto di fronte a lei, familiare quanto nessuno in quel paese che per lei sarebbe rimasto sempre estraneo nonostante tutto ciò che vi aveva costruito, Federico Scandiani era puro rimpianto.

« Sono venuto a trovarti. Ti ho lasciato un biglietto. »

« Lo leggerò. »

« È breve. »

« Tanto meglio » replicò Clara.

Lui la guardò sorpreso e ferito e disse: « Suppongo che sarà breve anche la risposta ».

Senza rispondere allo sguardo, lei annuì. Si sentiva come se si stesse smembrando. Presumeva che rimettersi sulla retta via le avrebbe comportato sofferenza ma non immaginava, concretamente, quanta. « Talmente breve » proseguì lui, « che forse nemmeno occorre che tu me la dia. »

Era tanto bello, Federico, in quel pomeriggio di agosto, come mai le era parso. Forse era perché stava rinunciando a lui, che esercitava una così letale attrazione? La vita era sempre dispettosa.

Portare avanti quella pantomima le sembrò inutilmente doloroso e quanto era accaduto tra loro, nella sua intensità, immeritevole di bugie mediocri.

« Scandiani, io il messaggio l'ho già letto. Mi domandi perché?

Te lo dirò. Mio marito è venuto a riprendermi. La nostra separazione è stata frutto di un dispiacere enorme ed è stata passeggera. Devo fare quello che è giusto. »

Federico aveva ascoltato. Ripeté soltanto: « *Giusto* ». Poi aggiunse: « Cosa è veramente giusto? Stare dentro un'istituzione aberrante che ti annulla, o vivere la tua esistenza pienamente, anche al di fuori delle regole? » A Clara quella parve un'eco riformulata delle parole di sua sorella e si stava accingendo a replicare quando lui proseguì: « Puoi... tornare da tuo marito e noi possiamo continuare... »

Si interruppe davanti allo sguardo feroce di Clara: « Dici sul serio? »

Con totale impassibilità, lui replicò: « Non saremmo i primi ».

« Posso chiederti di andartene? Lo farei io, ma non voglio causare un dispiacere a Lucilla, che è appena arrivata. »

Federico abbassò lo sguardo. « Ti chiedo scusa. Non era discorso da farti in questi termini. »

« No » ripeté lei. Si sentiva profondamente infelice. Ecco il risultato di essersi abbandonata alla lussuria con lui: aveva perso il suo rispetto. Ma forse, guardandosi indietro, in realtà rispetto lui non ne aveva mai portato e a lei era andato bene proprio così. Non poteva lamentarsi adesso.

« Era solo per farti capire che a me starebbe bene persino questo. Che sarebbe meglio che perderti. Lo so che ho poco da offrirti. Lo so da me. »

« Ho poco da offrirti anche io. Sicché è inutile parlarne. »

« Perciò è meglio perderci? »

Clara annuì. A quel punto il viso di Federico mostrava i segni dell'afflizione. « Vado via » disse infine, senza distogliere lo sguardo. Clara abbassò il suo e non fu in grado neppure di salutarlo brevemente. Ma quando lui imboccò il cancello aperto andò a sedersi proprio dov'era Federico, sulla stessa panchina, sfiorandola con le dita.

Lucilla giocò fino a stremarsi e lei lesse con fatica altrettanto stremante. Di ritorno verso casa raggiunsero nuovamente la cabina telefonica. Clara dovette aspettare a lungo prima che la centralinista la mettesse in contatto con il Norfolk, e dovette impiegare diversi preziosi scellini, al punto che si disse: Che diamine, non è che un capriccio, tornerà domenica e potrò parlarle quanto vorrò. Tanto più che quando finalmente parlò con Wroxham Hall dovette aspettare ancora, prima che dall'altro capo del filo udisse Beatrice, afflitta.

« Hai già saputo? »

« Sapere cosa? » domandò Clara.

« Kit è... » Beatrice non riusciva a dirlo. Come si faceva a dare una notizia simile? Qual era la parola migliore? È mancato. Se n'è andato. « È morto stanotte, Clara. »

« Kit?! » trasecolò Clara. « Qui? »

« No, era a Wroxham Hall! Credevo che mi stessi chiamando per questo, che avessi appreso la notizia non so, da Minerva... »

« Ma che ci faceva Kit a Wroxham Hall? »

« È una lunga storia, non ti basterebbero i soldi. Ma se non mi chiami per questo... allora... »

« No, niente, stai tranquilla. Volevo solo sentirti, ma tutto adesso sembra meno importante... Dio mio, Kit. »

« È terribile. Lo ha punto un'ape. Ci crederesti mai? »

« Un'ape? »

« Sì. È la fine più assurda che si possa immaginare. Ma, Clara... mi hai chiamata per Hugh? »

« No, o forse sì. Non lo so nemmeno io. »

« Clara, ti supplico, non fare scelte affrettate. »

« Non preoccuparti per me. »

« Suppongo che rientreremo prima del previsto. Puoi immaginare il clima, qui. E onestamente anche io non sto affatto bene. Anzi, per dirla tutta... sto peggio di quanto avrei potuto pensare. »

« Vuoi che ti raggiunga nel Norfolk? »

« Non occorre, ma grazie. Adesso devo andare... »

Fortuna che Lucilla era rimasta ad aspettare fuori dalla cabina, pensò Clara. Si lamentò che era stata avida e non le aveva passato Beatrice, che mancava anche a lei.

Ma tra l'incontro con Scandiani e la notizia di Kit, Clara non aveva voglia di dilungarsi con la sorellina. Troncò il discorso e si riaffrettò a tornare a casa. Non poté fare a meno di rivolgere uno sguardo verso l'abitazione degli Ashbury, che sembrava vuota più di quando i proprietari erano partiti per l'India.

12 Lo smalto rosso

Beatrice riattaccò. Si era accorta della presenza di Josephine Miller, che sembrava impaziente di usare il telefono.

« Scusatemi » disse, anche se non aveva motivo di farlo.

« Non preoccupatevi. Presumo che dopo l'accaduto, sentiamo tutti il bisogno di rivedere i nostri programmi e di parlare con qualcuno. »

Beatrice trovò che quella risposta fosse singolarmente confidenziale. « Sì, proprio così. Voi ripartirete già oggi? »

« Non credo. Sybil è sconvolta e una buona amica resta soprattutto quando non c'è più da festeggiare, no? »

« Sì, certo. » La presenza di Josephine sottraeva un po' di baldanza allo spirito di Beatrice, che quindi disse: « Con permesso » e si ritirò rapidamente nella sua stanza.

Non aveva ancora visto Kit. Sapeva che dopo l'arrivo della polizia locale lo avevano composto, cambiato e messo in una stanza al pianterreno, la più fresca della casa. Sapeva anche che Minerva era in arrivo da Londra insieme alla sua inseparabile amica, Geneviève de Vanancour.

Benché più e più volte, in passato, le attività manuali l'avessero fatta sentire in pace, questo non fu il caso. Era irrequieta e addolorata e la mente non riusciva in alcun modo a distrarsi. Era stata talmente affezionata a Kit da scambiarlo per amore. Oggi sapeva che vero amore non era, ma ugualmente il dolore per l'accaduto le stava riempendo il cuore di compassione.

Un tocco alla porta l'avvisò dell'arrivo di Archer, che aveva il viso segnato da occhiaie profonde. Era accompagnato da un poliziotto di modesta statura e con i capelli scuri e una barba poco curata che presentò come sergente Webb.

Archer le spiegò: « Webb deve farvi qualche domanda ».

« Certamente » replicò Beatrice, affiancando l'ispettore capo, che si chinò su di lei e le disse piano: « Potrebbe rivolgervi quesiti di natura... personale ».

Beatrice guardò prima l'uno, poi l'altro. Infine prese per un braccio Archer e dicendo di nuovo: « Con permesso », lo condusse dietro il famigerato paravento Art déco.

« Sa di me e di Kit? » sussurrò.

« Sì. »

« Gliene avete parlato voi? »

Archer scosse il capo. « No, Beatrice. »

« E chi altri, allora? »

« La moglie. Milou. »

« Oh » mormorò Beatrice. Dunque Kit le aveva raccontato tutto. « Ma perché glielo dovrebbe avere detto? »

« C'è chi in certe circostanze diventa reticente, c'è chi invece sbrodola qualunque cosa. »

« Ma perché interrogarci, se è morto per la puntura di un'ape? » domandò infine.

Sentirono un colpo di tosse del sergente Webb che voleva essere un richiamo educato.

« Dopo » rispose Archer.

« Ma non potete seguire voi l'indagine, di qualunque natura essa sia? »

« No. Preferite che me ne vada? » domandò infine Archer.

Beatrice replicò: « Non ho niente da nascondere, niente di più di quanto voi già immaginiate o sappiate ».

« E pur tuttavia, lo preferite? »

Beatrice annuì e lui rispose: « Sono d'accordo ». Si mordicchiò il labbro prima di dirle: « State tranquilla ».

Beatrice fece un respiro profondo e uscì da dietro il paravento, presentandosi al cospetto del sergente Webb.

« Scusatemi. Avevo bisogno di ricompormi e dell'aiuto di mio marito. »

« Certo, Mrs. Blackburn. »

« Sergente, vi affido mia moglie. »

« Ma, ispettore capo, potete rimanere. Ci mancherebbe. »

« Mrs. Blackburn sa cavarsela benissimo da sola. »

Le indirizzò un sorriso che avrebbe steso Medusa in persona e lasciò la stanza.

Rimasto solo con lei, Webb sembrava preda di un imbarazzo devastante.

« Ho saputo che eravate in rapporti di antica amicizia con Christopher Ashbury. »

« Lo confermo. Ma i rapporti si erano rarefatti, poco prima della sua partenza per l'India. »

Webb sembrò molto mortificato prima di chiederle: « Perdonatemi se sono indiscreto, non vorrei mai e specialmente non con la moglie di un ispettore capo di Scotland Yard... C'è stata una specifica ragione per il vostro... allontanamento? »

Se nominassi anche Julian, altro che imbarazzo. « Piccole gelosie » replicò quindi, sostenuta. « C'era una simpatia all'epoca, tra noi. Prima che io conoscessi mio marito, ovviamente. Abitavamo vicini, l'uno di fronte all'altra sulla stessa strada, Queen's Gate, a Londra. Ma Christopher si accingeva a impegnarsi con Mabel Carter Lacy... »

« So tutto dell'indagine condotta dall'ispettore capo Blackburn. »

« Oh, meglio così. Mi risparmiate di raccontarvela. »

« Mi interessa sapere... se vi metteva a disagio che fosse qui con la nuova moglie. È inteso che non riferirei mai la risposta a vostro marito, se non strettamente necessario, e sono certo che non lo sarà. »

« Non mi causava alcun disagio la presenza di Christopher Ashbury con la nuova moglie. Anzi, lui era estremamente cordiale e amichevole. E la stessa cosa posso dire di sua moglie. »

« Vi sembravano innamorati? »

« Molto. »

« Avete notato se Ashbury ha bevuto al punto da essere ubriaco, ieri sera a cena? »

« Non era neanche brillo, finché ho avuto modo di vederlo. »

« Che è stato...? »

« Al termine della cena, prima che andasse a fumare con gli altri uomini. »

« Poi siete andata a dormire? »

« Sì. Tuttavia... mi è sembrato, ma potrei anche sbagliarmi, che fosse di cattivo umore. Una semplice sensazione, non ho nulla di più preciso da dettagliare. »

« Posso vedere le vostre mani, Mrs. Blackburn? »

« Certo » disse Beatrice, porgendogliele entrambe. Webb le osservò evitando di toccarle.

Lei le girò per mostrargli i palmi, ma lui sembrava già disinteressato.

« Mrs. Blackburn, io ho finito. Queste domande non erano che una piccola formalità. »

« Lo immagino, se del resto è stato un incidente, come sembra. »

« Sì, non abbiate timori. Non vi è un assassino celato in questa casa. Vi prego di scusarmi ancora. »

« Ci mancherebbe, è il vostro dovere. »

« Come voi ben sapete, quale moglie di un funzionario di polizia! »

Soprattutto, come persona che da lui è stata più interrogata che baciata, pensò Beatrice.

Webb aprì la porta e Archer rientrò; era rimasto seduto su una piccola panca imbottita nel corridoio.

« Quasi dimenticavo. Una domanda del tutto ovvia. Mrs. Blackburn non si è alzata dal letto, stanotte, corretto? »

Archer aveva appena schiuso le labbra per rispondere quando Beatrice lo precedette: « Certo che no, come anche mio marito sa bene ».

Webb annuì paonazzo in volto. Si congedò balbettando e li lasciò da soli.

Archer la scrutò in quel suo modo che lasciava sempre Beatrice in dubbio sulla natura delle sue emozioni più profonde e disse: « Che piccola bugiarda siete, Mrs. Blackburn ».

Beatrice ebbe un piccolo fremito. « Per essere precisi non ho mentito: non mi sono alzata dal letto. Perché il sergente ha voluto guardarmi le mani? »

« Perché tra i capelli di Ashbury c'era una piccola traccia color rosso vivo, come di smalto per le unghie. »

« Tra di noi lo portava solo Josephine Miller, se non m'inganno. » Insieme ai pantaloni, le unghie laccate di Miss Miller l'avevano letteralmente rapita. Lo erano nello stile della *moon manicure*, cioè con la base dell'unghia chiara come una mezzaluna. La sua ambizione più profonda era replicarle, ma al momento non faceva che pensare alla ragione per cui le dita di Josephine avrebbero dovuto infilarsi tra i capelli biondi di Kit poco prima che lui morisse. « C'è qualcosa che non va, vero, ispettore capo? »

Certo che c'era, ma Archer si mise un freno. Non voleva che lei ne fosse sconvolta, lo era già abbastanza così. Rispose dunque: « Non esattamente ».

« Cosa ci faceva Kit di notte in giardino, da solo? »

« Sono propenso a credere che dovesse incontrare qualcuno. »

« Ma in ogni caso, ispettore capo, che rapporto c'è tra il suo essere ubriaco e l'essere stato punto da un'ape? »

« Che era talmente ubriaco da non accorgersi di aver infastidito un'ape. Le api pungono solo per difendersi » soggiunse con un tono velatamente allusivo. « Quindi, il fatto che fosse ubriaco avvalorerebbe l'ipotesi, mi seguite? »

« Ma le api non sono in giro, di notte. Sono creature diurne, lo sanno anche i bambini. » Archer glissò, al che Beatrice insisté: « Non ditemi che non ci avete pensato ». E davanti a un altro silenzio lei sbottò: « E tra l'altro a cena Kit non era ubriaco. C'eravate anche voi, dunque lo avete visto ».

« Vero. Ma ciò non toglie che lo fosse quando è morto » obiettò Archer.

« Kit non era tipo da ubriacarsi fino a perdere il controllo. » Era più Julian, quello da ubriacature. Era sregolato nel bere come in qualunque altro piacere. Kit, invece, odiava il malessere che ne seguiva.

Archer la guardò torvo: « Io ricordo abbastanza bene di averlo visto ubriaco, in un'occasione ».

« Era un'eccezione. Ma allora tanto più: perché dovrebbe averlo fatto, ieri notte? »

« Per festeggiare la firma dell'atto di compravendita? »

« Da solo? Scelta ben triste. »

Archer ribolliva. I dubbi di Beatrice erano identici ai suoi e la cosa lo avrebbe divertito se non fosse stata tragica, e in più, obiettare era un esercizio che lo aiutava a mettere in discussione le proprie idee. Ma in quel momento non voleva fomentare i suoi sospetti. « La moglie dice che non è tornato in camera, ma non è stato in compagnia di nessuno degli uomini. »

« Allora magari... Magari ha bevuto con un'altra donna. Anche se sembrava talmente innamorato... » Lo sembrava anche di lei. Ma anche di Mabel. « Però, ripeto, stava attento a non superare il limite. Questo io lo so. » Beatrice tornò a sedersi. « Kit... ha segni di aggressione sul corpo? » gli domandò ancora.

« No. L'unico segno è la puntura sul collo. »

« Ma come si può morire così? Kit non era mai stato di salute cagionevole né tendente alle allergie. Insomma, l'avete presente anche voi, era una specie di vichingo. Come ha potuto una singola ape abbatterlo con tanta facilità? »

« Succede. Tanto più che c'è un alveare, poco distante dal giardino in cui è stato trovato. Il miele che servono a colazione viene da lì. »

Beatrice si poggiò a una parete, come se non si reggesse più in piedi da sola.

Archer si poggiò quindi a quella di fronte, incrociò le braccia e la guardò con intensità. La luce del pomeriggio gli rischiarava una metà del bel viso. Beatrice chinò lo sguardo, d'istinto, e lo tenne basso anche quando lui aggiunse: « Capisco che stiate soffrendo. Dico sul serio ».

Beatrice ricordò il primo bacio impacciato che Kit le aveva dato quando una volta aveva attraversato la strada con lei dopo una delle cene mondane a cui Minerva l'aveva invitata. A posteriori, era stata un'emozione blanda se comparata a quella succosa e proibita che le aveva fatto sperimentare Octavia. A quella dissoluta e travolgente che aveva provato con Julian. Per tacere di quel brivido che le aveva dato l'ispettore capo lì presente, con un semplice bacio incandescente – cosa sarebbe stato capace di scatenare in lei, allora, se gliene avesse data l'occasione?

Ma lì per lì, dopo quella prima timida esperienza con Kit, Beatrice era evaporata nel suo stesso sconvolgimento come anche tutte le altre volte in cui trovava i bigliettini che si scambiavano nei grandi vasi cinesi di Minerva. E nonostante associasse Kit anche a un modo vorace e irriguardoso di toccarla, cui poi nel tempo aveva ripensato come a un ricordo spiacevole, qualcosa che in parte aveva violato un confine che lei avrebbe voluto mantenere inviolato, adesso provava pena. Poi un sospetto la trapassò.

« Penserete di me il peggio. Che sono una ragazza frivola. Prima Kit, poi Lord Warthmore... »

Archer sembrava distratto quando rispose: « No, Beatrice. Non lo penso ».

« Eppure io ho sempre creduto che voi... mi giudicaste male. All'epoca delle indagini su Carter Lacy e poi quando scomparve il principe Aliankov... »

« Mi dispiacevo del modo in cui eravate trattata. »

« E perché vi dispiacevate per una completa estranea? Non vi credo. Giudicavate, altroché. »

« D'accordo. Allora la verità è che... » Archer sospese un istante il discorso, per poi concludere: « La verità è che trovavo inspiegabile che una ragazza con la vostra intelligenza si lasciasse manipolare da quei due ragazzini senza spina dorsale ».

« Siete ingiusto con loro. »

« No che non lo sono. »

« Non si parla male dei morti. »

« Oh, sì che si può. »

« Suppongo che voi, al contrario, vi riteniate munito di spina dorsale, ispettore capo » disse lei con tono un po' più polemico di quanto avrebbe desiderato.

Ma Archer lasciò la parete e andò a chinarsi su di lei, come a volerle raccontare un segreto. « *Questa* non è una supposizione. »

Beatrice avvampò. « Ne siete ben sicuro, a quanto pare. »

« Perché, voi no? » proseguì lui, a voce bassa e morbida.

Oddio, sì. Altroché. Era una delle poche certezze che le restavano.

« Non sono incline a elargirvi complimenti così facilmente, ispettore capo » ribatté, impettendosi.

« Nemmeno se me li merito? » domandò Archer, con qualcosa di simile al candore, continuando a guardarla fino a che Beatrice non ne poté più.

« Ascoltate, credete che sia il caso di uscire dalla stanza? Ho saputo che verrà allestita una sorta di veglia funebre. »

« Così ho sentito anche io. Volete partecipare, presumo. »

« Sì » mormorò Beatrice.

« Nessuno vi impedisce di uscire dalla stanza. Solo il giardino è ancora interdetto, al momento. »

« Allora io... andrei. »

Archer annuì. « Mi perdonerete, se non vi accompagno. »

« Aiuterete il sergente Webb nelle sue indagini? »

« Informalmente. »

Non rimaneva molto altro da dirsi e si congedarono con lieve impaccio. Lui andò via, ma lei restò ancora. Non si era portata dietro niente di scuro, ma con qualche avanzo di pizzo nero dei rivestimenti di Mr. Williams si era confezionata in fretta e furia dei guantini e un ornamento per il bavero di un abito beige, il più serio che aveva con sé. Nel frattempo il pendolo aveva scoccato le sette di sera.

Per lei la pratica della veglia funebre era sacra, come per molti italiani. Benché non pregasse spesso, non quanto sua sorella Clara, non avrebbe mai potuto esimersi dal recitare preghiere per i defunti e rivolgere un ultimo tributo ancora prima dei funerali. Beatrice scese quindi le scale fino al piano interrato e in un corridoio incrociò Sybil Lyndon-West.

Scambiarono qualche parola inevitabile sulla tragedia appena avvenuta e poi Sybil le spiegò che, comprensibilmente, per quella sera non era prevista una cena ma solo un frugale buffet. Ciascuno era incoraggiato a consumare il pasto in camera propria in ragione del lutto.

Beatrice commentò che per parte sua non aveva alcun appetito. E difatti aveva saltato il pranzo e non se n'era neppure accorta.

« Siete stata previdente a portare dei guanti neri. »

« È una lunga storia. » Sybil sbatté lentamente le palpebre. Parve a Beatrice molto provata. « È già qui la madre di Mr. Ashbury? » le domandò.

« Non ancora. Sta viaggiando in auto ma pare che abbia avuto un guasto al motore e forse non riuscirà ad arrivare oggi. »

Beatrice impallidì pensando a Minerva in simili circostanze. Doveva essere fuori di sé, come ciascun genitore che perda il suo unico figlio. Ma Minerva un po' di più. « Che penoso accanimento del destino. »

« Già. Beatrice, posso farvi una domanda? »

« Certamente. »

« Il sergente Webb ha chiesto anche a voi di potervi esaminare le mani? »

« Sì. »

« Questa storia dello smalto è assurda. »

« Se Mrs. Ashbury non lo usava, e non mi sembra, a memoria, è assurdo che Mr. Ashbury lo avesse tra i capelli. »

Beatrice si accorse che la sua risposta era stata in qualche modo irruente, e lo capì dallo sguardo freddo di Sybil.

« Be', direi che è ora di andare » disse quest'ultima, con un'espressione tirata.

Sybil s'incamminò e Beatrice la affiancò in silenzio.

Il corridoio del seminterrato sembrò interminabile.

Beatrice si era predisposta all'idea di vedere Kit addormentato per sempre, ma in realtà nessuna preparazione poteva bastare. Al posto di quel ragazzo affascinante, incauto e bugiardo c'era il bottino della morte di quel giorno.

C'erano solo due finestrelle sulla parete in alto e le ante erano state aperte. Da fuori entravano il canto dei chiurli e un timido chiarore.

Nella morte, le labbra e le palpebre di Kit erano di un rossore violaceo insopportabile; i lineamenti contratti, le ciglia socchiuse sulle pupille opache e immobili, il vestito inutilmente elegante.

Beatrice non riuscì proprio a impedire alla nausea di montare, a se stessa di tremare e agli occhi di riempirsi di lacrime.

Anche perché accanto a Kit, di spalle, riconobbe Julian.

L'avrebbe riconosciuto ovunque.

Il visconte si voltò, la guardò con iniziale sgomento ma poi, senza pensarci due volte, travolgente e sconcertante come solo lui sapeva essere, le andò incontro e la strinse in un abbraccio disperato.

13 L'ape

Kit si era guadagnato tanto il loro affetto quanto il loro sdegno. Ma adesso, a prevalere nel cuore di entrambi era la compassione. E quell'abbraccio stretto in cui l'avevano lasciata sfogare era sconveniente quanto consolatorio, almeno per quei rapidi istanti in cui durò prima che Beatrice si allontanasse, soprattutto per la consapevolezza di aver disonorato profondamente Archer di fronte a Sybil Lyndon-West. Quest'ultima, difatti, era allibita e Julian si sentì in obbligo di dire, con voce sicura: « Perdonatemi, Mrs. Blackburn. Non sono padrone di me, in questo momento, e ho superato il limite ».

« Comprendo, Vostra Signoria » balbettò quindi Beatrice, paonazza in viso.

« Mrs. Blackburn » proseguì Julian in direzione di Sybil, « è una delle poche persone con cui posso condividere il sentimento che mi legava a Mr. Ashbury. »

« Io e Mr. Asbury abbiamo abitato vicini per anni » soggiunse Beatrice, nel disperato tentativo di trovare altre spiegazioni a quell'attimo di feroce malinconia in cui non avrebbe mai dovuto indugiare.

« Non dovete giustificarvi, Lord Warthmore, e neanche voi, Mrs. Blackburn » disse Sybil, con voce lievemente imbarazzata. « Non v'è nulla di male se si cerca conforto per un dolore comune. E potrei aggiungere che nessuno è padrone di sé, dopo quanto è accaduto. »

Sybil fece infine un segno della croce e prese congedo in maniera formale.

« Vengo anche io » disse Beatrice, cui parve l'unica cosa giusta da fare, e l'approvazione di Sybil fu evidente dalla piega delle sue labbra.

Julian però, non smetteva di guardarla. Lei evitò di contraccambiare.

Se c'era Julian, ragionò Beatrice, forse c'era anche Octavia.

Andò a informarsi presso il maggiordomo, che glielo confermò: Lady Octavia era ospite della casa insieme a Catherine, sua cugina. Preparò un biglietto da farle recapitare aggiungendo, in chiusura:

Ti aspetto nella mia stanza.

E disegnò una piantina del palazzo marcando con una X la camera in cui alloggiava con Archer.

Non dovette aspettare tanto, neanche il tempo che si era prefissa di impiegare portando avanti uno dei sedici rivestimenti per Mr. Williams, che udì bussare alla porta. Aprendola, si trovò davanti Octavia.

Costei aveva una fisionomia peculiare: occhi distanziati e zigomi alti, denti grandi e l'accenno di una fossetta sul mento. Era tanto strana quanto bella, vestita di nero con una lunga treccia bruna che le ricadeva sul petto.

« Se una ragazza mi dice: Ti aspetto nella mia stanza, io non me lo faccio ripetere due volte. »

« Buonasera a te, Lady Charteris. »

« Non credevo di trovarti nel Norfolk, sarò sincera. »

« È stato un terribile capriccio della sorte. Questo, in teoria, era il mio viaggio di nozze. »

Octavia inclinò il capo. « Nel Norfolk? » chiese, inorridita. « Comunque è bello che rovinato, poco ma sicuro. Kit è sempre stato un guastafeste. »

Beatrice trasalì. « Milady, a volte temo per la vostra anima, parola mia. »

« Preferiresti che fossi ipocrita e versassi lacrime fasulle pensando al bracco di mio padre che è morto due giorni fa, e questo sì che mi riduce alla disperazione? »

« Ti dispiace più per il cane che per Kit? »

« Incomparabilmente. Solo Ashbury poteva ubriacarsi come un otre a Natale e farsi pungere da un'ape. »

« Hai sempre avuto un forte pregiudizio, verso Kit. »

« Ho le mie buone ragioni. » Beatrice ricordava che in passato Octavia non aveva mai avuto parole gentili su Ashbury, tuttavia non aveva mai motivato quell'atteggiamento, sicché Beatrice aveva sempre ritenuto che si trattasse di pura e semplice antipatia, tanto più che Octavia non era una dalle simpatie facili.

« Vuoi dirmele? »

« Persino io non dimentico che è morto un paio d'ore fa. Lascio trascorrere almeno un giorno prima di dirne male. »

« Lo hai fatto finora » chiosò Beatrice.

Octavia la fissò senza ombra d'imbarazzo. « Quello che avrei da dire è molto peggio. »

Adesso Beatrice fremeva di curiosità, perché Octavia sembrava alludere a qualcosa di molto preciso che evidentemente lei ignorava. « Hai già rivisto Julian? » le domandò poi l'amica, di punto in bianco.

Beatrice annuì. « Lì per lì, non sembrava che ce l'avesse a morte con me. »

Octavia inarcò un sopracciglio. « Oh, sì che ce l'ha con te. Fidati. »

« Che venga a dirmi il perché, in tal caso » replicò Beatrice, dignitosamente. « Cosa ho fatto di diverso da quel che si accinge a fare lui? La rabbia dovrebbe essere reciproca, eppure non lo è. »

« Avrebbe senz'altro da obiettare. »

« Be', che lo faccia, allora. Saprò cosa rispondere. »

Eppure, continuò a pensare Beatrice, quell'abbraccio che le aveva dato non conteneva rabbia. Un milione di altre sfumature. Ma non quella.

« Sei felice, Miss Bee? » le chiese all'improvviso Octavia, dopo averla studiata da sotto le sue lunghe ciglia.

« Non oggi nello specifico. Ma suppongo che la domanda sia se sono felice in generale. E la risposta è che non sono infelice. Mi sembra già qualcosa. »

Octavia annuì prima di ripetere: « È già qualcosa ». Poi si alzò dalla poltroncina e annunciò: « Adesso devo andare ».

« Dove? » chiese Beatrice.

« Torno in camera a tenere gli occhi aperti su mia cugina Catherine prima che Julian me la ingravidi sotto il naso. »

Beatrice impallidì. Octavia la puntò con aria di sfida.

« Che scherzo ignobile » mormorò quindi Beatrice. A quel punto, Octavia scoppiò a ridere.

« Ci hai creduto. Anche solo per un istante, ma ci hai creduto. »

« Nemmeno per un attimo. »

« E fai male, perché quei due non me la raccontano giusta. » Beatrice alzò le sopracciglia e Octavia proseguì. « Ho dovuto portarla con me per salvare le apparenze, sai. Una sorta di chaperon. Ma Catherine gli moriva dietro fino a prima che lui partisse per l'India, quando io ero promessa ad Alastair. Jules non era mai sembrato interessato ma ti confesso che... il dubbio adesso ce l'ho. Ci sono piccole, strane scintille, tra loro. »

« Meno dettagli, grazie. »

« Oh » disse Octavia, « te ne dispiace? »

« Sei perfida, Milady. »

Era, quello, un aggettivo che gratificava particolarmente Octavia. « A ogni modo, nel dubbio, io vado. Buonanotte, Miss Bee. »

Quando la porta si chiuse, in Beatrice rimase una sensazione di irrequietezza. Un sapore amaro.

Si affacciò a una delle finestre, da cui si poteva vedere il punto del giardino in cui Kit era stato ritrovato dal giardiniere, all'alba.

Milou aveva detto di aver salutato il marito e di essere andata a letto; immaginava che si sarebbe attardato con gli altri uomini della compagnia. Era stata svegliata dalla notizia, come tutti gli altri.

Nel giardino attraversato dalle geometrie delle siepi, Beatrice distinse le sagome di Archer e del sergente Webb.

Il sergente Webb stava perlustrando il giardino, più per esclusione che per conferma.

Il quadro che si era fatto era quello del tragico incidente: Ashbury si era scolato un'intera bottiglia di champagne, che era stata ritrovata su un tavolino di ferro poco distante da lì, in una piccola area perfetta per uno spuntino da consumare nel verde.

« Ma non è detto che fosse da solo » obiettò Archer.

« Non ci sono bicchieri! Deve aver bevuto a canna. » Blackburn annuì senza alcuna convinzione. « Signore, so che voi siete abituato alla grande città e si sa com'è Londra... ma questo è un incidente. Orribile, certo, ma è un incidente. »

« Eppure la dinamica è tutto fuorché chiara: uscire in piena notte per venire a ubriacarsi proprio qui, e proprio qui » rimarcò Archer, « in piena notte, farsi pungere da un'ape e morirne? »

« Be', ne muore di gente con una puntura d'ape. Avete sentito cosa ha detto oggi il medico. A volte, come si chiama, quella cosa lì... »

« Anafilassi » fu lieto di concludere Archer. « Giusto. E tuttavia. Non mi torna niente. »

Il sergente Webb azzardò un'ipotesi giusto per far capire all'uomo di Scotland Yard che anche lui sapeva azionare le rotelline del cervello. « E se non fosse stata un'ape? Bensì una creatura più letale? »

« Interessante. Una creatura più letale. E come arriva in un giardino del Norfolk? »

« La gente di questa casa va e viene dall'India... »

« Portandosi dietro insetti tropicali. »

La serietà sarcastica di Blackburn era raggelante. Si era appena acceso una sigaretta e si era seduto su un gradone di pietra, contemplando il giardino di fronte a sé e Wroxham Hall che si stagliava in fondo al suo sguardo.

« Piuttosto, sergente Webb, ricostruiamo dalle testimonianze intorno a che ora Ashbury ha lasciato la casa. »

« Verso mezzanotte » disse Webb. « L'ultima ad averlo visto è stata Mrs. Sybil Lyndon-West. »

« Già, che lo ha visto uscire da una toilette. Il ragazzo puzzava di vomito. Giusto? »

« Esatto. Gli ha chiesto se gli occorreva un medico, lui ha risposto che lo aveva già chiamato qualche ora prima. »

« Sappiamo se è vero? » domandò Archer.

« No. Certamente non ha contattato il medico del villaggio, questo lo so perché ho chiesto personalmente. Non vi è modo tuttavia di sapere se avesse contattato qualche altro medico, via telefono. »

« Ma se aveva vomitato, doveva aver già smaltito la sbornia, ammesso che l'avesse. E se addirittura stava male al punto da vomitare, perché non si è messo a letto a riposare, invece di andarsene in giro di notte nel parco? » osservò dunque Archer, ragionando ad alta voce.

« Alla moglie non ha detto niente se non che si sarebbe messo a fare una partita a carte con Felix Cartwright e gli altri. »

« Però nessuno di loro lo ha più visto. Nessuno ha giocato a carte. Non vi sembra strano? »

Il sergente Webb ammise che sì, era strano. « E proprio per questo, signore, potete constatare che non mi sto risparmiando nelle indagini. »

« Ve ne do atto. Ma non venitemi più a dire che si tratta di un incidente. »

« Nossignore. »

« Bene » disse Archer, finendo la sigaretta e spegnendola sulla pietra.

« Ispettore capo, parlereste anche voi con Mrs. Ashbury? »

Lui inarcò un sopracciglio. « Perché mai? »

« Magari le cavate qualcosa in più. »

« Non mi è sembrata reticente » osservò Archer.

« Ma suppongo vi inorgoglisca sapere che mettete soggezione. »

« Torna utile. »

« E difatti, signore. »

« D'accordo, lo farò. Intanto però andiamo a fare quattro chiacchiere con Trewalney, ci sono un paio di risposte che solo lui può darci. »

14 Il testamento

L'avvocato di Kit Ashbury era in evidenti preparativi per lasciare il Norfolk. La valigia era già chiusa e lui indossava un abito blu da viaggio. La fronte ampia era oscenamente lucida. La stanza era pervasa da un odore forte e penetrante di colonia maschile. Dava quasi il mal di testa.

« Naturalmente mi sarei presentato per conferire con voi, prima di andare via » disse, davanti all'espressione esterrefatta del sergente Webb. « Non mi sarei di certo dato alla fuga. »

« Vorrei ben sperare! Un uomo di legge come voi! » balbettò il sergente Webb.

« Chiedete pure, vi dirò tutto quello che occorre. »

« L'esatto ammontare della fortuna di Christopher Ashbury » s'inserì Archer, brutalmente.

Quando Trewalney ribatté serafico la strabiliante cifra in sterline, Archer si affogò con il fumo della sua stessa sigaretta.

Gli chiese dunque l'esatto frazionamento di tutti gli investimenti, perché ci si aspettava che una simile ricchezza fosse opportunamente differenziata; nelle risposte di Trewalney, tuttavia, Archer non trovò nulla che non si potesse prevedere.

Il sergente Webb domandò quindi qualche dettaglio circa il contratto di acquisto di Wroxham Hall e Trewalney replicò che quello che era stato firmato il giorno prima era a tutti gli effetti valevole e vincolante e che quindi gli eredi di Kit erano tenuti a concludere l'acquisto entro un mese dalla firma.

« Ashbury aveva fatto testamento? »

« Sì. Gliel'ho consigliato io e ho dovuto insistere notevolmente su questo punto. Ashbury era giovane. Non aveva proprio la mentalità da testamento. »

Si generò quindi un silenzio lugubre, dato cos'era accaduto

poi. Come sentendosi responsabile di aver attirato la malasorte, Trewalney precisò: « Ma gli ho spiegato che in base alla *common law*, la madre avrebbe ereditato i beni immobili e la moglie solo metà dei beni mobili. Insomma, la nuova Mrs. Ashbury sarebbe stata molto sfavorita rispetto alla suocera. La libertà testamentaria, al contrario, è piena. Per questo Ashbury si è deciso, ma credetemi, gli è pesato farlo. E, tra l'altro, lo ha cambiato due volte ».

« Due volte? » chiese Archer, interessato.

« Sì. Una prima volta era stato più equanime tra moglie e madre, riservando anche qualche piccolo lascito per altri legatari. La seconda volta invece si era risolto per un testamento pressoché universale nei riguardi della moglie, con un lascito molto generoso alla madre. »

« Quando avete conosciuto Mrs. Ashbury, voi? »

« In India. Prima del matrimonio. Ero già stato assunto da Mr. Ashbury. »

« Posso chiedervi come è arrivato a voi? »

« In che senso? »

« Chi vi ha referenziato? »

« Sua Signoria Felix Cartwright. »

Archer annotò mentalmente, ripromettendosi di prendere degli appunti.

« Quando accadeva, questo? »

« A febbraio, credo. »

« Dunque prima ancora che Sua Signoria arrivasse in India. »

« Oh, be', sì. »

« Ma all'epoca Ashbury era già interessato all'acquisto di Wroxham Hall? »

« No. Quello è venuto dopo. »

« E come vi siete districato tra gli interessi dell'uno e dell'altro? »

« Dal momento in cui ho firmato un contratto con Ashbury, io curavo soltanto i suoi, di interessi » precisò l'avvocato.

« Certo, capisco. Avete voi il testamento autografo? »

« Sì, ma ovviamente non qui con me. Chi poteva prevedere... »

« Dunque è nel vostro ufficio, a Londra? »

Trewalney annuì. Il sergente Webb guardò Archer e poi si lanciò in un quesito che spiazzò perfino l'ispettore capo. « E come mai » disse, con aria eccessivamente sospettosa, « avete agito negli interessi di Mrs. Ashbury nel secondo testamento? »

Trewalney lo gelò. « Io non ho agito negli interessi di Mrs. Ashbury, sergente. Ma solo in quelli di Mr. Ashbury, per consentirgli di poter decidere della propria ricchezza, in ogni evenienza. Se il mio lavoro ha favorito Mrs. Ashbury è un effetto secondario. Sono anni che si lavora a una legge che cambi le regole successorie rendendole più eque e moderne e per quel che ne so il Parlamento potrebbe approvarla già il mese prossimo, ma anche se così dovesse essere entrerà in vigore non prima di gennaio dell'anno nuovo. In quest'ottica, consiglio sempre a tutti i miei clienti di fare testamento » disse, e restò un istante in silenzio prima di ripetere: « A tutti e sempre. Chiunque potrà confermarvelo ».

L'attenzione di Archer, nel frattempo, era stata attirata da uno strano alone su un tappeto persiano. Si smarcò da Webb e raggiunse il tappeto, chinandosi a toccarlo, mentre Trewalney lo seguiva con lo sguardo. L'alone era ancora umido, registrò Archer. Portò il tappeto al naso e lo annusò. Era da lì che proveniva l'odore stomachevole di acqua di colonia, tanto più che nell'aroma era nascosto e infiltrato anche un odore acido.

« Ci sono altre informazioni degne di nota, relative al testamento? » domandò il sergente Webb, sbrigativo.

Trewalney fece spallucce. Sulla giacca di cotone blu, una spolverata di forfora come zucchero a velo. « Questo potrò dirvelo dopo l'apertura. »

« Ma voi ne conoscete già il contenuto? » insisté Webb.

« È un'indagine per omicidio, questa? » domandò quindi Trewalney, duramente.

« No » ammise Webb.

« Ordunque, come tutti, aspetterete » concluse l'avvocato, come se il discorso esulasse dalla propria volontà.

« Per meglio dire, non ancora » s'intromise Archer, che non poté proprio farne a meno.

Trewalney trasalì e disse: « Se sarà necessario, al momento opportuno, fornirò qualunque anticipazione ».

« Cos'è accaduto a questo tappeto? » chiese Archer, indicandolo.

« Ho rovesciato con un gesto maldestro la mia acqua di colonia. Chiedo scusa per l'odore rivoltante. »

Archer annuì, prima di dire: « C'è un'altra cosa che occorre domandarvi, avvocato ».

« Prego. »

« Vedete, data la facilità con cui l'affare è stato concluso, mi nasce il dubbio che Christopher Ashbury non fosse al corrente della clausola testamentaria del barone di Costessey. »

Trewalney corrugò la fronte, stupito. La fronte luccicava di sudore. « Come... »

« Come lo so? Lo so. »

Trewalney lo guardò con improvvisa curiosità, come se avesse improvvisamente compreso di avere davanti qualcuno di diverso da quello che diceva di essere.

« C'è una spiegazione, naturalmente » disse l'avvocato.

« Non vedo l'ora di ascoltarla. »

« La clausola sarebbe *apparsa* entro la conclusione della vendita. »

« *Apparsa* » ripeté Archer.

« Ispettore capo Blackburn, a dispetto delle apparenze, menzionare la clausola non subito ma in una fase intermedia *avrebbe tutelato* Christopher Ashbury. »

Ad Archer venne quasi da ridere. Avvocati. *Puah.* « Ah, sì? »

« Sì, certamente. Non volevo che Ashbury percepisse la faccenda come complicata. Vedete, Christopher aveva un certo tratto infantile per cui approvava un affare solo se gli veniva presentato come privo di complicazioni, altrimenti lo scartava a priori. » Almeno questa non è una bugia, pensò Archer. *Infantile* era proprio la parola giusta. « Ashbury non voleva farlo capire ai Cartwright, ma aveva molta fretta di chiudere. E nel frattempo la risposta del fiduciario di Sua Signoria tardava ad arrivare. »

« Ma intanto Ashbury aveva staccato il primo assegno. » Di cui Felix aveva urgente bisogno, ovviamente. Impossibile credere alla buona fede dell'avvocato quando diceva di lavorare in esclusiva per Ashbury.

« Se la risposta del fiduciario sarà negativa, ovviamente la trattativa sarà nulla. La caparra verrà restituita. Ma la verità è che non v'era alcuna ragione per cui il fiduciario, Mr. Seaman, esprimesse parere avverso all'acquisto da parte di Ashbury. Non l'ho mai davvero considerato un ostacolo. »

« Tuttavia converrete che la vostra pratica è stata scorretta. »

Trewalney arricciò le labbra. « Francamente non pensavo che questo dettaglio, perché di dettaglio si tratta, sarebbe mai venuto alla luce. Non potevo di certo aspettarmi che Ashbury morisse proprio qui e in un modo così balordo. »

« E in effetti, almeno su questo, siamo d'accordo » disse Archer, che doveva convenire sul fatto che nessun avvocato avrebbe mai voluto che emergesse la propria condotta discutibile, quindi a rigore di logica non si poteva ritenere Trewalney implicato nella morte di Kit, almeno non in prima battuta. « Ma siete ancora convinto di voler rientrare a Londra, avvocato? » disse Archer.

« No, ispettore capo. »

« Eccellente. »

Beatrice ne aveva abbastanza di lavorare e di restare chiusa da sola in camera. Era ormai l'ora in cui in condizioni normali si sarebbero messi a tavola, ma quella situazione era tutto fuorché ordinaria. Aveva aspettato Archer, ma dal momento che il marito aveva ritenuto di non dover dare notizia di sé per tutto il pomeriggio, pensò di recarsi in sala da pranzo per prendere un sandwich o qualunque altra cosa fosse stata prevista per la cena, giusto per non lasciare gli ospiti affamati.

Dalla finestra esposta a nord penetrava il crepuscolo. Immobile alla parete, uno dei domestici in livrea dava un tono alla situazione.

In quel momento entrò nientemeno che Madame Geneviève de Vanancour. Beatrice era convinta che non l'avrebbe mai più rivista. Era, costei, la più cara amica di Minerva Ashbury, il che significava che avevano superato gli intoppi del viaggio ed erano riuscite a raggiungere il Norfolk.

Era interamente abbigliata di nero e quando la vide non dissimulò lo sconcerto. « Beatrice Bernabò! »

« Buonasera, Madame. »

« Oh, come siete stata affettuosa a venire anche voi! »

Beatrice si affrettò a dire: « In verità, Madame, io ero già qui per ragioni puramente casuali ».

« E dunque avete fatto in tempo a incontrare Kit! »

« Sì, Madame. Fino a ieri sera. E non riesco a credere a quello che è successo. »

« *Ma petite poussinette!* Come siete dolce. » Si asciugò le lacrime e andò a prendere un piatto.

« Minerva è in camera sua? » domandò quindi Beatrice.

« Sì. La obbligherò a mangiare un boccone anche se non vuole saperne. »

« Anche io oggi non ho mangiato niente, fino a ora. Non ci sono riuscita. Posso chiedervi di portare i miei saluti a Minerva? Vorrei farlo di persona ma, data la situazione, non voglio essere invadente. »

Madame de Vanancour sgranò gli occhi: « Ma si capisce che vorrà vedervi! Non sapete quanto mi ha parlato di voi! Non dite a nessuno quello che sto per riferirvi, ma più di una volta le ho sentito dire: 'Ah, se Kit avesse sposato Beatrice!' »

Oh, be', proprio meglio di no, pensò lei. Ma fu lusingata da quel pensiero, benché con il senno del poi le risultasse amaro. « Dite davvero? »

« Sì! »

« Non le piaceva, la nuova Mrs. Ashbury? »

Geneviève s'irrigidì. « Non ne parliamo, Beatrice » replicò con tono pieno di significato.

« Mi sembra una ragazza così gioviale e piena di garbo... l'avete conosciuta? »

« Non ancora. Sono tornata da Parigi solo due giorni fa. La ricordo bambina, tuttavia. Ma guarda un po' chi c'è! » aggiunge spostando lo sguardo oltre Beatrice, fino alla porta. Lei si voltò e riconobbe finalmente Archer, che nel vedere Madame de Vanancour ebbe un'espressione di grande demoralizzazione. « Ispettore capo Blackburn! »

Gli porse una mano da baciare con tutta la civetteria che le sgorgava in presenza dell'ispettore capo, per cui aveva un debole dai tempi dell'indagine sulla morte di Mr. Carter Lacy. Archer fece il proprio dovere, poi si rivolse a Beatrice e disse: « Vi cercavo ».

Intercettando la voracità dello sguardo di Geneviève, Beatrice disse: « Madame, forse non siete a conoscenza della felice notizia che io e l'ispettore capo Blackburn ci siamo sposati qualche mese fa ».

Geneviève inorridì e la sua espressione si rattrappì ma rispose: « Congratulazioni a entrambi dal profondo del mio cuore ».

« Grazie, Madame » rispose Archer. La donna disse quindi che, con il loro permesso, avrebbe continuato a preparare il piatto per Minerva; i due rimasero da soli, Beatrice con il suo piattino in mano e lo sguardo smarrito.

Archer le sussurrò: « Sto partendo per Londra ».

« Adesso? » domandò Beatrice, sbalordita. Anche in auto, era un lungo tragitto, specie di notte.

« Ho una cosa urgentissima da fare. Sarò di ritorno il prima possibile. »

« Cosa... dovete fare? »

Archer esitò, indeciso se parlare o meno. Alla fine rispose: « Devo portare un oggetto in laboratorio per farlo analizzare ».

« Le impronte digitali? » domandò quindi Beatrice, che da quando aveva imparato quel concetto pensava che tutta l'attività scientifica di Scotland Yard ruotasse intorno a quella tecnica che a lei sembrava portentosa.

Lui sorrise con tenerezza. « No, è un'altra cosa. Quando torno, vi spiegherò. Va bene? »

Beatrice annuì e gli fece un cenno con la mano. Lui salutò ad alta voce di nuovo Madame de Vanancour e se ne andò.

Geneviève si accostò a Beatrice e le sussurrò, con complicità: « Che magnifico bottino avete fatto, *ma fille...* »

Già, magnifico, pensò lei.

Nel piatto infine mise il minimo. Non le faceva gola niente. Tornata in camera, consumò il suo pasto con un filo di noia; poi lavò le mani e i denti, indecisa se continuare il lavoro oppure mettersi a leggere. Non era un'avida lettrice, ma aveva portato in borsa *Frankenstein* di Mary Shelley, che aveva trovato nella libreria dell'ispettore capo.

Si era giusto accomodata aprendo il volume nel punto in cui era arrivata quando udì bussare alla porta.

Era un servitore che doveva consegnarle un biglietto di Octavia.

Ti aspetto in camera di Julian. Lui non c'è e saremo da sole. Nella mia c'è quella gatta morta di mia cugina, non avremmo abbastanza riservatezza.

Beatrice non se lo fece ripetere due volte mentre *Frankenstein* finiva prontamente dimenticato.

Chiuse la porta della stanza e si fece indicare dal servitore la stanza di Lord Warthmore, che si trovava in un punto diametralmente opposto della casa.

Bussò timidamente alla grossa porta di quercia ma, al contrario di quello che si aspettava, fu Julian ad aprirle.

Sperò che il suo sconcerto non fosse troppo evidente e balbettò: « Octavia... dov'è? »

« Onestamente, non ho idea di dove sia. Nella sua stanza, presumo. »

Oh, Octavia. Era dunque quello un espediente per obbligarli a rivedersi da soli.

« Quindi tu... non eri al corrente che mi ha scritto un biglietto dicendomi di venire *qui*? » appurò, giusto per conferma.

« Dicendoti di venire qui? » ripeté Julian, facendosi serio, e quando Beatrice annuì, si protese lievemente su di lei. « Credi veramente che io abbia bisogno di farle fare da mezzana per poterti rivedere? » Lei avvampò: stavano condividendo un'aria carica di tensione. « Questo mi offende » proseguì lui, sfiorandole la guancia attraversata dalla cicatrice. Lei si scansò di scatto e Julian abbassò la mano, con aria ferita. « E soprattutto, implica che tu dia per scontato che io volessi rivederti. » Il suo tono venne fuori dispettoso come gli capitava a tratti e Beatrice si impuntò che non gliel'avrebbe fatta passare.

« Stando a come mi sei saltato addosso davanti a Sybil Lyndon-West... »

« Quella » riprese Julian con un'ombra sul viso, « è stata un'imperdonabile debolezza che rimpiango io stesso più di quanto non faccia tu. Ma... Beatrice. Non dirmi che non sei scioccata. »

Lo sguardo di lei si offuscò quando ammise: « Anche più di quanto avrei immaginato ».

« Però non possiamo continuare a parlare così sulla porta. Sei d'accordo, vero? »

« Infatti è meglio che io vada. »

« Tuo marito ti aspetta? Non credo proprio. » Era una provocazione e Beatrice si impose di non abboccare.

« E invece... »

« Non mentirmi. È a Londra. »

Evidentemente, pensò lei, la voce correva già tra tutti i presenti.

« Ma a prescindere, non dovremmo proprio farlo. »

« Fare cosa? Parlare? » trasecolò Julian. « Definirei la nostra posizione al di sopra di ogni sospetto. »

Beatrice lo fissò con scetticismo. « Avrei dovuto andarmene da un pezzo. »

« Oppure entrare già da un pezzo. » Per la prima volta da quando si erano rivisti, Julian le sorrise con quell'aria temeraria e impulsiva che lo rendeva tanto attraente.

« È una pessima idea » rimarcò Beatrice.

« Non farò niente che possa fartene pentire » promise Julian solennemente e le indicò l'interno della stanza con un mezzo inchino. « Entra. » Lo disse infine non come una richiesta, ma come un'ingiunzione e ciononostante, attratta come certe volte lo si può essere soltanto dal male, Beatrice obbedì.

15 Sua Signoria il visconte di Warthmore

La stanza aveva l'aspetto immacolato di un ambiente di cui non era ancora stato preso possesso. Come unico indizio di una preferenza da parte di chi l'avrebbe usata c'era solo, su un tavolino, una ciotola di cristallo traboccante di more. Julian ne portò una alla bocca, leccando infine un dito che era rimasto sporco. « Serviti pure » le disse, ma Beatrice scosse il capo.

« Sono a posto. Non mi piacciono le more. »

Lui fece un'espressione incredula e le girò attorno giusto per metterla un po' in imbarazzo, prima di chiederle: « Cos'è andato a fare tuo marito a Londra? »

« Forse non mi crederai, ma non lo so. »

« C'entra qualcosa la morte di Kit? »

« C'entra » rispose lei, con prudenza. « Appena qualche sera fa a cena, Kit mi ha parlato di te con rimpianto. »

Lo sguardo di Julian si immalinconì. « Prima che partisse per l'India non sono stato, come dire... amichevole. Forse lui si aspettava un segnale che tutto era come prima, e io non gliel'ho dato. »

« In ogni caso, il fatto che tu sia qui dimostra molte cose, a parer mio. »

Julian sospirò. « Mi sono letteralmente scapicollato appena l'ho saputo. »

« Io non avevo neanche considerato che tu saresti venuto. »

« E io non avrei mai immaginato di trovare qui anche te. »

Beatrice schivò il suo sguardo. « Mi ha detto che sei stato un buon amico. » E anche che sapeva rendersi indispensabile, e quanto era vero, ma questo Beatrice non glielo riferì.

« Non così tanto, se è finita com'è finita. »

« Inutile pensarci. I rapporti tra le persone si alterano. Pur con tutte le buone intenzioni. »

« Parli di me e Kit, o di noi? » chiese Julian.

« Di voi due. » Ma alla fine, dopo una breve esitazione ammise: « E anche di noi due. Ma era inevitabile sin dapprincipio ». Julian la scrutò con rimpianto quando lei concluse: « Lo sapevo io. Lo sapevi anche tu ».

« Sottolineerei, a questo punto, che tu ti sei sposata e che io non l'ho ancora fatto. »

« Solo perché è morta la zia di Octavia! » obiettò lei, indignata.

Lui inseguì i propri pensieri. « Non venirmi a raccontare che non è una ripicca, Bee, perché non ti crederò finché vivrò. »

Risentita, lei replicò: « Lasciati dire una cosa. Sì, è vero, sei stato importante, Dio se lo sei stato, ma non al punto da indurmi a rovinare la mia vita e quella di un'altra persona che non c'entra nulla solo per fare un dispetto a *te* ».

« Ma la ripicca è meglio della sua alternativa » buttò lì Julian, con una certa sottile crudeltà.

« Quale sarebbe? »

« Insomma, dato il brevissimo lasso di tempo tra quando dicevi di amare me e quando hai scoperto di amare lui, lascio tirare a te le conclusioni. »

Lo guardò con aria di sfida. « Non capisco » affermò, con innocenza. « Tu sei libero di sposarti e io obbligata a comprendere le tue ragioni, ma lo stesso non vale per me? Non ero forse libera di sposarmi anche io? Senza che alla base ci fossero le motivazioni più abiette? »

Julian era sempre più vicino e il suo sguardo in quel momento era struggente, come la sua voce quando le chiese: « Dimmele, queste motivazioni, così potrò farmene una ragione, perché così io non ci riesco ».

« Non molto diverse dalle tue. Anche io, come sarai obbligato a farlo tu, l'ho fatto per necessità. »

« Spiegazione opportunamente vaga. »

Beatrice sbottò. « Ero stata richiamata in Italia con un'accusa di spionaggio per la vicenda di Scandiani. Non avevo altra scelta che sposare un inglese, e *perdonami* se non sei stato il primo a cui ho pensato.» Di quest'ultima frase, però, Beatrice si pentì pressoché subito, specie quando Julian la guardò con severità.

Gelido, lui obiettò: «Se fosse stato vero non avresti avuto problemi a dirmelo subito».

«Pensi che sia una bugiarda?» lo interrogò torva. Julian fece un convinto cenno di assenso con il capo. Beatrice trasecolò e gli diede uno spintone piena di rabbia, per allontanarlo da sé.

«Che stupida. E io che non ti ho detto nulla perché non potevo escludere che, davanti all'urgenza della situazione, tu commettessi la follia di non sposarti con Octavia. La follia di aiutarmi.» Sostenne il suo sguardo con rabbia. «Ma è ovvio che non lo avresti fatto.»

Julian la fissò. «Questo non puoi saperlo» le disse con tono tagliente.

«Non lo sapremo mai. Né io, né tu. Io sapevo soltanto che, nella remota eventualità in cui tu lo avessi fatto, io non me lo sarei mai perdonato. Un domani, quando ti fosse passata questa...» Non sapeva nemmeno lei come chiamarla. Non osava pronunciare la parola che un tempo lui stesso aveva scelto. Amore. «... questa *cosa* che provavi per me, che ti sarebbe rimasto tra le mani? E che ne avresti fatto, di me?»

Julian la scrutava con rancore sotto le sopracciglia brune. «Questa *cosa* è di certo passata prima a te che a me.»

«Dillo, che è a questo che non ti rassegni.»

Lui le si avvicinò. Le prese il viso tra le mani e non era dolce, né rassicurante.

L'ultima volta che aveva sentito il suo respiro che sapeva di more, lui l'aveva baciata. Beatrice trasalì quando lui bisbigliò, con quel certo grado di lascivia che gli apparteneva: «Non mi sfidare, perché te la faccio tornare in un secondo, la *cosa*».

A Beatrice prese a battere fortissimo il cuore. «Non lo faresti veramente.»

Lui sfoggiava la sua espressione più divertita quando le rispose che sì, altroché, l'avrebbe fatto.

«Avevi promesso che non me ne sarei pentita.»

Julian le infilò le dita tra i capelli, come se gli fosse mancato toccarli. « E difatti non te ne pentiresti. »

« Non mettermi nelle condizioni di darti uno schiaffo » bisbigliò lei.

« Dammelo » la sfidò, e si chinò per baciarla.

Beatrice scoprì che la nostalgia rischiava di inondarle ogni vena. Ma tale era. Nostalgia di lui. Nostalgia di quello che aveva provato un tempo. Eppure qualcosa, nello struggimento che aveva sempre avuto per Julian, era cambiato. Quell'attaccamento senza speranza era stato doloroso ma con sconcerto si accorse che la sua fine lo era persino di più. Che paradosso era mai quello? E intanto si scostò, stravolta dicendogli un bel: « Non farlo mai più ».

Era accigliata e indomita e Julian la guardò come se quel negarsi fosse niente più che un grattacapo, un contrattempo che lo incuriosiva, giacché rinviava ciò che comunque era inevitabile.

« Non te ne andare » le mormorò, ma lei si sottrasse.

Si avvicinò alla porta e abbassò la maniglia. Ne avrebbe avute tante altre, di cose da dirgli, ma andò via senza aggiungere una sola parola.

Minerva Ashbury si alzò con fatica per andare ad aprire la porta. Si sentiva invecchiata tutta in un colpo e forse lo era davvero: con lui, Kit si era portato via ogni interesse lei potesse nutrire verso il futuro. Non le restava che un invivibile presente in gramaglie.

Non aveva voglia di incontrare nessuno, ma da quando era arrivata a Wroxham Hall non poteva farne a meno: era tutto un andirivieni di gente che si presentava all'uscio per porgere i propri omaggi, di cui lei non se ne faceva niente.

Stavolta, alla porta, c'era Milou. Fastidiosamente e offensivamente bella come se niente fosse successo.

« Oh, sei tu » la accolse, voltandole le spalle già mentre pronunciava quelle scarne parole.

« Madame Ashbury... » mormorò Milou, con voce spezzata. « Permettetemi di stringervi in un abbraccio. Siamo unite dal dolore più grande che si possa provare. »

Minerva si voltò e le lanciò uno sguardo più appuntito di un dardo avvelenato. Non ci fu, tra le due, alcun abbraccio: la suocera riteneva che fosse venuta meno la ragione per fingere di apprezzare la nuora, ovvero l'interesse dell'amatissimo figlio.

Andò quindi a sedersi su un divanetto color malva, ignorandola. Tra le mani aveva un fazzoletto di percalle che ripiegava con nervosismo e il suo respiro era irregolare. Non si sentiva in dovere di fare conversazione, ma poi pensò che almeno a qualcosa Milou potesse servire.

« Ti hanno detto quando potremo riportarlo a Londra? »

Milou scosse il capo. « Pensavo di chiedere all'avvocato Trewalney. »

« È assurdo e irrispettoso che lo tengano sequestrato qui. »

« Sono d'accordo. »

« Costringere un'anziana signora a un lungo viaggio per piangere suo figlio... Mi sento come Priamo che deve implorare Achille per riaverlo indietro. Perché, poi? »

« Non lo so... »

Minerva ebbe un moto di stizza. « Bisognerà anche capire cosa farne, di questo posto. Perché non vorrai davvero tenerlo, vero, Milou? » domandò arcigna la suocera, di punto in bianco.

« Onestamente non ci ho pensato, Madame Ashbury. Non riesco proprio a pensare ad altro che non sia... Kit e... » proruppe quindi in un pianto disperato.

« Occorrerà che il medico ci prescriva un calmante » considerò Minerva, porgendo alla nuora un fazzoletto pulito.

« Non mi farà niente... » mugugnò Milou.

« Milou, ascolta. Kit aveva firmato solo il preliminare di compravendita, vero? »

Milou confermò: la vendita con consegna dell'intera cifra pattuita avrebbe avuto luogo il mese dopo. A questo punto, pensò Minerva, la compravendita avrebbe dovuto essere ultimata dalle eredi, che altri non potevano essere se non lei stessa e quella scansafatiche della nuora. A meno che non ci fosse un testamento che prevedeva diversamente, ma insomma, perché il povero Kit avrebbe dovuto fare testamento, a venticinque anni appena? Kit non aveva pensato alla propria morte un solo giorno della sua vita, poco ma sicuro.

Ovvio che Minerva già presagisse i problemi: non aveva alcuna voglia di portare a termine l'acquisto dello stesso luogo in cui aveva perso la vita suo figlio. Una costosissima quanto inutile proprietà nel Norfolk, che lei detestava. D'altro canto, non avrebbe lasciato carta bianca a Milou. Quindi, vero era che il corpo di Kit era ancora caldo, ma il problema era urgente e concreto.

Forse però si stava preoccupando inutilmente. Il barone di Costessey era un galantuomo: non avrebbe obbligato un'anziana madre e una giovane vedova a un acquisto tanto oneroso.

Quanti dolori e quanti problemi, pensò Minerva, sopraffatta.

In fin dei conti, non le importava nulla se non quello strazio insopportabile da cui non si poteva riemergere.

La porta si aprì di nuovo e in quel momento entrò Geneviève con un piatto pieno di cibarie.

Al solo vederlo, a Minerva venne la nausea.

« Vieni, Geneviève. Ecco Milou. »

La donna si avvicinò come se non aspettasse altro. Era, invero, curiosissima di rivedere la famosa Milou de Seguin, nuova Mrs. Ashbury. Lei si ricordava piuttosto bene della figlia dei de Seguin, era poco più di una bambina quando era accaduta la disgrazia ed erano morti entrambi... Osservandola ora si rese conto che era indubitabilmente cambiata molto. La Marie Louise (detta Milou) che ricordava lei, povera creatura, aveva un viso di impareggiabile bruttezza.

Colei che aveva davanti era al contrario un'autentica bellezza. Caspita, che mutamento. E anche i capelli erano diversi, ma insomma, quello poteva attribuirsi a un buon parrucchiere. Quanto ai lineamenti, quello invece non si poteva addebitare a niente di meno che un intervento divino.

Ricordava ancora quando Minerva le aveva scritto dall'India, chiedendole informazioni su Marie Louise de Seguin. Lei non aveva potuto che darne di buone: i de Seguin, investiti nobili da Napoleone III, erano una famiglia sfortunata ma rispettabilissima. Kit indubbiamente si accasava con una fanciulla all'altezza.

Milou era pallida e negletta e come non comprenderla, povera cara.

« Ricordo con talmente tanto affetto i vostri genitori! » le disse, andandole incontro con la tenerezza materna che Minerva non era proprio in grado di offrirle.

Milou annuì, gli occhi chiari opachi di dolore, le ciglia umide. Certo che il destino si è proprio accanito contro di lei, pensò Geneviève. Almeno Kit l'aveva lasciata ricca. Molto ricca. La ragazza aveva di che consolarsi. Ma non si meravigliava che Minerva la trovasse insulsa. Milou rispondeva a monosillabi con espressione vuota; e pur comprendendo che fosse stravolta dalla piega presa dagli eventi, il sospetto era che la ragazza fosse scialba a prescindere.

Solo all'ultima domanda Milou rispose in modo più articolato, e Geneviève riconobbe nella sua parlata l'accento della regione della Piccardia. Un accento tenuto a bada, ma impossibile da sopprimere.

« Non ricordavo che dopo la tragica dipartita dei vostri genitori vi foste spostata al Nord » osservò.

Impassibile, Milou replicò: « Sì, a Lassigny. Presso una parente di mia madre. Madame Charpentier, non so se l'avete mai conosciuta ».

« No, non vi è stata occasione. »

« È qui con me. Non mi lascia mai. È venuta con me anche in India. »

« Sì, per affari che avete ereditato da vostro padre. Minerva mi ha riferito. Vi trovavate bene in Piccardia, mia cara ragazza? »

« Sì, Madame. »

« Avete fatto la crocerossina durante la guerra? »

« Sì » disse Milou, lo sguardo basso, « nella battaglia della Somme. »

« Ricordo bene che lì in Piccardia tutte le donne di cui ho notizia e le loro figlie servirono come infermiere. Conoscete di sicuro Madame Montauban. »

« Certo » replicò Milou con voce nasale, dopo un singhiozzo.

Minerva seguiva lo scambio con noia e inviò uno sguardo a

Geneviève come a dirle: È abbastanza. Non voleva sentir parlare di niente, men che meno di Francia. Per quanto la riguardava, sperava che Milou se ne tornasse là da dov'era venuta. Era ovvio: con la fortuna che ereditava, il cervello di gallina che la metteva al riparo dal troppo rimuginare e quell'aspetto favoloso che le aveva dato il destino, Milou avrebbe presto trovato un cacciatore di dote con cui godersi la vita. Che amarezza. Che ingiustizia. Che crudeltà della sorte.

Milou infine si alzò. Disse che proprio non riusciva più a trattenersi e che voleva rimanere da sola a piangere tutte le sue lacrime nella stanza in cui Kit non sarebbe più tornato.

Geneviève si premurò di accompagnarla alla porta, dicendole in francese di non crucciarsi per i modi di Minerva, era il dolore a sconvolgerla, ma Milou rispose: « Era così anche prima. Ma grazie comunque, Madame de Vanancour ».

E nel dirlo fece un'espressione che convinse Geneviève di un paio di cosette. La prima: Milou non era stupida come insinuava Minerva e come lei stessa era stata indotta a credere. La seconda: non era il caso di dirlo subito a Minerva, che era già abbastanza provata, ma quella Milou, ammesso che si chiamasse davvero così, non aveva niente a che vedere con i de Seguin.

16 *Delphinium elatum* (Linneo, 1753)

La mattina si manifestò frizzante e luminosa, incurante della disgrazia appena accaduta.

Il sonno di Beatrice era stato disturbato.

Dal fantasma di Kit, dalle parole di Julian, dall'assenza di Archer.

Si alzò dal letto più stanca di quando si era addormentata la sera prima. Quindi si lavò, si vestì e scese di sotto per una colazione frugale.

La sala era deserta, e non seppe se esserne sollevata o sconfortata. Optò infine per la prima.

Si versò del porridge tiepido e aveva appena iniziato a mangiarlo quando un domestico le servì un biglietto su un piattino di peltro. Beatrice posò il cucchiaio e lo lesse.

Il signor Federico Scandiani era a Wroxham Hall e chiedeva di incontrare la sua parente.

In quella confusione ci mancava soltanto lui, eppure Beatrice fu felice all'idea che fosse lì.

Si pulì le labbra e uscì dalla stanza della colazione per raggiungerlo nel parlour.

« Federico » lo chiamò, lasciando che la sua voce esprimesse la gioia che provava, e lui, che era intento a guardare i quadri appesi alla parete, si voltò e andò ad abbracciarla con affetto.

Come poteva, sua sorella, rinunciare a tutta la vita che Scandiani aveva dentro e poteva offrirle?

« Sono arrivato già ieri sera, ma non volevo disturbare. Ho preso una stanza alla locanda del villaggio ed eccomi qui » disse, con il suo modo gioviale, così italiano, così casa, così radici. « Gran bel posto qui! » Le sorrideva senza alcun imbarazzo e complicazione.

« Sì. Ma la casa è a lutto, è successo un terribile incidente » replicò Beatrice, tenendo la voce bassa.

Gli sfiorò un braccio per invitarlo a sedersi, sperando che nella sala non entrasse nessuno.

Federico aggrottò la fronte. « Mi spiace. Non vorrei disturbare... Forse dovrei andare. »

« Ma no. Giacché sei qui, resta. »

« Sai già di chi ti vorrei parlare e perché. E se non lo sai, lo immagini. »

« Certo che lo so » disse Beatrice, con le mani intrecciate sulle ginocchia.

« Clara non può tornare con quell'individuo. Tanto varrebbe seppellirsi viva. Bada bene, non lo dico per me. Ho già capito da solo che... se n'è pentita. Come se non bastasse, siamo anche mezzi cugini. Penso che a tuo nonno a Firenze verrebbe un'apoplessia. Ma lo accetterei, il rischio, se solo lei mi volesse. »

« Oh, Federico. »

« Devi convincerla. »

« Credi che non ci abbia provato? »

« Ha una concezione di sé e del suo futuro quanto meno castrante. Qualunque cosa lei desideri, non sarà tornando a casa con suo marito che la troverà. »

« Ne sono convinta anche io. Ma ho paura che lei abbia un'idea fin troppo scolpita nella pietra di ciò che crede di desiderare. » Beatrice gli prese le mani. « Le hai parlato? » gli domandò.

« Sì, ma temo di non aver toccato le corde giuste. Non me la cavo bene con le parole. Non sono riuscito a dirle che accetterei la sua scelta, qualunque sua scelta, se solo la rendesse felice. Ora che l'ho detto ad alta voce capisco però perché non l'ho fatto: che melensaggine. Posso rimangiarmelo? »

« Federico, è la cosa più bella che io abbia mai sentito » gli rispose lei, con convinzione.

« Tu e lo zio dovete riuscire a fargli elo capire. Me lo prometti, che ci proverai? » Beatrice annuì. « Sicché posso tornare a Londra contento » considerò, mettendosi in piedi.

« Hai fatto colazione? Ti faccio preparare un po' di pane con burro e zucchero? »

Federico nicchiò. « Grazie, Beatrice. Sono a posto. Rientro a Londra, il treno parte in mattinata e non vorrei perderlo. »

Beatrice sospirò. Gli gettò le braccia al collo come avrebbe fatto con un fratello e lo accompagnò alla porta personalmente. E siccome non era dell'umore di tornarsene in camera, decise di raggiungere il giardino segreto davanti al ninfeo, di sedersi a quel tavolino con qualche traccia di ruggine e di non ascoltare altro suono che non fosse quello delle cince e dei pettirossi.

Indossò lo stesso abito del giorno prima, perché si sentiva a lutto. Fece una colazione frugale e andò direttamente in giardino; la temperatura era la più gradevole che si potesse immaginare e l'aria era intrisa del profumo asciutto e lindo della vegetazione.

Beatrice si sedette al tavolino e tirò fuori dal cestino alcuni rivestimenti di pizzo nero da rifinire. Sola per sola, era meglio farlo lì che chiusa in camera.

« Beatrice! »

A pronunciare il suo nome mentre lei aveva gli occhi chini sul ricamo fu Sybil Lyndon-West, in compagnia di Elizabeth. Beatrice non fu del tutto sorpresa: il giardino era vasto ma i punti più ameni erano vicini. Una parte di lei aveva messo in conto che potesse accadere di incontrarle e forse, in fondo, lo desiderava.

Accantonò il lavoro e si alzò. Le tre si salutarono, compite, e avviarono una breve conversazione. Beatrice notò che Elizabeth portava al braccio una borsa di paglia in cui aveva raccolto dei fiori e tra le mani aveva delle forbici che teneva con l'alterigia dell'ultima delle tre Parche.

« Li avete raccolti per Mr. Ashbury? » le domandò Beatrice, puntando lo sguardo sulla borsa.

« No, Mrs. Blackburn » replicò Elizabeth, con tono fin troppo ostile. « È un pensiero pieno di tenerezza che si addice evidentemente più a voi che a me. »

Beatrice trasalì: non c'era niente che non andasse in quella frase, tanto più che alla fine Elizabeth le sorrise aggraziatamente, eppure lei la percepì come piena di stizza repressa. Mrs. Maddock quindi si spostò per andare a tagliare con le forbici alcuni fiori. Erano alti, dallo stelo sottile ed estremamente graziosi. La tinta del mazzo che ne ricavava era un miscuglio di tonalità di viola chiaro.

« Non esagerare » le disse Sybil, ma con tono scherzoso. « Sapete » continuò poi, rivolgendosi a Beatrice, « Elizabeth è appassionata di fiori. Sa usarli in ogni modo: dalle composizioni alle tisane curative. »

« Che bel talento » replicò Beatrice.

« A Clifton House ha un intero giardino di piante ed erbe medicinali. »

« È qui vicino, la proprietà di Mrs. Maddock. O così mi è stato detto. »

« Tecnicamente è di suo figlio Colin. Ma insomma, non v'è differenza all'atto pratico. » Con naturalezza, Sybil la lasciò per avvicinarsi all'amica e a Beatrice non restò che seguirla. I suoi passi affondarono nell'erba fragrante e, giunta in prossimità di Elizabeth, la osservò. Non poteva evitare di guardarla con gli stessi occhi con cui doveva averla amata Archer.

Com'è stato, sentirsi voluta veramente da lui? La domanda che avrebbe voluto farle era questa. Invece le chiese: « Non avevo mai visto questi fiori. Come si chiamano? »

« *Delphinium elatum* » rispose Elizabeth, una traccia di noia infiltrata nella voce.

Come ci si sente ad avere il privilegio di avergli spezzato il cuore?

« Hanno proprietà specifiche? » proseguì invece, giuliva quasi.

Elizabeth seguitò a non guardarla mentre le rispondeva: « Qualcuna ».

Ti sei mai pentita di averlo lasciato andare?

« Certamente sono molto piacevoli » disse quindi.

A quel punto Elizabeth si voltò e la guardò con freddezza, come se avesse udito le domande che Beatrice aveva espresso solo nella sua mente, anziché quelle banali sui fiori che aveva pronunciato ad alta voce. Poi recise alcuni steli di *Delphinium*, li avvolse nella carta che aveva nella borsa di paglia e glieli porse: « Accettateli, Mrs. Blackburn. Per la vostra stanza vuota. Ci si può sentire sole, alle volte... E un mazzo di fiori può consolare ».

Sybil rivolse all'amica un'occhiata severa, che non sfuggì a Beatrice mentre li riceveva. Non emanavano alcun profumo.

« Blackie tornerà già oggi » soggiunse dunque Sybil. « La solitudine di Beatrice non durerà ancora a lungo. »

Elizabeth sorrise. « Certamente » disse soltanto, ma parve a Beatrice significare esattamente l'opposto e, tornata nella stanza, fu parecchio indecisa se gettarli via, quei fiori infausti.

Erano stati donati con crudeltà, ma non ne avevano colpa. Li mise in un vaso pensando che Elizabeth avesse ragione, tutto considerato: la loro bellezza aveva un che di consolatorio.

Aveva saputo da Sybil che nel pomeriggio il corpo di Kit sarebbe stato trasportato nell'obitorio più vicino e l'indomani a Londra. Il passaggio dalla camera mortuaria era un po' strano, pensò Beatrice. Se ci fosse stato Archer, gliene avrebbe chiesto la ragione.

Intanto, più pensava a Kit in quei termini, più Beatrice si sentiva abbracciare in maniera oppressiva dall'angoscia.

E si rimproverava di non aver avuto il tempismo di chiedere al marito di partire per Londra con lui. Aveva molto più senso che tornasse a casa anziché rimanere da sola a Wroxham Hall e si stupiva che lo stesso Archer non l'avesse portata con sé.

Supponeva tuttavia che, con il trasferimento di Kit a Londra, la casa si sarebbe svuotata: ognuno dei presenti avrebbe partecipato ai funerali. Era abbastanza persuasa che l'indomani tutti avrebbero fatto ritorno a Londra, lei inclusa. Per l'intanto, aveva appreso da Sybil che alle tre del pomeriggio si sarebbero radunati per un simbolico saluto a Christopher Ashbury, che lasciava quella casa in cui non avrebbe mai vissuto.

Non mancava molto. Ne approfittò per un boccone, in virtù del pur minimo appetito che le era tornato spontaneamente per la prima volta da quando aveva saputo di Kit.

Appuntò sull'abito la spilla a forma di ape che lui le aveva regalato. Era stata una bricconata, al tempo: lui sapeva già di non avere alcuna seria intenzione nei confronti di Beatrice. Eppure, mentre se la sistemava addosso attenta a non pungersi, una lacrima le scivolò sulla guancia.

Non erano ancora le tre quando alla porta bussò Sybil.

Beatrice pensò che si fosse presentata per proporle di andare giù insieme. Le parve un'idea gentile. Ma a quanto pareva, non era soltanto quello il suo proposito.

« Sono venuta per parlarvi di Elizabeth. »

A Beatrice scappò un piccolo *oh* pieno di stupore.

« È stata spiacevole, oggi, ne ho piena contezza. »

« È stata un po'... dispettosa » mormorò Beatrice, sperando di aver scelto la parola giusta.

« E voi siete decisamente una creatura benevola » rispose Sybil con un sorriso affettuoso.

« Be', suppongo che sia naturale, tutto considerato, che Mrs. Maddock nutra una leggera avversione nei miei confronti » concesse Beatrice.

Sybil la studiò attentamente. Poi disse: « Volevo solo dirvi di non crucciarvi ».

« Non lo avevo fatto » mentì, « ma vi ringrazio per la vostra premura. »

« Ne sono sollevata. »

« Voi credete che abbia motivo di dovermi guardare da lei? » le chiese infine Beatrice, piano.

Sybil la osservò con comprensione ma anche con amarezza. « Lasciate la gelosia alle mogli trascurate dai loro mariti. Per voi è troppo presto, credetemi. »

« Ma Mrs. Maddock c'era da ben prima di me. »

Sybil parve vacillare, ma alla fine disse: « È vero. Ma ha fatto le sue scelte ».

« E se fosse pentita, di quelle scelte? »

« Oh, lo è di certo. Ma voi adesso tornerete a Londra e riprenderete la vostra vita, mentre Elizabeth ha Colin e Clifton Hall di cui occuparsi e non può allontanarsi dal Norfolk. »

Beatrice pensò che Sybil non avrebbe potuto essere più chiara di così.

Poco dopo, raggiunsero insieme la stanza dove il corpo di Kit era attorniato da chi era una maschera di sofferenza (Minerva e Milou) e da chi invece sembrava lì per mera circostanza (Josephine). Elizabeth non era tra i presenti.

Julian, che svettava per la sua statura, aveva lo sguardo offuscato e lo indirizzò verso di lei fugacemente. Octavia gli era vicina e accanto a lei c'era Catherine Charteris, la sua fantomatica cugina, che Beatrice vedeva per la prima volta. Era longilinea, il naso spruzzato di lentiggini, i denti grandi e i polsi e le caviglie spigolosi. I capelli biondi erano acconciati in onde con uno chignon di lato. Aveva una sua grazia peculiare, un po' slavata forse, ma innegabile. Per una ragione inspiegabile, Beatrice non la detestò, non ci riuscì proprio.

V'era un reverendo, presente tra i volti noti, che stava recitando una preghiera.

« *La morte non è niente. Sono solamente passato dall'altra parte: è come fossi nascosto nella stanza accanto. Io sono sempre io e tu sei sempre tu. Quello che eravamo prima l'uno per l'altro lo siamo ancora. Chiamami con il nome che mi hai sempre dato.* »

Quella preghiera, pensò Beatrice, era al contempo dolore puro e consolazione. La faceva sentire meglio e peggio insieme e sortì identico effetto su Minerva, che esplose in singhiozzi accorati. Milou l'abbracciò, ma la suocera la scostò bruscamente, sputando un *lasciami* rabbioso che sconcertò un po' tutti. Anche Julian, che conosceva Minerva da quando era un ragazzino, fu sorpreso da quella perdita di controllo, giustificabile solo in parte dal dolore. Geneviève strinse una mano all'amica mentre Milou sbiancava. Beatrice assecondò l'impulso insopprimibile di andarle vicino, di abbracciarla e di mormorarle parole gentili.

« *Merci* » le disse Milou, rannicchiandosi su di lei.

« Dov'è vostra zia Charpentier? »

« È indisposta. Un attacco di gotta. »

« Che pessimo tempismo. »

« Già. Mi accompagnereste anche in obitorio, Mrs. Blackburn? »

« Se può farvi stare meglio, naturalmente. »

Milou annuì. Minerva intanto le rivolse uno sguardo che fece sentire Beatrice inchiodata: era puro risentimento.

Il reverendo recitò altre preghiere e, quando ebbe concluso, fece il segno della croce. La comitiva si sparpagliò e Beatrice avvicinò il religioso, affidando per un istante Milou a Octavia e Catherine.

« Posso chiedervi di chi era la prima preghiera che avete letto? »

« Sono parole del canonico Henry Scott Holland, ispirate a sant'Agostino. » Le porse il foglio e le disse: « Potete tenerla. Spero possa darvi pace ».

« Grazie » replicò lei, piegando il foglio e conservandolo nella tasca.

Tornò quindi da Octavia e Catherine. Quest'ultima era davvero gentile con Milou, che intanto sembrava turbata dall'arrivo di Julian.

« Volete sedervi? » le stava per l'appunto domandando Catherine.

« È meglio, sì. »

« Forse occorre farle aria, o perderà i sensi » aggiunse Catherine. Beatrice aveva pensato esattamente lo stesso e prese dalla borsetta il suo piccolo ventaglio, che offrì a Milou. Guardando meglio Catherine, si disse che non poteva essere più diversa da Octavia, e forse era per questo che quest'ultima la detestava tanto; per il puro piacere di contraddirla, Lady Charteris disse alla cugina: « Forse invece è meglio lasciare tranquilla Mrs. Ashbury, Catherine ».

La ragazza si scostò mortificata. Si capiva che voleva soltanto rendersi utile, non era una posa. Annuì deferente e tornò al fianco di Julian; Beatrice non perse l'occasione di studiarli, alla ricerca delle piccole scintille di cui aveva parlato Milady, ma senza scorgerne alcuna.

Milou si sedette su una sedia accostata alla parete. Tremava.

« È troppo dura per voi, Milou » mormorò Beatrice, tornando a dedicarle le proprie attenzioni.

« Troppo » ripeté la vedova con gli occhi chiusi, respirando lentamente per calmarsi.

« Minerva ha un carattere duro e dopo l'accaduto dev'essere del tutto fuori controllo. »

« Anche io sono fuori controllo » sussurrò Milou.

« Non è così necessario che andiate fino alla camera mortuaria... » disse Beatrice, che lo credeva sinceramente.

« Sì, invece. »

Beatrice sospirò di tristezza. Presumeva che in quell'ulteriore passaggio ci sarebbero state soltanto Minerva e Geneviève. Unendosi, era certa che avrebbe invaso lo spazio di Minerva, ma non le restava altro da fare, dopo la richiesta disperata di Milou.

La camera mortuaria si trovava a Norwich, non molto distante da Wroxham Hall.

Per la sanità residua dei nervi di tutte, Minerva e Geneviève si mossero a bordo della propria Austin, quella con cui erano arrivate da Londra con il loro autista e una cameriera.

Milou e Beatrice erano invece sull'auto che Kit aveva comprato da pochissimo, guidata dall'autista che aveva assunto.

Il tragitto fu silenzioso, perché parve a Beatrice che Milou non avesse la forza nemmeno di parlare. La francese continuava a tenere gli occhi chiusi, ma Beatrice dubitava riposasse. Era probabilmente il modo che aveva trovato per ripararsi.

Giunte davanti alla camera mortuaria, un piccolo edificio severo che si trovava accanto a un grande ospedale, Beatrice porse la mano a Milou.

Varcarono il portoncino di legno e Beatrice, quella di certo più in forze tra le due, si avvicinò a un agente di polizia per chiedere se l'auto che trasportava Kit fosse già arrivata.

« Sì, signora » rispose costui e Beatrice ringraziò, tornando da Milou.

Quest'ultima sembrava esausta e Beatrice le disse: « Mrs. Ashbury, credo sia meglio che salutiate Kit e torniate a casa. Sono preoccupata per voi. Avete bisogno di mangiare e di dormire ».

Milou annuì. « Siete davvero un angelo, Mrs. Blackburn. »

Beatrice arrossì appena e si stava apprestando ad accompagnarla laddove era stato ubicato Kit quando, dall'ingresso dell'edificio, vide entrare Archer.

Un'apparizione in carne e ossa. « Ispettore capo! »

Archer era visibilmente immerso nei propri pensieri e nel rivederla fu sorpreso quanto lei. La chiamò per nome in un modo che sarebbe stato ardito definire festoso, ma che non mancò di calore.

Beatrice andò incontro al marito, davanti al quale si ritrovò quasi intimidita. Le sembrava che potesse vedere il marchio che le aveva lasciato Julian anche solo sfiorandola.

« Da quanto tempo siete tornato? » gli domandò.

« Io sono appena arrivato da Londra. Voi...? »

Beatrice lo interruppe, intuendo la domanda. « Ho accompagnato Milou Ashbury. Guardatela, non sta in piedi. »

Archer annuì, concentrandosi attentamente su Milou anche mentre Beatrice continuava a fargli domande. Alla fine, come a forza, tornò su Beatrice e a bassa voce le spiegò: « Ho disposto io che Kit venisse portato in obitorio. Beatrice, cercate di restare calma, intesi? » Beatrice ebbe solo il tempo di corrugare le sopracciglia scure perché Archer proseguì. « In parte c'eravate già arrivata da sola. La puntura d'ape non c'entra niente con la sua morte. Le indagini sono ufficialmente affiancate da Scotland Yard e sta per cominciare l'autopsia. »

Beatrice trasecolò. « Volete dire che... è stato ucciso? »

« Piano. Non lo so ancora. Ma è possibile. »

Gli occhi di Beatrice si riempirono di lacrime che le scivolarono sulle guance e che lei si asciugò con prontezza. Le era tornato alla mente un ricordo di lui, un attimo di quelli rubati a Minerva in cui avevano riso di Uther Pendragon. Aveva un sorriso bellissimo, Kit. « Sapete, ispettore capo, in maniera un po' assurda l'idea che fosse morto per una puntura d'ape mi sconvolgeva a un livello personale. Lo trovavo uno scherzo idiota del destino nei confronti di entrambi perché, vedete, quello dell'ape era un gioco tra noi. » Beatrice arrossì impetuosamente mentre gli confidava quel dettaglio e sussurrava per la prima volta quel pensiero sciocco, e alla fine le scappò un singhiozzo. « Uno razionale come voi penserà di non aver mai udito un'idea tanto stupida. »

Archer le rivolse l'accenno di un sorriso fugace. « Confermo, Beatrice. Non l'ho mai sentita. »

Ma lei proseguì. « Ho formulato pensieri privi di pietà su Kit.

Li rimpiango. E in queste ore, questa sciocchezza mi ha tormentato insieme al resto.»

Archer la guardò pieno di tenerezza. «Lo capite, vero, che non avete niente da rimproverarvi? Ape o non ape.»

«Lo so. Ma adesso che scopro definitivamente che la realtà è diversa, che appunto non c'è stato nessun incidente ma che forse qualcuno ha voluto nuocergli... sto anche peggio. E so che non ha alcun senso piangere qui, adesso, con voi è più che improprio, ma vedete, non riesco proprio a fermarmi.»

Era profondamente scossa. Erano poco distanti, l'uno di fronte all'altra, e con un gesto lento ma sicuro Archer la tirò a sé nel primo abbraccio che le avesse mai dato. E di quel passo forse anche l'ultimo.

Ma intanto c'era quello. Calmo e forte, in cui era così facile nascondersi.

Beatrice detestò però l'idea di averlo mosso a pietà, quasi fosse una bambina da consolare. Riluttante, si scostò. E tra loro divampò l'imbarazzo.

«Scusatemi. Davvero» gli disse, asciugando nervosamente ogni traccia di lacrime.

«Sono io a domandarvi scusa» ribatté Archer, irriconoscibile dall'uomo che, un istante prima, l'aveva tenuta stretta.

«Volevate essere gentile... e lo siete stato, e... molto.»

«Farò del mio meglio per capire cosa gli è successo. Ve lo prometto.»

«Non ho alcun dubbio. Lo fareste a prescindere da tutto il resto. Ci vediamo a Wroxham Hall, ispettore capo» disse infine lei, con un cenno della mano. Ma non smise di guardarlo fino a quando non ritrovò Milou.

Mentre si dirigeva verso la stanza in cui sarebbe stata eseguita l'autopsia su Kit, Archer fece lo stesso.

17 Il tempio di Esculapio

La mattina in cui Kit era stato ritrovato morto in giardino, Archer e il sergente Webb avevano perlustrato la stanza degli Ashbury. In quell'occasione, Archer aveva suggerito al sergente Webb di prelevare dal pavimento i pezzi di vetro di un bicchiere rotto e di consegnarglieli.

« Perché? »

« Perché non si sa mai. »

In verità, Blackburn sospettava qualcosa. Sul cadavere di Ashbury, per quello che ne capiva lui, c'erano dei segni di ipossia senza che tuttavia ci fosse alcuna traccia di violenza esterna. Pertanto, la violenza doveva essere stata interna. Ovvero, veleno.

Pupille dilatate. Sclere iniettate di sangue. Il medico intervenuto sul posto aveva detto che potevano essere segni conseguenti anche a una puntura d'ape, ma Archer non si accontentava per natura.

Era un'ipotesi.

Certo, l'avvelenamento poteva essere anche accidentale, lui di certo non lo escludeva a priori tanto più che l'alternativa, cioè l'avvelenamento intenzionale, avrebbe implicato che qualcuno in casa si fosse preso la briga di attuarlo.

Era quindi andato a Londra presso il laboratorio di tossicologia di cui usualmente si avvaleva Scotland Yard e aveva consegnato i reperti. Lì la risposta era arrivata nel giro di poche ore: c'erano tracce di alcaloidi sul vetro e a quel punto s'imponeva l'autopsia per effettuare prelievi dagli organi interni e verificare la causa di morte.

Quando riusciva a scinderla dalla propria personale e sgradevole conoscenza di Christopher Ashbury e, soprattutto, dal fatto che Beatrice ne soffrisse profondamente, quell'indagine lo entusiasmava. Era sempre più vicino alla certezza che la puntura d'ape non fosse che una casualità, verificatasi ore prima della morte effettiva di Kit. L'autopsia appena conclusa era stata chiara: non c'era edema della glottide, quindi non si poteva parlare di anafilassi. L'ape non c'entrava nulla.

Per l'intanto, la prima cosa da fare, dal momento che era ufficialmente a capo dell'indagine, era parlare con Josephine Miller. Il sergente Webb lo aveva fatto, ma non disponeva della spinta persuasiva necessaria e aveva ottenuto la più ovvia delle negazioni.

La diva, gli fu detto, si trovava nella sala in cui Elizabeth stava suonando al pianoforte.

Un tempo lui adorava ascoltarla. Ma d'altra parte tutto di lei un tempo gli piaceva. L'aveva desiderata da sempre, o almeno da così indietro negli anni che la memoria non riusciva a risalire oltre.

Elizabeth, la figlia di Mr. Baird, un piccolo gentiluomo proprietario dell'Harmon Vicarage, sembrava inarrivabile per il figlio della governante di Wroxham Hall. Per far accettare quel fidanzamento al riluttante Mr. Baird si era dovuto scomodare Benedict Cartwright, il barone di Costessey in persona. Il nonno di Felix. Sforzo rivelatosi inutile con il senno del poi. Chi poteva immaginare che alla fine Elizabeth Baird avrebbe sposato Anthony Maddock di Clifton Hall, che aveva il triplo dei suoi anni? Persino quel vegliardo le era parso preferibile a un uomo che era tornato dalla guerra senza la capacità di adempiere a un fondamentale obbligo coniugale.

Elizabeth stava velando Bach di malinconia come una maledizione lanciata a chiunque ascoltasse, ma nei paraggi c'era soltanto lui e per subirla gli bastava rivangare il passato.

Quando Archer alla fine entrò nella stanza, Josephine Miller restò seduta sul divano, intenta a leggere *The Sketch*; il suono del pianoforte doveva aver coperto quello dei suoi passi e non si accorse di lui. Ma quando Elizabeth lo vide si interruppe e con le mani ancora sui tasti gli rivolse uno sguardo interrogativo.

Senza alzare gli occhi dalla rivista, Josephine disse: « Perché avete smesso, Mrs. Maddock? Mi stavate straziando il cuore ».

« E vi piace quando vi straziano il cuore, Miss Miller? » le domandò Archer, spostando lo sguardo da Elizabeth a lei.

L'attrice, sorpresa, rispose: « Molto, Mr. Blackburn. Ha un effetto catartico. Perdonatemi, non vi avevo udito entrare ».

« Miss Miller » disse quindi Archer, « sono venuto per parlare con voi. »

« Ho già parlato con il sergente... oh, non ricordo il cognome, ma che importa. »

« Webb. E sì, lo so. Ma avrei bisogno di qualche informazione in più che solo la vostra graziosa persona può offrirmi. »

Elizabeth si alzò, mise gli spartiti sotto il braccio e si congedò. Dirigendosi verso la porta sfiorò con la propria la spalla di Archer, un dettaglio che non sfuggì a Josephine.

Quest'ultima capì quasi subito di avere davanti un uomo dalla stoffa ben diversa da quella del sergente Webb.

« È molto imbarazzante, non trovate? Fino a due sere fa eravamo alla stessa tavola in un clima conviviale e adesso siamo nel pieno di un interrogatorio. Perché questo è, giusto, Mr. Blackburn? »

Archer la guardò con gratitudine. Almeno sarebbero andati subito al sodo. « Lo smalto tra i capelli di Christopher Ashbury » proseguì Josephine. « Questa è la vostra domanda. »

« È la mia domanda perché non avete dato una vera risposta al sergente Webb. »

« Se non v'è risposta... » obiettò lei, che poi disse anche, un po' stizzita, « cosa faccio, la invento? »

Archer la studiò. Era talmente artefatta che per riuscire a raggiungere l'essenza di lei avrebbe dovuto scorticarla. Non gli restava altro da fare che calare l'asso.

« Miss Miller. Sono addolorato di dover insistere ma, a dispetto delle apparenze, questa potrebbe essere un'indagine per omicidio. »

La pelle caramellata di Josephine s'incendiò di turbamento. « Omicidio, con una puntura d'ape? »

Archer non intendeva fornire dettagli. Diede a Josephine il tempo di riprendersi e intanto la studiò, senza pregiudizi. Qual era il suo grado di sconvolgimento davanti a quella notizia?

Notevole.

Avvicinandosi al pianoforte, accennò distrattamente le prime note della *Sarabanda* di Händel.

Josephine, di spalle, trasalì e si voltò con uno sguardo dardeggiante.

« Dio. Che incubo. »

« Come contraddirvi » disse Archer, flemmatico, abbassando il coperchio sulla tastiera. In una casa nobile in cui i bambini nobili studiavano musica, lui aveva imparato proprio su quel pianoforte, da autodidatta e per ostinazione, come del resto aveva imparato molte altre cose.

« Finirà sui giornali? »

« Potrebbe. »

« Sarà uno scandalo. »

« Sì, fino al successivo che farà dimenticare questo. E chiaramente, Miss Miller, in quest'ottica, prima arriveremo alla soluzione e meno i giornali speculeranno. » Lei lo guardò con pura stizza, ma Archer non si fece scalfire. Proseguì con calma: « Intendiamoci, io vi capisco. Pensavate si trattasse di uno sfortunato incidente, perché quindi mettersi a raccontare al sergente cosa ci facesse il vostro smalto rosso tra i capelli di Mr. Ashbury? » Tra l'altro il sergente Webb aveva riportato che a un'attenta osservazione lo smalto di Miss Miller era, in effetti, risultato sbeccato in un punto. « Temevate i pettegolezzi. Lo comprendo. Ma adesso dovete fare uno sforzo e dirmi tutto. »

« L'ho soltanto consolato. Un istante. Un gesto affettuoso di quelli che si possono fare ai bambini o ai cagnolini. »

Archer inarcò un sopracciglio. « Un gesto consolatorio? Andiamo con ordine, Miss Miller. Quando? Dove? E soprattutto, perché? »

Josephine sospirò, come incurvata dall'enorme scocciatura che le era piombata addosso all'improvviso. « È accaduto quella notte. »

« A che ora? »

« Erano le due. Io mi trovavo proprio qui. Da sola. Questa sala è la più fresca della casa e poi ci sono i libri. Non riuscivo a dormire e quando si ha l'insonnia non c'è niente di più deprimente e frustrante che rimanere a letto sforzandosi di addormentarsi. »

Archer, che sapeva bene di cosa stesse parlando, non poté che annuire con partecipazione. E aggiungere: « Anche Mrs. Lyndon-West era in giro per casa. Un'epidemia di insonnia ».

« L'ho saputo. Lei stava andando nelle cucine a scaldarsi dell'acqua. E difatti ha visto Ashbury venir fuori dalla toilette. »

« Ashbury era ubriaco, Miss Miller? »

« Puzzava come se avesse vomitato e non era totalmente lucido, sicché sì, presumo che un po' lo fosse. »

Archer continuava a chiedersi come fosse possibile che in casa non se ne fosse accorto nessun altro. Un ubriaco in genere è molesto. Ma come anticipando le sue perplessità, Josephine soggiunse: « Ma non sbraitava. Piagnucolava come un bambino. Io gli ho detto che era il caso che si facesse accompagnare in camera propria, ove senz'altro Mrs. Ashbury si sarebbe presa cura di lui ».

« E lui? »

« In verità, quando ho nominato la moglie Mr. Ashbury ha fatto un'espressione molto strana e ha detto che era meglio che andasse a prendere un po' d'aria nel suo bel giardino nuovo di zecca. Era sarcastico, però. »

« E voi non siete andata con lui? »

« Ma vi pare? Certo che no. Però è stato molto triste, ve lo garantisco, vedere un così bel ragazzo distrutto. »

« Vi ha detto la ragione? »

« No. Ha detto soltanto che era stato uno stupido. Un tremendo stupido. E poi ha detto, testuali parole: 'E ora cosa me ne faccio io di questa casa?' »

« E voi non avete chiesto a cosa si riferisse? Nemmeno per mera curiosità? »

« La curiosità è una cattiva consigliera. Quando posso la evito. La situazione era già abbastanza imbarazzante. Ho solo fatto questo gesto, così » spiegò quindi lei, infilando le dita tra i capelli di

Archer, guardandolo con quell'aria innocente e al contempo fatale che mostrava al cinematografo. Lui non si ritrasse, ma l'espressione dei suoi occhi era gelida. Josephine concluse la sua esibizione dicendo: « E questo è tutto. Gli ho detto buonanotte e me ne sono andata nella mia stanza. Da sola ».

« Non conoscevate Mr. Ashbury, prima di questa circostanza? »

« No. »

Qualcosa in quel *no* lo convinse. Sul resto, per abitudine, rimaneva in una posizione cautamente dubitativa. Aggiustò una ciocca di capelli che dopo il tocco di Josephine gli ricadeva su una guancia e le disse: « D'accordo, Miss Miller. Grazie per aver collaborato. Finalmente ».

« Non credo di avervi detto niente di davvero fondamentale » osservò Josephine, sincera. « Non vedo come possa aiutarvi a capire cosa è successo a Mr. Ashbury. Ma dato il lavoro che fate avrete un intuito superiore e sarete in grado di comprendere ciò che agli altri sfugge. »

Archer non rispose. Non riteneva il proprio intuito superiore, anzi. Negli ultimi tempi iniziava a dubitare di disporne.

Uscito dalla sala, decise di prendere un po' d'aria in giardino.

Se ne andò sul retro seguendo Theodora, uno dei whippet di Sybil. La sua preferita.

Raccolse da terra un rametto e lo lanciò per farselo riportare. Fu così affaccendato che lo trovò l'avvocato Trewalney.

Archer si voltò con una certa sorpresa. « Cercavate me? »

« Sì, ispettore capo. »

Theodora era tornata scodinzolante e lui la accarezzò dolcemente.

« Date le recenti notizie sulla morte del mio assistito, credo di dovervi parlare. »

Archer assentì. « Volete dirmi che la notte della sua morte Ashbury è venuto nella vostra stanza e ha anche vomitato sul tappeto? »

Trewalney lo affiancò. « Lo avevate capito » mormorò.

« Sì. Aspettavo che veniste a dirmelo perché a volte mi ostino a credere nella logica. Di tanto in tanto » si interruppe per lanciare lontano il rametto, « ci azzecco ancora. »

Theodora partì immediatamente all'inseguimento.

Trewalney sospirò. « Cercate di capire. Finché si credeva che il povero Ashbury fosse morto per una puntura d'insetto, volevo preservare la sua dignità. » Archer lo guardò come a dire: Ma chi vi crede. « Non aggiungeva nulla, alle vostre indagini » spiegò dunque l'avvocato.

« Da uomo di legge dovreste sapere che è un presupposto totalmente sbagliato. »

« Ma sapevate già che Ashbury era ubriaco. Cosa cambia sapere che ha vomitato sul mio tappeto? »

« Che voi lo sapevate, per esempio. Cosa vi ha detto, alle due di notte? »

« Nulla di logico o sensato. Blaterava frasi incomprensibili che non sono in grado di ripetere. »

« Avvocato... » Theodora tornò con il bastoncino e Archer si chinò a dirle: « Brava che sei ».

« Voi m'insegnate che le parole di un ubriaco non hanno fondamento. »

« O tutto l'opposto. *In vino veritas.* »

« D'accordo. Ha bussato alla mia porta, svegliandomi, dicendo che voleva cambiare il testamento. »

Archer si alzò lentamente e con lo sguardo di chi era fuori dalla grazia del Signore.

« Non mi compiace scoprirlo adesso, avvocato. »

Trewalney non rispose. « Io gli ho detto che l'alcol è un pessimo consigliere, e gli ho caldamente suggerito di riparlarne l'indomani. »

« Ha detto perché voleva cambiarlo? Ha detto in favore di chi? »

« No. »

« Come faccio a credervi? »

« Sono stato io a venire a parlarvi. Non ho motivo di essere reticente, ora che la natura dell'indagine è ufficialmente mutata. E poi Ashbury aveva cambiato il testamento già due volte, ve l'ho detto. Non era per niente affidabile. Era come un bambino nel corpo di un adulto grande e grosso. Gli ho dato una sgridata e gli ho detto di tornarsene nella sua stanza.»

«Chi mi dice che non abbiate giocato d'anticipo, venendo a offrire la vostra versione senza che dovessi stanarvi io?»

«Vi resterà il dubbio, temo.»

«Non riesco a credere che non gli abbiate chiesto cosa gli fosse successo. Perché fosse ridotto in quello stato.»

Archer si domandò: Non interessa davvero a nessuno? Ashbury poteva andare in coma etilico senza che nessuno si prendesse la briga di metterlo a letto e di dargli un buon rimedio contro la sbronza.

Da quel pensiero ne nacque presto un altro. E se i sintomi di Ashbury non fossero stati di ubriachezza, bensì proprio di avvelenamento? Allora si profilava anche l'idea che qualcuno avesse messo la bottiglia di champagne vuota in giardino per confondere le acque.

«Pensate sul serio che ci sia bisogno di una ragione, per certa gente, per ubriacarsi?»

«No, forse no» rispose Archer, distrattamente perché troppo assorbito dai propri pensieri. «Ma poniamo che in questo caso ci fosse. Per un qualche motivo, Ashbury si era pentito dell'acquisto.»

«Non è che una stramba teoria...»

«No, no. Lo ha detto esplicitamente a un testimone.»

Trewalney fece l'espressione che probabilmente riservava al tavolo da gioco se qualcuno esibiva una scala reale.

«A chi?» Theodora reclamava le attenzioni di Archer e lui gliele concesse a svantaggio dell'avvocato. «Ispettore capo...» insisté quest'ultimo.

«Non è importante. O sì?»

«No.»

«Tra i vari vaneggiamenti, ha detto anche a voi di essere pentito?»

«Come dire...»

«Di voler annullare l'affare?»

« Ecco... »

« Lo prendo per un sì. »

E forse, anche per un movente.

Una cameriera bussò alla porta dei Blackburn portando un bigliettino.

Beatrice si aspettava che fosse di Octavia, con una qualche proposta screanzata, invece si trattava di un messaggio vergato da Julian Lennox. Era la sua inconfondibile grafia.

Beatrice sapeva di non potersi fidare.

La cameriera aspettava, mentre lei si domandava cosa fosse meglio rispondere alla sua richiesta di vedersi di nuovo.

Era ovvio: sarebbe stato meglio un secco « Non è il caso », ma Beatrice tendeva a voler sempre mettere alla prova l'*ovvio* e gli scrisse che potevano vedersi, d'accordo. Nelle stanze dell'uno o dell'altra era oltre il limite della sconvenienza che lei era disposta a tollerare; sicché, se gli stava bene, poteva accettare di incontrarlo al tempietto di Esculapio, che non era visibile dalla casa – ma era pur sempre uno spazio aperto ove poteva capitare d'incontrarsi casualmente e privo di superfici orizzontali che lui potesse sfruttare a proprio vantaggio. Poi si disse che se Julian era nell'animo, si sarebbe fatto andar bene anche superfici verticali. Evitare quella degenerazione era soltanto compito suo. Gli disegnò una piccola mappa per orientarsi e concluse: *Tra venti minuti.*

Lei si presentò con uno strategico ritardo e trovò Julian poggiato di schiena su una delle colonne. Quella postura, che gli sottolineava i fianchi inarcati, era puro peccato.

« *Se vi sta bene, vi incontrerò al tempio di Esculapio.* Davvero? » disse.

Sostenuta, lei ribatté: « L'alternativa era non incontrarti affatto. Ed è già rischioso in questo modo ».

« Rischioso » ripeté lui, meditabondo.

« Visto com'è finita l'ultima volta. »

« Più precisamente » replicò, parandosi di fronte a lei, « l'ultima volta non era *finita*; era appena iniziata. »

Beatrice ignorò la provocazione e disse, con aria indifferente: « Dunque parti già domani mattina? »

Julian corresse il tiro. « Sì. Devo tornare ad Alconbury. »

« Perché invece Octavia resterà? »

« Ha delle vecchie conoscenze qui e non ha nessuna voglia di tornare insieme a me nel Derbyshire. Ci rivedremo ai funerali, credo » concluse Julian, con un sospiro. « Se finalmente si faranno. »

« Hai saputo... »

« Sì » mormorò Julian.

Restarono in silenzio perché il fatto era troppo enorme per poterlo affrontare con parole semplici.

« Kit ha sfidato la collera degli dei. Sono dispettosissimi, se li provochi. Troppa fortuna. Troppi soldi. Questa casa. Quella moglie. Troppo velocemente. »

« A proposito della moglie. Sembrava sconvolta quando ti ha visto. »

« È l'effetto che suscito di norma. Sei tu che lo hai dimenticato. »

« Seriamente. »

« Seriamente, non so perché. Non l'ho mai vista prima d'ora. »

« Julian... tu ti sei chiesto chi potrebbe essere stato a uccidere Kit? »

« Se non lo sai tu, Mrs. Blackburn, che hai accesso alle fonti dirette... »

Beatrice ignorò l'allusione e ripeté: « Questa gente la conosci meglio di me, chi credi potesse avere motivo di farlo? »

« Io sono più incline a ritenere che sia una delle solite idee prive di fondamento di tuo marito, che vede assassini appostati a ogni angolo. »

Beatrice lo difese d'istinto. « Il veleno non se l'è di certo inventato. »

« Ma ci si può intossicare anche per sbaglio, specie quando si è ubriachi e non si capisce più niente. »

« In ogni caso, Archer conosce tutti i presenti. Non credo proprio che voglia fare un torto a qualcuno. »

« No? Invece è proprio il tipo. »

« Julian, per piacere... »

« Per piacere, cosa? Vuoi che finga stima verso di lui? Mai. E neanche tu, un tempo. Ma a questo punto, credo di aver capito che tu preferisca chi non si fa riguardi nei tuoi confronti. »

« Jules » lo chiamò Beatrice, e le venne fuori persino più dolcemente di quanto avrebbe voluto, « ti ho offerto tutto quello che potevo darti. Hai rifiutato per ragioni che ti fanno persino onore. Non cancellare ciò che di buono hai fatto. Perché fu buono veramente. Ricordi quando mi hai detto una volta che ti avrei ringraziato per avermi respinta? Ebbene, lo faccio adesso. » Gli si avvicinò e gli parlò scandendo bene le parole: « Grazie-per-avermi-respinta ».

Julian le alzò il mento con un dito. Quando si faceva torvo era ultraterreno. « Se avessi anche solo sospettato chi avrebbe beneficiato della mia rinuncia, non l'avrei mai fatta. »

« Io. Ne ho beneficiato io, nessun altro. È questo che non capisci. »

Julian si fece serio come non lo aveva mai visto: « Non capisco? Bene. Allora ti spiegherò una cosa che invece *tu* non hai capito. Tu pensi che Blackburn sia stato gentile. Generoso. *Mio eroe! Mi ha salvata!* »

« È così che è andata » replicò lei, calma.

« No. Si è approfittato del tuo momento di necessità. »

« Non mi risulta, Julian, che messo al corrente dei fatti tu abbia fatto qualcosa per impedirli, se non ubriacarti. Lui invece... almeno ha fatto *qualcosa*. »

« Deve averla fatta molto bene, da come lo difendi » ribatté lui, con tono leggero e pungente. « Certo, va detto che a te manca qualunque termine di confronto. »

« Sei riprovevole. »

La risposta di Julian fu chinarsi su di lei per darle un bacio.

Beatrice sollevò la mano per colpirlo ma si fermò prima.

« Allora? Dov'è il mio schiaffo? » Beatrice scosse il capo e lui alzò la testa guardandola con soddisfazione. « Non sei capace di darmelo veramente. »

« No » bisbigliò lei. « Non voglio farlo. »

« Non mi odi abbastanza. »

Beatrice ripensò a quando le aveva detto: *Tienilo bene a mente: io-ti-amo.* Come se avesse bisogno di tenerlo a mente, come se quelle parole non avessero imperversato dentro di lei lasciando macerie. Sembrava trascorsa un'eternità.

« Io non ti odio. »

« Oh, quanto invece io vorrei che provassi anche tu come ci si sente! »

Beatrice trasecolò. « A odiare? »

« Sì » disse lui, senza margine di ripensamento.

« Tu mi odi? » gli fece eco, come inebetita.

Lui le prese il viso tra le mani. « Non sai quanto. » Ma la voce era tenera e Beatrice non gli credette fino a quando lui non aggiunse, serio: « Te lo giuro qui, ora e per sempre. *Dandelion.* Io non ti perdonerò finché vivrò ».

Rispondergli in quelle circostanze le richiese uno sforzo di concentrazione. Ma in quel momento così pieno di sentimenti contrastanti le venne in mente Scandiani. Quando aveva detto che avrebbe accettato qualunque scelta da parte di Clara purché lei fosse felice. Non aveva mai parlato di odio. Nonostante lei lo avesse messo da parte, preferendo scelte di comodo. Nonostante lei lo avesse fatto sentire non necessario. Uno svago in un momento buio, ma niente di significativo, niente da poter tenere in considerazione per il futuro.

« Sarebbe andata così anche se ti avessi distolto dai tuoi piani obbligandoti moralmente a farti carico della mia situazione. Saresti arrivato a odiarmi, alla fine. Ma almeno in questo modo ho scelto io, ho abbreviato i tempi e ti ho fatto meno danni. »

« Prevedi il futuro, adesso? »

Si tolse le mani di Julian dalle guance. Quella di sinistra portava il consueto anello con il lupo, quello che avrebbe potuto ora appartenerle.

« Non c'è bisogno di essere Cassandra per arrivarci. Se riuscirai a capirlo, forse allora mi odierai di meno. E un giorno mi ringrazierai, proprio come alla fine ho fatto io. »

« Non puoi chiedermelo. » Lord Byron incarnato nel 1925.

Beatrice scrollò le spalle. « D'accordo. Allora continua a odiarmi, ma senza raccontarmi che è amore. »

Indietreggiò, assai meno calma di quanto si sforzasse di mostrarsi. Anzi in verità era scossa nel profondo, tanto più che lui la guardava affranto, senza riuscire nemmeno a dirle che non era vero. Non si dissero proprio più nulla e Julian restò lì mentre lei si allontanava a passo molto sostenuto finché quasi non diventò una vera e propria corsa.

Rientrata in camera, aveva il fiatone.

Archer non c'era e ne fu sollevata: avrebbe notato che era sconvolta e lei non voleva mentirgli attribuendo quel grumo di tristezza e rimpianto sempre e solo alla morte di Kit.

Si era appena seduta sul letto provando a calmarsi quando sentì bussare alla porta.

Era Madame Charpentier, con un fiatone più accentuato del suo. Farneticava in francese e Beatrice non comprese una parola che non fosse *Milou*. Alla fine, sconfitta dall'impotenza e dalle tribolazioni, la donna la prese per un polso e la trascinò via con sé verso la stanza della nipote.

18 Le stesse emozioni all'inferno

A Beatrice era sembrato subito chiaro il da farsi: occorreva chiamare un medico.

Milou era sdraiata sul letto, riversa su una bacinella di ceramica in cui stava vomitando da ore. Indossava una camicia da notte degna di una principessa, ma sporca e stazzonata.

« Mrs. Ashbury, è una domanda indelicata, lo comprendo, ma potreste essere in stato interessante? »

Milou rispose con un flebile *no*. Era di un pallore spaventoso. La zia Charpentier le parlava teneramente in francese, come se si stesse rivolgendo a una bambina.

« Con il vostro permesso, vorrei avvisare Sua Signoria il barone. Andrà a chiamare un medico. Siete troppo debole. »

Milou scosse il capo tenacemente e a quel punto a Beatrice fu chiaro il motivo per cui la zia Charpentier le avesse chiesto aiuto.

« Vi prego, no, Mrs. Blackburn. Non fatelo. Mia zia ha sbagliato a coinvolgervi. »

« Ma state malissimo! » esclamò Beatrice.

« *Ça passera* » disse, poi si corresse e ripeté: « Mi passerà. Vi prego, lasciatemi sola. Mi imbarazza essere in queste condizioni davanti ad altre persone... »

Beatrice non intendeva cedere, né farsi gli affari propri. Si sedette sul ciglio del letto. « Milou » la chiamò affettuosamente, « avete mangiato qualcosa che potrebbe avervi fatto male? »

Milou continuò a fare cenno di no. « In verità, ho mangiato pochissimo. »

Difatti, nella bacinella si era raccolta solo bile maleodorante.

Beatrice abbassò la voce e domandò, comprensiva: « Avete... bevuto? » Ipotesi non improbabile: in quello stato di cose non si poteva escludere che Mrs. Ashbury avesse cercato l'oblio nell'alcol.

Milou negò ancora più tenacemente. « Ho preso una medicina per il mal di testa. »

Beatrice ragionò in fretta. Aveva mal di testa già da prima, dunque. Poteva capitare che il vomito si accompagnasse ad emicranie intense, ne aveva sentito dire. Osservò Milou con attenzione, le pupille erano dilatate e aveva un aspetto tremendo. Ebbe un altro conato ma dalla bocca uscì solo un rivolo di saliva. Era una scena pietosa e Beatrice prese la sua decisione.

« Riposatevi, Mrs. Ashbury » disse, alzandosi dal letto. Milou non le rispose nemmeno e la zia Charpentier aveva un'aria di biasimo. Beatrice cercò di farle capire con uno sguardo pieno di significato che doveva darle fiducia, perché se ne sarebbe occupata. E difatti, uscita dalla stanza, chiese al maggiordomo dove potesse trovare Sua Signoria il barone di Costessey e le fu detto che Felix era nel suo studio.

Beatrice bussò timidamente e quando sentì: « Avanti » entrò, rimanendo sorpresa di trovare Felix in compagnia di Elizabeth e di Archer. Quando si voltò verso di lei quest'ultimo aveva ancora sul viso uno dei suoi più rari sorrisi e in un certo senso Beatrice sentì di averglielo rubato, quel così bel sorriso, perché a lei non lo riservava mai. Archer si affrettò a scacciarne anche l'ombra, si alzò e pronunciò il suo nome con fredda sorpresa. Sul viso di Elizabeth, contestualmente, si poteva leggere l'esultanza.

« Perdonatemi » si scusò Beatrice, in imbarazzo.

Archer le disse: « Vengo subito » ma, indicando con lo sguardo Felix, lei rispose: « Sono qui per Sua Signoria ».

Il barone di Costessey replicò con evidente perplessità. « Sì? »

« Vedete, Milou Ashbury è molto sofferente. »

« Come non comprenderla » disse Felix, suonando tuttavia piuttosto indifferente.

« Nel senso che sta male fisicamente. Vomita da ore e ha un aspetto orribile. »

Archer cercò lo sguardo di Felix e poi si rivolse alla moglie: « L'ha vista un medico? »

« No. Sono qui per questo. Non vuole che venga chiamato ma

io lo ritengo indispensabile e sono qui per chiedere a Sua Signoria di farlo.»

«Senz'altro, Beatrice. Senz'altro. Ma imparate a chiamarmi Felix, per l'amor di Dio.»

Intanto Elizabeth fece un risolino che serpeggiò nel silenzio che si era venuto a creare. Raggiunse infine la porta e disse un generico «A più tardi» cui Beatrice avrebbe voluto rispondere: Andate pure al diavolo.

Felix si alzò dalla poltrona e con noncuranza disse: «Forse è incinta».

«Ci ho pensato» convenne Beatrice. «Ma non è così. Come anche non ha bevuto e non ha mangiato pressoché niente. E del resto, stiamo tutti bene quindi non si può ipotizzare che si sia presa qualche malattia contagiosa.»

Nella mente di Archer tuttavia sembravano guizzare i più svariati pensieri, cui alla fine diede voce. «Felix, chiama un medico. Io nel frattempo vado a parlarle.»

Beatrice lo guardò capendo all'istante che quella era una complicazione. «Ma perché?»

Nel frattempo l'ispettore capo l'aveva superata ed era alla porta.

«Perché questo malessere è sospetto» sussurrò, senza che Felix udisse.

Beatrice ricordò per un istante le parole di Julian su Archer che vedeva assassini appostati ovunque e pensò che forse non aveva tutti i torti. Archer, ovviamente.

Usciti dallo studio di Felix, lei e l'ispettore capo si avviarono verso la stanza di Milou.

Era scontato che Mrs. Ashbury l'avrebbe presa male e che non gliel'avrebbe perdonata, ma quello che Beatrice aveva visto non le era piaciuto affatto. L'intuito le diceva che non si trattava di una semplice indisposizione.

«Milou respinge tenacemente qualsiasi attenzione. È stata sua zia a cercarmi.»

«Perché proprio voi?»

«Temo che abbiano identificato in me la persona meno ostile.

Di certo non è stata accolta in pompa magna dai Cartwright e dai loro amici. »

Archer portò indietro una ciocca di capelli: « Per loro è un'usurpatrice ».

« Be', non ne ha alcuna colpa. E tra l'altro... come finirà con la proprietà? Milou è vincolata a portare a termine l'acquisto nonostante l'accaduto? »

« A quanto pare sì. Così sostiene l'avvocato Trewalney. »

« In ogni caso, potrebbero trattarla un po' meglio, a dirla tutta » reiterò Beatrice con tono di biasimo.

Archer continuò a camminare e senza guardarla rispose: « Ne convengo. Ma temo sia errato aspettarsi qualcosa di meglio da un certo tipo di persone ».

« Del resto non avete mai fatto mistero di disprezzare la nobiltà. »

« Ho torto? »

« Eppure sembrate molto a vostro agio, qui con loro, *Blackie*. »

Lui roteò gli occhi. « Non vi ci mettete anche voi. »

« Perché no? È un vezzeggiativo adorabile. » Chissà se anche Elizabeth lo chiamava così. O magari in qualche altro modo tutto loro. « Prima, quando sono entrata, vi ho visto sorridere di cuore come forse per la prima volta da quando vi conosco. »

« Addirittura. »

« Giuro. Mi sono detta: Dio, non sarà mica un ictus? »

Archer le rivolse un'occhiataccia. « Felix sa essere molto salace. »

« Seriamente, ispettore capo. Vi ho sentito rimpiangere la Rivoluzione francese con le mie orecchie. E poi vedo che siete di casa, qui, tra loro. Qualcosa non mi torna. »

« Siamo arrivati » disse lui.

In effetti la stanza degli Ashbury era in fondo al corridoio, ma quello era anche un modo per non rispondere.

Bussarono alla porta e la zia Charpentier aprì, terrea. Borbottò qualcosa in francese e li lasciò entrare. Archer si avvicinò al letto e fece a Milou le stesse domande che le aveva rivolto lei, pensò Beatrice. Solo che quando arrivarono al preparato per il mal di testa, Archer le chiese di mostrarglielo.

Mrs. Ashbury disse in francese alla zia Charpentier di andare a prenderlo. Era una boccettina di vetro marrone, con l'etichetta della drogheria locale. Archer svitò il tappo e odorò il contenuto.

« Dove lo avete acquistato? »

« Non saprei... Era di Kit. »

« E non sapete come lui se lo fosse procurato? »

Milou scosse il capo.

« Quanto ne avete preso? »

« Pochissimo, è troppo amaro. Mi tengo l'emicrania, piuttosto. »

« Lui lo assumeva regolarmente? »

« No. »

« E come sapete che si tratta di un rimedio contro l'emicrania? »

« Lo ha preso, una volta, proprio per questo. »

« Una volta, quando? »

« La sera in cui è morto » disse Milou.

Per nulla stupito, Archer chiese: « Mrs. Ashbury, io e il sergente Webb abbiamo esaminato tutta la roba appartenente a vostro marito. Perché non abbiamo trovato questa boccetta? »

« Non lo so! Non avrete cercato abbastanza bene. »

Con una smorfia Archer ribatté: « Non credo proprio. E comunque non mi avevate detto che quella sera Kit aveva mal di testa ».

« Come potevo pensare che avesse a che vedere con una puntura d'ape... »

« Dove lo avete trovato, questo flacone? »

« Sotto il mio cuscino. Ho pensato ci fosse finito per sbaglio. »

In effetti Webb aveva ingiunto che la stanza non venisse rassettata, dunque in teoria nessuna domestica aveva riordinato cuscini e lenzuola almeno all'inizio.

« La vostra cameriera ha fatto il letto? »

« No... non riesco ad alzarmi. Non voglio nessuno in camera. Come fate a non capire quanto sono scossa, quanto sto male? »

Le rimostranze di Milou esprimevano sincera indignazione che però lasciò Archer del tutto indifferente.

« Proprio per questo sta per arrivare un medico, Mrs. Ashbury.

Nonostante voi non voleste. Perché, a proposito? Non preferireste star meglio? »

« Sì. »

« Allora? »

« Non voglio incomodare. Mi sento sgradita. »

Archer annuì come se la capisse e le credesse, ma con lui non si poteva mai sapere. « Questa la prendo io » disse infine, tirando fuori un fazzoletto per la boccetta.

« Fate quello che volete! » esclamò Milou, prima di ricorrere di nuovo alla bacinella per un conato che non produsse nulla. Era straziante.

Beatrice si avvicinò al marito e gli disse all'orecchio: « Forse è abbastanza ».

Archer non le rispose, ma si rivolse a Milou: « Ci aggiorniamo più tardi, Mrs. Ashbury ».

Quest'ultima mormorò un poco cordiale: « Arrivederci » e inchiodò su Beatrice uno sguardo di rancore per poi voltarsi su un fianco, dando a tutti le spalle.

Prima di uscire dalla stanza, a Beatrice cadde lo sguardo sul ritratto di un uomo, posto sopra il camino. Si avvicinò al marito e gli disse: « Chi è? »

« Non ne ho idea. »

« Avete notato che... un po' vi somiglia? »

Lui inarcò un sopracciglio e gli si accennò un sorriso sulle labbra. « Dite? »

« Non lo notate anche voi? »

« No. »

« Ma sì, vi dico. »

« Da queste parti ci somigliamo tutti » concluse Archer, indirizzandosi verso la porta, lasciando indietro Beatrice.

Lei però aveva da ridire. L'ispettore capo non somigliava decisamente a nessuno. Tuttavia disse: « Che ne farete della boccetta della medicina di Kit e Milou? » indicandola con lo sguardo.

« Tutti gli esami del caso. Potrebbe contenere il veleno che ha ucciso Ashbury. »

« Milou è in pericolo di vita? »

« Dice di averne assunto poco. Deve essere visitata, questo è certo. »

« Le credete? »

« A proposito di cosa? »

« Del fatto che non sa come Kit se lo sia procurato. »

« Non lo so ancora. A istinto direi di no, non le credo. E tra l'altro ho ragione di ritenere che Mrs. Ashbury non sia chi dice di essere. »

Beatrice a quel punto restò avvinta. « Ditemi di più! »

Archer scosse il capo. « Non è il momento. »

Beatrice si addolorò vistosamente. « Non vi fidate di me... » Lui si fermò un istante. Le aveva quasi creduto, ma poi scorse quegli occhioni vispi e capì che lo stava prendendo in giro. « Sono la vostra socia. Non lo avete sempre detto voi? Blackburn&Bernabo's. Insieme risolviamo i casi più contorti. »

Archer le sorrise come se lei avesse evocato un dolce ricordo. « Blackburn&Blackburn's, adesso » disse piano, con la sua voce roca. « Diciamo che a proposito di Marie Louise de Seguin, altrimenti nota come Milou Ashbury, Madame de Vanancour si è premurata di farmi un proprio personale resoconto appena ho rimesso piede in casa. »

« Ah, sì? Madame de Vanancour? Nonostante le contingenze? »

« È sempre stata molto zelante. »

« Non fatico a crederlo » replicò lei, soave, ricordando certi sguardi infuocati di Madame che Archer non poteva non aver notato.

Le guance di Archer si colorarono appena. « Siete una piccola peste. »

Il medico non tardò ad arrivare, anche perché Felix era stato categorico circa l'urgenza, specie dopo che Archer gli aveva detto che poteva trattarsi di avvelenamento, di nuovo.

Visitò Milou e infine chiese di conferire con l'ispettore capo di Scotland Yard per confermare che sì, si poteva supporre che Mrs. Ashbury si fosse intossicata con un composto a base di alcaloidi.

No, non era in pericolo di vita: l'organismo si stava liberando da sé della sostanza. Doveva tuttavia bere molta acqua e riposare. Lui le aveva dato un farmaco che contrastava gli effetti dell'alcaloide: presto le pupille sarebbero tornate normali e avrebbe smesso di vomitare.

Archer accolse tutte le notizie con sollievo, ma restava insoluto il quesito fondamentale: chi aveva messo il veleno nella boccetta del farmaco per l'emicrania. In tal caso, l'unica intenzione alla base non poteva che essere il dolo. Tra le ipotesi che aveva appuntato, ve n'era una audace che accarezzava con cautela e cioè che fosse stata Milou a procurarlo e a fornirlo al marito, ingannandolo.

In quell'ottica, l'avvelenamento accidentale di Milou poteva forse essere una messinscena con finalità di depistaggio.

Ma il movente? Poteva essere il vile denaro come la gran parte delle volte? La furbacchiona voleva rimanere vedova subito per godersi l'eredità? Perché però farlo proprio nello stesso giorno della firma del contratto di acquisto di Wroxham Hall?

Questo aspetto, per Archer, era da considerare. Se chi aveva avvelenato Kit voleva impedirgli l'acquisto, avrebbe dovuto farlo prima. Adesso agli eredi non restava che concludere l'affare, stando a quando diceva Trewalney. Affare di cui, la sera della morte, Kit era pentito. Perché? Cosa gli aveva fatto cambiare idea?

Dall'altro lato, se Milou fosse stata una mantide spietata, tanto valeva aspettare che Kit concludesse l'acquisto prima di ucciderlo. A conti fatti, era come se quel ragionamento non fosse del tutto compiuto e non lo soddisfaceva nel profondo. D'altro canto, non aveva ragione di pensare che qualcuno dei presenti avesse motivo di uccidere Ashbury.

Restavano due evenienze.

La prima era che Kit si fosse avvelenato accidentalmente, convinto di assumere un farmaco per l'emicrania, senza che vi fosse da parte di alcuno l'intenzione di nuocergli. Allo stato, Archer non poteva escluderlo.

La seconda era che Ashbury si fosse suicidato. Gesto apparentemente inspiegabile, ma non sarebbe stato di certo il primo.

Non essere in grado di scartare nessuna delle ipotesi lo innervosiva ma al contempo lo spingeva ad ampliare lo sguardo, ad azzerare i pregiudizi e a non dare per certo tutto ciò che sembrava più che certo. Come, per l'appunto, che Ashbury non avesse ragione di suicidarsi. O che Milou non fosse la sposa devota che sembrava. O che Felix non potesse trarre vantaggio dall'accaduto.

Archer risolse infine di andare nelle scuderie e si fece sellare un cavallo per raggiungere il villaggio.

Giunto lì, si presentò alla piccola drogheria. Al banco trovò una matura commessa in grembiule, brusca e pratica, che dopo aver capito chi aveva davanti fu subito lieta di collaborare.

« Siete il figlio di Rosie, nevvero? » Archer annuì. « Avevate qualcosa di familiare » soggiunse lei.

« Il flacone, Miss Banks? » insisté Archer. Non aveva proprio voglia che la donna si mettesse a rivangare sua madre.

« Sì, noi utilizziamo questi flaconi. »

Miss Banks studiò l'etichetta, lo annusò e disse: « Ma quest'odore... È troppo forte. Non è il nostro rimedio per l'emicrania ».

Per Archer non era che una conferma.

« Avete ricevuto la visita di un forestiero in questi giorni, Miss Banks? »

« Ma certo! Aspettavo che qualcuno venisse a chiedermi! Nel villaggio girano le voci, sapete? »

Archer la guardò con severità. Era una recriminazione?

« Nel senso » si corresse la donna, « che c'è arrivata la voce che è morto un ragazzo per una puntura d'ape, un ospite dei Cartwright, e io temo che sia il povero angelo che è venuto qui. »

« Era una ferita infiammata? »

« Non molto. »

« Il ragazzo stava bene? »

« Oh, sì! Chi se lo sarebbe potuto aspettare che ne morisse così tante ore dopo. »

« Che ore erano quando è venuto qui, Miss Banks? »

« Saranno state le sei del pomeriggio, io mi accingevo a chiudere la baracca. »

Anche quella non era una sorpresa. Si sapeva bene, ormai, che la puntura dell'ape non era stata che una coincidenza.

«Era da solo?» Quello sì che al contrario poteva rilevare.

«No, era con la sua bella mogliettina. Povera cara, che disgrazia.»

E difatti.

«L'avete sentita parlare, la mogliettina?»

«Pochissimo.»

«Avete notato qualcosa?»

«Aveva l'accento francese.»

Pochi dubbi. Dunque Milou aveva sempre saputo che Kit era stato punto nel pomeriggio e aveva pensato bene di tacere il tutto. La domanda rimaneva: *Perché?*

«Qualcos'altro da riferire?» domandò Archer, annotando sul taccuino l'orario riferito da Miss Banks.

«Il ragazzo sembrava... come infastidito. Dovevano aver litigato, sentite me, io ne capisco.»

«D'accordo, Miss Banks. Siete stata encomiabilmente utile.»

La donna annuì e poi gli porse una scatolina di caramelle *sherbet lemons*. «Un presente.»

Archer lo accettò con quella riluttanza che aveva sempre verso i doni. Chissà poi perché.

Mentre Archer era in drogheria, Beatrice tornò in camera per ritrovare la concentrazione sulla consegna per Mr. Williams. Era rimasta indietro, ma del resto, con tutti quegli accadimenti restare efficiente era troppo complicato.

E si rivelò ancora più complicato quando Octavia entrò nella sua stanza senza nemmeno aspettare che le fosse detto di entrare.

«Milady.»

Lo sguardo di Octavia era un po' appannato e la voce leggermente rallentata, come se avesse indugiato nel suo abituale vizietto dell'alcol.

Beatrice si era messa a ricamare sul letto, realizzando una comoda spalliera con i propri cuscini e con quelli di Archer. Dato che lui non li usava, tanto valeva dar loro uno scopo. Il risultato era decisamente più confortevole della poltroncina su cui si era sistemata fino a quel momento.

« Posso stare un po' con te, Miss Bee? »

« Certamente. » Octavia andò a mettersi accanto a lei, sul letto. Si adagiò ben bene sullo schienale improvvisato, accucciata su Beatrice. Le sfiorò le dita intente a ricamare. Il suo fiato odorava di vino, a conferma dei sospetti di Beatrice. « Dov'è Catherine? » le domandò. Un punto le venne un po' meno bene del solito e dovette scucirlo e ripeterlo.

« Con Jules. Non te lo dico per farti ingelosire, lo giuro. Non te lo avrei raccontato se tu non me lo avessi chiesto. Ma non so mentire. E comunque mentire è inutile. »

« Devi stare attenta, Milady, o tua cugina te lo ruberà sotto gli occhi. »

« Solo tu potevi riuscirci. » Beatrice ci pensò. Poteva riuscirci davvero? Sulla questione era ancora atrocemente perplessa, ma era ormai relegata al passato e non aveva senso ripensarci. « Lui vive in una gabbia dorata di cui solo tu avevi la chiave. »

« Ma lui si è rifiutato di uscire. »

« Perché ha il senso del dovere impresso a fuoco vivo nella carne. Davvero tu non hai rimpianti? » le domandò Octavia leggendole nel pensiero.

« Ne ho esattamente quanti ne ha lui. Pochi o molti, chi può dirlo. »

Come assonnata, Octavia mormorò: « Be', decisamente meglio rimpiangere Julian che Kit, cosa che, detesto ricordarti, hai rischiato di fare ».

« Ma se non vedi l'ora di ricordarmelo. Vorrai mai spiegarmi perché invece detestavi Kit? »

Octavia le rispose con uno dei suoi sguardi più seri. « Non sei pronta a sentirlo. »

« Sì che lo sono. »

« È un segreto. »

« Mi pare che so ben tenerli i segreti, io. »

Beatrice accantonò il ricamo e poggiò la testa su quella di Octavia. « Sono tutta tua, Milady. »

« Era il 1918 e la guerra non era ancora finita. A Waterford House e ad Alconbury avevano allestito degli ospedali militari e la mia cara zia, quella che è mancata bontà sua una settimana prima del matrimonio, pensava che non fosse indicato che io, a sedici anni, stessi lì in mezzo a tutti quei soldati. Per questo mi ha spedita a Blyfort Manor con altre ragazze della mia età. Sembrava un'ottima idea per tutti.

« In piena onestà il clima generale era molto deprimente ma tutto considerato avere compagnia era piacevole. Erano tutte ragazze che erano sempre state nel mio orizzonte, ma senza confidenza. Figlie di amiche o parenti di mia zia, soprattutto. Poi arrivarono anche Jules e Kit, perché erano troppo giovani per arruolarsi. Alastair, ovviamente, era al fronte. Andrew era morto l'anno prima.

« All'inizio fu esaltante. Be', lo puoi immaginare. A Jules bastava dire *ciao* » Octavia iniziò pigramente ad accarezzare un braccio di Beatrice, senza lascivia, tuttavia a lei venne la pelle d'oca. « Sai com'è fatto, vero? » Beatrice annuì malinconicamente. « Dall'altra parte » proseguì Octavia, « Kit era la sua pallida imitazione. Voleva essere come lui, voleva le cose che voleva lui. Era grottesco. E siccome era anche insicuro, e molto viziato, se non otteneva ciò che voleva si faceva insistente. Una delle ragazze ospiti si era fidanzata da poco, ma alla vigilia della partenza per Blyfort le era arrivata la notizia che il suo promesso sposo era morto in Francia. Lei non voleva parlarne mai, non sapevamo nemmeno come si chiamasse. Kit, però, la conosceva già – che noia, Beatrice. Noi ci conosciamo tutti. Mai una novità.

« Fu chiaro abbastanza presto che tra i due stava nascendo una specie di complicità. Forse lei cercava consolazione. Lui, di certo, cercava altro. »

Octavia aveva smesso di accarezzarle il braccio e la guardava con dispiacere. « E dopo un po' che andava avanti... Kit... la forzò. Capisci cosa intendo? »

Beatrice abbandonò quella confortevole posizione e le dolci carezze di Octavia e si mise seduta davanti a lei. « Sì, che capisco. »

« Non lo avrà fatto anche con te, vero? »

Lo sguardo di Beatrice scivolò verso il basso mentre ricordava. « Lui aveva un modo di fare che... provava a forzare la mia volontà, in un certo senso. A superare il mio *no*. Non è stato piacevole, ma per fortuna non è accaduto il peggio. »

« Che maiale. Capisci, ora, perché io non provo nessuna pietà? Nessuna. E spero tanto che sia finito all'inferno e che lì qualcuno o più d'uno gli faccia provare le stesse emozioni » disse infine con un ghigno diabolico.

Beatrice sorvolò su quell'immagine che la faceva inorridire. « Julian sapeva di questa storia? »

« No, perché nel frattempo io e Julian abbiamo avuto problemi più grossi a cui pensare. Sai sicuramente che mi hanno sorpresa a letto con una ragazza e che abbiamo fatto credere che fosse lui... » Beatrice annuì, perché ricordava benissimo quella vicenda. Era insieme comica e tragica. « Quindi è venuta la viscontessa in persona a prenderlo e a riportarlo ad Alconbury tirandolo per le orecchie, e subito dopo lo hanno spedito in India. Povero Jules, gli ho sempre procurato un sacco di guai. » Su questo non c'erano dubbi, pensò Beatrice con un velo d'amarezza. « È stata la stessa sera. Abbiamo fatto troppa baldoria e come vedi è finita male per tutti. »

« Cos'è successo, poi, a quella ragazza? »

« Se n'è andata da Blyfort Manor quasi subito. Se n'è tornata dove viveva. Era un tipo molto schivo. »

« Te l'aveva raccontato lei, della violenza che ha subito? » domandò quindi Beatrice, cui allora non tornava quel tassello.

« Certo che no. Ma era casa mia, non mi sfuggiva nulla. La cameriera mi ha mostrato la sua biancheria: era tutta sporca di sangue e non quel po' che accade normalmente. Era tanto sangue. E dell'accaduto me lo ha detto un'altra ragazza con cui lei era più in confidenza. »

Beatrice non avrebbe più potuto ripensare a Kit con pietà. Era un mostro di egoismo e insensibilità. Ma meritava di morire? A quella domanda si impedì di rispondere.

19 Il passaporto

Con la scusa ufficiale di informarsi sulle sue condizioni di salute, Archer tornò da Milou.

Erano già trascorse un paio d'ore da quando era andato via il medico che le aveva dato qualche goccia di atropina per contrastare l'effetto del veleno e, nel frattempo, Archer aveva ricevuto un telegramma che aspettava da Parigi.

Mrs. Ashbury era ancora pallida e debole, ma non era più sfiancata dai conati di vomito. Al suo capezzale v'era la fidata zia Charpentier.

« Ve la sentite di parlarmi, Milou? »

La ragazza annuì debolmente. « Mia zia può rimanere. Vi garantisco che non capisce una parola d'inglese, è come se non ci fosse. »

Archer assentì e andò a prendere una sedia che portò accanto al letto. Tirò fuori il suo taccuino e la penna ma tentennò – evento raro, invero. Le informazioni gli servivano. Occorreva andare oltre la compassione.

« Mrs. Ashbury, come avete conosciuto vostro marito? »

Milou sospirò. « Alloggiavamo entrambi all'Hotel Deccan di Hyderabad. »

« Perché vi trovavate in India? »

« Una missione educativa a vantaggio delle bambine indiane. »

Archer annuì, impressionato. « Vi fa onore. Da quanto eravate a Hyderabad, quando lo avete conosciuto? »

« In verità sono arrivata dopo di lui. »

« Capisco. Ed è stato un *coup de foudre*? » Milou annuì. Gli chiese un istante, prima di continuare, e Archer attese pazientemente. « È stato un fidanzamento brevissimo » commentò infine.

« Sì, suppongo che appaia tale. Due mesi. Ci siamo sposati prima di affrontare il viaggio di ritorno in Inghilterra, che è durato cinque settimane. »

Milou sfiorò l'anulare che portava il proprio anello nuziale e, più largo, quello che era stato di Kit e che lei si era presa prima che fosse trasportato in obitorio.

« Conoscevate già Lord Costessey? »

Milou sembrò sorpresa. « Non ho capito la domanda. »

« Ve lo domando in francese, se lo preferite. »

« Non per quello. Intendete chiedere se lo conoscevo da prima di fidanzarmi? »

« Sì. »

« Allora la risposta è no. »

Archer la studiò. « Ne siete proprio sicura? »

« Lo avevo sentito nominare. Sapevo che sarebbe arrivato a Hyderabad in aereo. Girava già la voce, ecco. »

« Milou, ascoltatemi. Ho saputo che siete stati in drogheria, voi e Kit, a comprare un rimedio per la puntura d'ape di Kit. Quindi voi lo avevate sempre saputo, che quel pomeriggio era stato punto. Perché lo avete omesso? »

« Sembrava talmente tanto ovvio... era morto e aveva il segno... sinceramente, non ci ho pensato. »

Archer la guardò con leggero sospetto ma, dando prova di una certa prontezza che confliggeva con le sue deboli condizioni, Milou rispose: « Se avessi avuto in mente di uccidere Kit e di usare la scusa dell'ape non lo avrei accompagnato in drogheria con il rischio di farmi vedere e riconoscere, non credete? »

Archer dovette ammettere con se stesso che quello era, a rigor di logica, un punto a suo favore.

« Parliamo di questa casa, Wroxham Hall. Chi ha avuto l'idea di comprarla? »

Milou sembrò doverci pensare. Il che poteva voler dire che le serviva del tempo per elaborare una menzogna. « Kit desiderava investire in una proprietà e questa è stata suggerita dall'avvocato Trewalney come un ottimo affare. » Archer annuì con malinconia. Quasi gli faceva pena, Ashbury, per la scarsa considerazione che raccoglieva attorno a sé. Quasi.

« Secondo voi, vostro marito era davvero contento di questo affare? »

« Oh, sì. Era una delle sue fissazioni, comprare una tenuta così. Avere un valletto e comprare una tenuta. »

« Eppure mi è giunta voce che l'affare andasse un po' a rilento. Vi ha detto qualcosa, in merito? »

Milou rifletté un attimo. « Forse per via della clausola? »

Archer era già attento, ma a quel punto i suoi occhi impenetrabili come un lago ghiacciato erano letteralmente avvinti. « Che clausola? »

Milou arrossì. « Oh, non conosco i dettagli. So solo che c'era una clausola che rallentava la firma. »

Stando a quanto ne sapeva da Felix e da Trewalney, Kit ignorava la clausola. Come faceva sua moglie a esserne a conoscenza? Delle due l'una: o Kit in realtà lo sapeva, o Milou ne era stata resa edotta da qualcun altro che doveva per forza trovarsi nel perimetro della famiglia Cartwright. Felix era il candidato ideale. Ma non si sentiva di escludere un bel doppio gioco dell'avvocato Trewalney.

« Chi vi ha detto della clausola? »

« Kit, ovviamente » rispose Milou con una certa prontezza di spirito.

« Di che cosa vivevate, prima di diventare Mrs. Ashbury? »

« Dell'eredità dei miei genitori, che era stata investita in una piantagione di cotone nell'Andhra Pradesh. »

« I vostri genitori sono morti nel 1914 a Villequier » disse Archer, cautamente.

« Una disgrazia. Annegati nella Senna » bisbigliò Milou.

Archer la guardò intensamente, sperando fino all'ultimo che la ragazza dicesse la verità di propria spontanea volontà.

« Mrs. Ashbury... » pronunciò, con insospettabile pazienza.

« Dopo la loro morte » lo interruppe Milou, « mi sono trasferita a Lassigny con la zia Charpentier. »

Quest'ultima, sentendosi menzionare, li guardò entrambi smarrita come un tacchino portato a forza verso il ceppo.

Ad Archer l'attesa ragionevole di un sussulto di onestà parve ragionevolmente conclusa.

« I de Seguin avevano effettivamente una figlia di nome Marie Louise, che tutti chiamavano Milou, oggi ritirata a Solesmes nell'abbazia di Santa Cecilia, come suora di clausura. »

Milou sgranò gli occhi e raddrizzò la schiena. « Sbagliate! Posso mostrarvi il mio passaporto. »

« Poi mi spiegherete anche come avete fatto a ottenerlo » disse Archer, impassibile. « Ma per cominciare, ditemi il vostro nome. Quello vero. »

« Non so di cosa parlate » si lagnò Milou. « Vi prego, abbiate pietà e lasciatemi in pace! Perché vi state accanendo? Sembravate così... così gentile, e buono. »

Archer non si lasciò turbare. « Faccio sempre in tempo a chiederlo a vostra zia. È vostra zia di sangue, almeno questo è vero? » Archer prese dalla tasca il telegramma che aveva ricevuto e lesse ad alta voce: « Jeanne Charpentier, nata a Parigi il 9 ottobre del milleottocen... »

« Sì, che è mia zia » lo interruppe. Si rivolse poi alla suddetta zia, per l'appunto, e le ordinò di cercare il passaporto. La donna, agitatissima, aprì un cassetto, prese un foglio, e lo diede all'ispettore capo.

Il documento recava l'intestazione della République Française, e poco sotto: *Passeport à l'étranger valable pour un an* intestato a Jeanne Charpentier, con tanto di foto. Milou, rediviva, si sporse per controllare e in francese sgridò la zia. « *Pas à toi! À moi! Oh, je le ferai moi-même!* »

Si scapicollò dal letto, barcollando. Raggiunse la cassettiera, rovistò sul fondo per poi dire: « Non è possibile. Non c'è. Ma lo capite che non avrei potuto viaggiare, né men che meno sposarmi, senza documenti! » Nel frattempo Milou continuò a cercare finché Archer non la udì dire: « *Ah, Dieu merci* ».

Sventolò il foglio davanti ad Archer e infine glielo fece cadere addosso, con stizza. « *Voilà.* »

Archer si chinò per raccoglierlo.

La foto color seppia applicata al documento non rendeva giustizia a Milou, ma era senz'altro lei. Archer rimpianse di non avere la sua lente d'ingrandimento, per esaminare nel dettaglio la qualità della carta e delle filigrane. Si limitò a constatare che i due documenti, quello di Milou e quello di sua zia, a eccezione dei nomi e della nata di nascita, erano uguali. Anche la grafia del segretario che li aveva compilati. Anche la disposizione dei timbri viola della prefettura.

« Siete convinto, ora? »

Archer scosse il capo.

« Mi volete tormentare? Fatemi domande sulla mia infanzia! Sull'incidente dei miei genitori! »

« Non adesso » replicò. Si alzò e si avvicinò alla porta. Tamburellò le dita sullo stipite mentre le diceva: « Riposate, ora. Magari domani mattina avrete voglia di riparlarne ».

Uscendo dalla stanza, Archer scorse in fondo al corridoio l'andatura dinoccolata e impenitente del visconte di Warthmore.

Aveva saputo della sua presenza da Felix e si era anche domandato come l'avesse presa Beatrice. Aveva preferito non chiederglielo. Quanto a lui, non aveva avuto ancora il piacere di rivederlo e adesso sarebbe stato impossibile evitarlo. Tanto più che Sua Signoria era diretto nella stanza di Milou e Archer era pronto a chiedergliene conto.

« Vostra Signoria » esordì Blackburn, con aria neutra.

« Ispettore capo » disse l'altro, carico di sarcasmo. Ad Archer restava sempre il dubbio se fosse spavaldo per natura o lievemente ubriaco.

« Mrs. Ashbury è indisposta » annunciò Archer, giusto per iniziare.

« Indisposta o no, ha chiesto di vedermi, sicché eccomi qui. »

Archer sollevò il capo, incuriosito. « Conoscete Mrs. Ashbury? »

« Parola mia, no. L'ho vista per la prima volta che era già vedova. »

« Perché vuole vedervi? »

« Lasciatemi entrare e lo saprò » rispose Julian, come annoiato.

Archer si scostò. « Non sono il suo carceriere. »

« No, certo. Non lo fate di professione, solo nel tempo libero » disse Julian avanzando di un altro passo.

L'ispettore capo era ben lontano dall'essere intimidito. Anzi riteneva quella perdita di controllo un chiaro segno di debolezza. Inclinò il capo, come davanti a un bambino particolarmente pestifero. Guardò negli occhi Julian senza reagire e quell'assenza di emozioni e quel silenzio snervarono il visconte. « Su » disse infine Archer. « Portate a termine quello che volete dire. O quello che volete fare. »

Julian lo guardò bieco. « Rendere vedova Mrs. Blackburn? »

Archer rise di gusto. « Non ve ne fareste niente da vedova come non ve ne facevate niente da nubile. Ma se può farvi piacere, provateci. »

« Voi » gli disse Julian, puntandolo, « vi siete approfittato della situazione. Io almeno questo non l'ho mai fatto. »

« Sarete fiero di voi » replicò Archer sembrando serio, ma non lo era.

« Io l'ho lasciata libera. »

« Che è un modo nobile di dire che ve ne siete lavato le mani. »

« Qual è il modo nobile di dire che voi le avete messo un anello al dito per toglierglie la, la libertà? »

« Responsabilità delle proprie azioni. Ma potrei sbagliarmi. Non sono io quello con una buona educazione. Forse però adesso dovete andare da Mrs. Ashbury, Vostra Signoria. »

« Aspetto che mi congediate. »

« Ma io non vi sto trattenendo. »

« Allora addio. »

« Mi corre però l'obbligo di informarvi » disse Archer un attimo prima che Julian bussasse alla porta di Milou, « che siamo in presenza di un'indagine più seria e più complessa di quella per una puntura d'insetto. »

Julian gli restituì un'espressione sarcastica. « Fortuna che non c'ero. Altrimenti sareste stato capace di sostenere che io abbia assunto le fattezze di un'ape assassina. »

«Lo dicevo per farvi presente che siete tenuto a riportarmi qualunque cosa possa risultare utile alle indagini.»

«Non ho niente da riportare e già domani all'alba toglierò il disturbo per tornare a Londra.»

«Ma dovete ancora parlare con Mrs. Ashbury» disse Archer, quietamente. Aveva già iniziato ad avviarsi e le parole di Julian gli giunsero alle spalle.

«Nel caso in cui venissi in possesso di informazioni cruciali sarà mia cura condividerle con voi.» Eppure, naturalmente, Archer non gli credette nemmeno per un istante.

L'indomani all'alba, Beatrice era completamente sveglia.

L'aria era pungente e infilò un cardigan per coprirsi. Si alzò, sciacquò il viso con l'acqua fresca nella bacinella e si specchiò. La sua cicatrice era piuttosto livida e benché non avesse senso farlo così presto si passò il piumino con la cipria sul volto, per poi vedersi ancora più pallida e brutta e risciacquarsi di nuovo. Non le restava che prendere un biscottino dalla ciotola di vetro sul comodino per confortarsi un po'.

Nel silenzio della campagna, il rumore di un motore richiamò la sua attenzione e non ci volle molto prima di immaginare che poteva trattarsi dell'auto di Julian, che lo avrebbe riportato nel Derbyshire. Si accostò alla finestra e lo vide, con una redingote nera che lo faceva sembrare l'eroe tragico di un romanzo ambientato nelle brughiere.

Se era vero che in un certo senso la fine si poteva immaginare sin dal principio, nondimeno quell'esito era indegno. A costo di pentirsene, Beatrice infilò il primo abito che trovò e scese verso il grande ingresso aperto sul parco.

Julian stava già salendo sull'auto. Scorgendola sulle scale, le rivolse un'espressione che non tradiva alcun calore.

Oh, Jules.

Il ricordo di lui le sarebbe rimasto annidato dentro per sempre, che lui la odiasse o meno. Senza rimpianti. Egli era parte del cammino.

Ma Julian aveva già distolto lo sguardo. Imbronciato come quando si erano lasciati l'ultima volta. L'auto partì. Il rancore aveva avuto la meglio.

Beatrice le voltò le spalle e avanzò sui gradini per rientrare in casa quando il rumore del motore si arrestò di colpo. D'istinto, lei si girò di nuovo, mentre lo sportello si riapriva.

E dall'auto uscì Julian. Il rimpianto triste del primo amore perso. Alla fine lui alzò la mano verso di lei in un cenno di saluto, senza muoversi, e Beatrice rispose sollevando timidamente la propria.

Lui azzardò un sorriso malinconico. Lei fece lo stesso.

Poi Julian Lennox, visconte di Warthmore, abbassò lo sguardo, risalì in auto e ripartì.

Rientrata in camera, era emotivamente sopraffatta e determinata a tornare a Londra.

Anche se non sapeva ancora con quale concentrazione ci fosse riuscita, il suo lavoro per Mr. Williams era concluso e ormai desiderava solo consegnarlo ed essere pagata. Ma ancor più fremeva di tornare in città per rivedere Clara, dal momento che le rimaneva il terrore che cedesse al ripensamento di Hugh. Non la riteneva né debole né stolta; né intendeva giudicarla. Come poteva farlo, proprio lei? Temeva tuttavia che Hugh avesse un paio di frecce fatali al suo arco per colpa delle quali sua sorella rischiava di soccombere suo malgrado.

La decisione era presto presa: ne avrebbe parlato con Archer. Se fosse stato davvero necessario, suo marito sarebbe rimasto lì. D'altra parte, non aveva bisogno di lei.

Non lo vedeva dalla sera prima, quando lui era rientrato in camera dopo aver fatto visita a Milou Ashbury. Era stato particolarmente laconico.

Andare a cercarlo per Wroxham Hall rischiava di essere un'impresa inutile e spossante; doveva aspettare che fosse lui ad avere la compiacenza di tornare. Nel frattempo iniziò a raccogliere i propri bagagli e fu così che, in effetti, Archer la trovò.

« Buongiorno, ispettore capo. »

I capelli gli ricadevano sulla fronte e le maniche della camicia erano arrotolate. Chissà da dove veniva, si chiese Beatrice.

« Siete in partenza » le disse. Se era stupito, non diede a vederlo.

« Sì. Al più presto. Se non vi dispiace. » Nello sguardo dell'ispettore capo sembrò baluginare una miriade di pensieri, ma la risposta fu quella che Beatrice si aspettava.

« Certo che no. »

Archer si era accostato all'armadio e stava frugando nella propria valigia. Beatrice lo vide riemergere tenendo tra le mani una scatolina di cartone W.D. & H.O. Mills. « Voi vi fermate ancora? » gli chiese, mentre lui trasferiva le sigarette nella sua preziosa scatolina d'argento, quella con le iniziali BC.

« Ancora solo per oggi, credo. Anche io ho urgenza di tornare a Londra. Devo far analizzare il farmaco assunto da Mrs. Ashbury. »

« Posso portarlo io al vostro ufficio, se accettate il mio aiuto. »

Archer la guardò con interesse. « Lo fareste? »

« Be', lo sapete che non vedo l'ora di collaborare con Scotland Yard. »

« Quand'è così invierò Shelby a casa di vostro padre e voi gli consegnerete il flacone. »

« Meglio ancora, mi risparmiate lo spostamento. »

« Bene. Vado a dire all'autista di accompagnarvi in stazione. »

Ruotò infine il pomolo della porta, che scattò. Ma come indeciso, non la aprì. Si voltò, esitò un istante e solo alla fine le domandò: « Avete spiegato a Warthmore le ragioni del nostro matrimonio? »

La sua voce era gentile, eppure Beatrice rabbrividì. « Sì. Ma non gli ho raccontato proprio *tutto* » si affrettò a ribattere, sentendosi una completa stupida. « Ve lo ha detto lui? » gli chiese, e Archer annuì. Oh, Julian. Incapace di fare la cosa giusta nemmeno se gliela si metteva per iscritto con regole chiarissime.

« Eravate libera di farlo. »

« Non vi dà fastidio? »

Mi uccide, pensò Archer mentre rispondeva: « No, naturalmente ».

« Non volete che vi spieghi perché l'ho fatto? »

« Credo di capirlo da solo. E comunque non è questo il punto. Vedete, Beatrice, tanto vale affrontare la verità. Si potrebbe pensare che, sposandovi in una situazione di emergenza, io abbia approfittato della vostra condizione. Lo pensate anche voi? »

Beatrice trasecolò. « Certo che no » disse, e la voce venne fuori più alta di quanto volesse.

« Sbagliate. »

Lei si sentì tramortita. « No che non sbaglio. »

« Beatrice » la chiamò, dopo un sospiro tormentato. « Una parte di me era... felice di farlo. Non ha più senso negarlo. » L'aveva ammesso, finalmente, e quel senso di liberazione gli fece sentire un sollievo che non provava da mesi.

Beatrice era confusa. Non riusciva a immaginare dove sarebbe approdato quel discorso, ma la scossa che le aveva innescato le stava adesso attraversando tutto il corpo. Tuttavia rispose, pacata: « Ma non v'è niente di male in questo ».

Archer inclinò un sopracciglio. « No? »

« Approfittare implica chiedere qualcosa in cambio. Voi non lo avete mai fatto. Per dirla tutta, mi ignorate. Vi dà fastidio persino che vi rammendi una camicia. » Il modo con cui lei lo disse gli strappò un piccolo sorriso, ma tornò serio in un battibaleno, quando lei aggiunse: « Questa felicità di cui parlate non me l'avete mai mostrata. Anzi non avete fatto che negarla. E negarmela. Quindi perdonatemi se dubito della sua stessa esistenza ».

Beatrice abbandonò il baule che giaceva sul letto, ormai quasi pieno di tutti gli abiti che aveva sognato di indossare e che tornavano invece a Londra tali e quali a come erano partiti. Gli si parò davanti e disse: « Desiderate l'annullamento più di quanto non lo faccia io stessa. È una menzogna, questa? »

Archer si protese su di lei e le rivolse uno sguardo indecifrabile. « Dipende. Quanto lo desiderate voi, Beatrice? »

Lei sussultò. La distanza fisica tra loro non era mai stata così breve se non quando si erano baciati al loro matrimonio. Per finta. O no. O sì. « Rigirate sempre le domande. Sempre. »

Archer alzò il mento. Non sembrava minimamente intenzionato a cedere, anzi si avvicinò e le sfiorò la nuca. Lei era completamente disorientata. « Un consiglio: non scoprite mai il fianco, se non siete pronta a schivare un colpo. »

Beatrice sgranò gli occhi.

« Sono questo, per voi? Un colpo da schivare? » mormorò, mordicchiandosi le labbra.

Lui non riusciva proprio a smettere di guardargliele. « Oh, Beatrice. Non ne avete idea. » La lasciò lì e si avvicinò alla porta. Stavolta, quando il pomello scattò, lui l'aprì. « Ma se davvero volete prendere il treno per Londra, dovete andare, adesso. »

Quel discorso rimasto incompiuto le aveva quasi fatto cambiare idea, ma come spiegarglielo? Se almeno lui glielo avesse anche solo suggerito.

Restate.

Parliamo ancora.

Ma non accadde niente di tutto questo e non molto tempo dopo, giusto quello necessario ad accomiatarsi graziosamente da tutti i presenti in casa, la Daimler rossa e nera dei Cartwright attraversò il parco di Wroxham Hall per accompagnare Beatrice alla stazione di Norwich Thorpe. L'autista era un signorotto loquace, con eleganti baffetti a punta, berretto coordinato alla divisa color kaki, guanti bianchi di capretto.

Mentre lui parlava, Beatrice non capiva una parola perché non faceva che rivivere la sensazione delle dita di Archer che le sfioravano la nuca. Era anche quasi sicura di aver provato, ancorché confusamente, il desiderio di baciarlo. O meglio ancora, di essere baciata. E ci pensava e ripensava.

La cosa più interessante l'autista la disse però alla fine, prima di scendere per aprirle lo sportello. E quella la distinse piuttosto bene. A Mrs. Blackburn non sarebbe dispiaciuto, vero, se lui non aspettava la partenza del treno per Londra e rientrava immediatamente a Wroxham Hall? Doveva accompagnare Mr. Blackburn e Mrs. Maddock a Clifton House con una certa urgenza.

Beatrice disse: « No, certo », ma restò spiacevolmente sorpresa.

Il malumore la scortò come un'ombra fino a quando non arrivò in Queen's Gate.

La casa di Kit rientrava nella sua visuale, e pensare a lui fu inevitabile. Sentiva in bocca un pessimo sapore.

Appena mise piede in casa per prima cosa strinse a sé Lucilla, respirò il suo profumo e le accarezzò i capelli biondi. Si fece nutrire dalle sue smorfie buffe e dai suoi occhi pieni di candore. Solo allora le fu restituito quello spirito ineffabile che si poteva definire *pace.*

20 La polvere

Quando Leonida Bernabò vide apparire nuovamente la secondogenita senza lo sposo si sentì frustrato: la ramanzina non era servita a niente.

A nulla valse la più che legittima spiegazione che la morte di Kit Ashbury aveva scombinato i piani del loro « viaggio di nozze ». Tutto quello che Leonida poté dire era che quel disgraziato di Ashbury aveva sempre avuto effetti deleteri sulla figlia, anche da morto.

Durante quella breve assenza, tuttavia, una lettera destinata a lei era giunta all'ambasciata d'Italia. Leonida l'aveva già ritirata e ora era lieto di porgerla a Beatrice.

« Tu l'hai già letta? » domandò lei, esitante.

« Non mi sono permesso. Ti aspettavo. Certo, non così presto e soprattutto non di nuovo da sola. Ma il punto ora è leggerla. Coraggio. »

Beatrice aprì la busta e lesse a voce alta.

Regno d'Italia
Ministero dell'Interno
Direzione Generale di Pubblica Sicurezza
Divisione Affari Riservati

Alla Signora
Beatrice Blackburn
Presso Ambasciata d'Italia nel Regno Unito

Si dà seguito al procedimento informativo nel quale in via puramente precauzionale il Vostro nome venne accostato a fatti di natura riservata suscettibili d'esser ricondotti a sospetto spionaggio.

Compiute le indagini con la cura e la discrezione che il caso richiedeva, l'Ufficio scrivente ha potuto accertare la totale infondatezza di tali insinuazioni.

Alla luce di quanto sopra si è proceduto all'archiviazione definitiva del fascicolo a Voi riferito, riconoscendoVi del tutto estranea ai fatti contestati.

Si coglie l'occasione per rinnovarVi i sensi della più distinta considerazione.

Le mani di Beatrice tremavano mentre stringevano il foglio.

Quelle parole la definivano libera.

Libera di tornare in Italia senza disonore e senza pericoli, qualora lo desiderasse.

Libera di procedere con l'annullamento del matrimonio. Libera di essere, e di chiamarsi di nuovo, Miss Bernabò. Come se quella parentesi del matrimonio non fosse nemmeno mai esistita, tanto stramba e breve era stata.

Leonida intanto esplose nel giubilo più sincero. «Giustizia è fatta!»

Beatrice, tuttavia, sembrava confusa. E anziché commentare quella novità, riponendo il foglio ripiegato nella sua borsetta, con tono piatto chiese: «Dov'è Clara?»

«Amor mio, tu sei più lugubre ora di quando ricevemmo la lettera che ti ordinava il rimpatrio.»

«Tranquillo, papà. Va tutto bene. Certo che sono felice. Clara?» ripeté.

«È uscita per una passeggiata a Hyde Park con un'amica, una collega insegnante.»

«Hugh si è più visto?»

«Per grazia ricevuta, non qui. Ma non posso escludere che tua sorella lo incontri al di fuori, di nascosto.»

Beatrice non poté reprimere un moto d'ilarità. «Siamo al paradosso.»

Leonida tamburellò le dita sul bracciolo della sua poltrona. « Suppongo che ti fermerai a dormire anche questa notte. »

« Se non ti è di peso un'altra bocca da sfamare al tuo desco, papà. »

Leonida borbottò come un pentolone di ghisa sul fornello e intanto Beatrice guardò l'ora. Tutto sommato faceva in tempo a consegnare i rivestimenti di Mr. Williams. Naturalmente, lei voleva essere presente per riporli con le proprie mani sui vari paralumi e verificare la bontà del lavoro eseguito. Ma non soltanto. C'era una domanda che voleva rivolgere al vecchio farmacista.

« Io esco » disse quindi, ravvivando i capelli.

« Ma sei appena arrivata! »

« È urgente. Porto Lucilla con me, ho sofferto troppo la sua mancanza. Lucy! » la chiamò.

La bambina era sgattaiolata nelle cucine per farsi dare da Mrs. Pratt uno *scone* con il burro, ma si presentò al richiamo come un bersagliere udita la trombetta.

« Vuoi venire con me a fare una passeggiata? »

« Solo se prendiamo l'omnibus. » Era uno dei giochi preferiti di Lucilla, fingere di condurlo lei stessa nei panni di un autista spericolato e scorbutico.

« Ma certo » replicò Beatrice. Era una buona camminatrice, ma arrivare a piedi fino a Charing Cross Road – ad agosto – era fuori questione.

Leonida studiò la secondogenita con attenzione fino a quando non uscì dal suo studio. Non gliela raccontava giusta, nossignore. Chissà quali malefatte stava escogitando.

I cani *pho* turchesi di Mr. Williams attirarono subito Lucilla.

« Non li toccare » le raccomandò Beatrice, con gentilezza, ma il vecchio farmacista disse: « Non vi preoccupate. Lasciatela libera di esplorare. I cani non si lasceranno rompere tanto facilmente ».

Beatrice non ci avrebbe giurato, ma non aggiunse altro. Tirò fuori, invece, i rivestimenti e li mostrò al suo committente.

« Ragazza, fatemeli vedere direttamente sui paralumi » le disse l'uomo, spiccio.

Beatrice annuì e prese il primo per disporlo su una delle lampade. Mentre lo sistemava, con aria disinvolta si rivolse a Mr. Williams: « Posso farvi una domanda che non c'entra con il pizzo e la luce? »

« Dopo. Prima vediamo se ve la siete cavata bene con il pizzo e la luce. »

Beatrice tirò le tende per impedire ai raggi del sole di entrare, poi accese la lampada. Con il rivestimento emetteva un fioco, malinconico bagliore.

« Perfetto » disse Mr. Williams.

Poi andò a controllare la manifattura dei rivestimenti e constatò: « Siete stata molto abile ».

« Vi ringrazio. »

Poi si recarono nelle altre stanze per collocare ogni rivestimento su ciascun paralume. Mr. Williams continuava a essere molto soddisfatto.

Alla fine, quando l'ultima lampada fu oscurata, lui tirò fuori le banconote di due sterline e gliele porse. « Ve le siete guadagnate. » Era una mancia molto generosa, dal momento che erano intesi che Mr. Williams avrebbe pagato Mr. Fingham e poi Mr. Fingham avrebbe pagato lei. Mentre le accettava, Beatrice pensava già a come spenderle. « Allora. Cosa volevate domandarmi? »

Beatrice scoprì che non era facile addentrarsi in una domanda completamente inadatta a una signora di buon rango. « Sapete come si può venire a contatto con sostanze che si chiamano alcaloidi? »

Mr. Williams corrugò la fronte, poi disse: « Molto facile, in teoria. Anche con il caffè. O il cioccolato, o il tabacco. Sono stimolanti ».

Beatrice, sempre più imbarazzata, mormorò: « Entrare in contatto e... morirne ».

« Cosa fate, Mrs. Blackburn, coadiuvate vostro marito in qualche indagine o intendete sbarazzarvi di qualcuno? »

Beatrice nicchiò. « Mio marito non ha bisogno del mio aiuto. La mia è semplice curiosità. »

Dal momento che si trovavano davanti agli scaffali con i vasi di ceramica Mr. Williams andò a prenderne uno in particolare, lo aprì e lo fece annusare a Beatrice. L'odore la nauseò e tossì.

« Su, prendetene un'ultima boccata. »

« È disgustoso. »

« Provate, vi dico. »

Incuriosita, Beatrice obbedì e nel frattempo Mr. Williams proseguì.

« L'effetto tossico di una sostanza dipende in genere dalla quantità in cui viene assunta. È quello il discrimine tra farmaco e veleno. Ciò detto, gli alcaloidi più pericolosi si trovano nei fiori o nelle piante. O nei funghi. »

« Fiori? »

« Sì. Nell'aconito, per esempio. »

« Nei *Delphinium*? »

« Meno. Ma anche. In tal caso, si ottengono sostanze usate comunemente come insetticidi; sono tossiche per l'uomo. »

« E come si estrae il veleno dai *Delphinium*? »

« Dalle radici, che vengono essiccate e polverizzate e poi fatte macerare nell'alcol. Oppure si fa un decotto. Ma badate bene, ragazza mia, è molto amaro. È difficile, benché non impossibile, avvelenare una persona di nascosto con una sostanza di quel tipo. Non vi sentite già pervasa da un misterioso benessere, Mrs. Blackburn? »

« Invero non ancora. »

« Non disperate. »

Il sospetto l'aveva sfiorata, e si era detta che derivasse dai sentimenti che nutriva verso Elizabeth, ma a quel punto era un'idea piuttosto intrigante che il veleno assunto da Kit fosse stato preparato dalle abili mani di Mrs. Maddock. Ovviamente restava da capire come fosse arrivato nella stanza di Kit e soprattutto perché. Chissà se Archer ci aveva già pensato. E chissà se, in caso contrario, le avrebbe dato retta.

Intanto, l'effetto annunciato da Mr. Williams le stava avanzando dentro con lenta inesorabilità. Dapprima impercettibile, infine danzante come una languida frenesia. Iniziò a sentirsi piena di idee, desideri e felicità.

«Accidenti, Mr. Williams, datemi l'intero barattolo» disse quella versione trasognata di sé.

Il farmacista rise. Le versò dell'acqua e le rispose: «Vi passerà molto velocemente, purtroppo».

«Spero proprio di no» mormorò Beatrice.

«Avete altre domande?»

«No... Allora grazie di tutto, Mr. Williams.»

«È stato un piacere. Resto a disposizione vostra e... di Scotland Yard, se dovesse servire.»

«Riferirò.»

Beatrice si avviò verso l'uscita. Aveva già aperto la porta quando si rese conto che stava lasciando lì Lucilla con i cani *pho*. La recuperò e si congedò.

Addebitò quindi a quello stato d'animo vagheggiante la decisione che prese poco dopo, sull'omnibus.

Sarebbe andata in Yeoman's Row: del resto aveva le chiavi.

Lucilla non stava più guidando l'enorme bestione rosso; adesso si stava occupando di una pecora di nome Tigress e si lasciò condurre nella casa della sorella senza opporsi.

Quando entrò, la sostanza magica di Mr. Williams non bastò a farle percepire i sensi di colpa ad agire come una ladra in maniera più attutita. Eppure, non si fermò.

Andò in camera da letto: la lettera di Elizabeth non era più sul comodino. Che delusione.

Si sedette sul letto, che sbuffò, e a sua volta sbuffò anche lei.

Forse era meglio così. Non aveva il diritto di intrufolarsi nei fatti suoi. Lui non mostrava nemmeno un briciolo di gelosia verso Julian; perché lei non faceva che avvelenarsi il fegato per Elizabeth Maddock?

«Andiamo, Lucy.»

«Ma siamo appena arrivate!»

«Ho già finito» replicò Beatrice. «Torniamo a casa nostra, su. Ci sarà anche Clara, a quest'ora.»

«Ma è questa, casa tua» obiettò la bambina, leggermente confusa.

«Già, è questa» si affrettò a correggersi Beatrice, guardandosi attorno.

La lettera arrivata all'ambasciata le pulsava nella borsetta.

Milou si era alzata da letto e non vomitava più. Ne aveva approfittato per spedire la zia Charpentier nella sua stanza; la sfiniva con la sua ansia.

Il poliziotto ci ha scoperte.

Il poliziotto capirà cosa c'è dietro.

Non riusciva più a sopportarla. Era debilitata e angustiata e, dopo tutto quello che era successo, avrebbe preferito di gran lunga essere morta. Tutto era stato *troppo.*

Si sentiva con le spalle al muro.

Il fatto che Blackburn sapesse che la sua identità era falsa, di per sé, non le faceva tremare il terreno sotto i piedi. Anzi, forse giungeva come una liberazione che era tale proprio in quanto non aveva su di essa alcun controllo.

Ma il poliziotto aveva trovato anche quel dannato veleno. E se avesse scoperto tutto, davvero tutto, avrebbe potuto accusarla di omicidio.

E intanto, doveva tornare a Londra per i funerali di Kit. Non aveva più nemmeno la scusa di essere troppo debole dopo l'incidente del veleno.

Aveva pensato di scappare. Sarebbe rimasta senza identità e senza un soldo, ma non era la prima volta e per di più aveva il vantaggio di sapere già di potercela fare.

Ma tutto quello che aveva fatto fino a quel momento sarebbe stato vano, completamente inutile.

I sogni, i progetti che avevano *insieme.*

No, non se ne sarebbe andata senza di *lui.*

21 Nella Reading Room del British Museum

Archer raggiunse l'hangar dove Felix custodiva il suo gioiello, un monovolo militare convertito che aveva ribattezzato *Fuwalda*, come la nave su cui viaggiavano i genitori di Tarzan nel romanzo di Burroughs.

La strada da percorrere a piedi era lunga e a lui piaceva il suono dei suoi stivali che calpestavano l'erba alta di agosto. Le giornate iniziavano ad accorciarsi e la luce rosea del tramonto investiva la lamiera del *Fuwalda*, che Felix stava lucidando personalmente con olio di gomito.

« Blackie » lo accolse, senza interrompersi.

« Fluke » rispose Archer.

« Qual buon vento? »

« Avevo voglia di sgranchirmi le gambe. »

Felix a quel punto lo guardò serio. « Come stai, Blackie? »

« Bene » rispose lui, asciutto.

« Intendo dire... la tua gamba. »

Felix alludeva a quando era stato ferito in guerra e Archer ribadì, secco: « Bene ».

Quell'incidente era l'incubo che infestava le sue notti e il fantasma che lo tormentava da sveglio.

Un rumore sordo e improvviso, come se la terra si fosse squarciata sotto di lui. Una spinta dalla provenienza oscura che lo scaraventava a proprio piacimento. La vista che diventava buia. Ogni piccolo movimento che si faceva infinito dolore. Quando poi aveva guardato in basso, aveva visto la carne della coscia aperta in un rosso violento. Il soldato che era accanto a lui, Elliot, non era più nemmeno Elliot. Era smembrato in pezzi sparsi.

La ferita l'avevano ricucita, certo. Sulla coscia interna fino all'inguine era rimasta una cicatrice. Era lunga, frastagliata e tortuosa come un cunicolo dell'inferno. Tutti gli dicevano che era un miracolo: non solo era sopravvissuto, ma non zoppicava nemmeno. Era forte e Dio evidentemente lo amava. Lui non rispondeva mai che evidentemente non esisteva nessun Dio e che non era sopravvissuto affatto. Ma esercitando il pensiero logico e limitatamente alla coscia si poteva asserire che sì, il suo arto stava bene, almeno all'apparenza. Non faceva neanche più male come i primi anni, quando il dolore più insopportabile lo aveva proprio quando ciò che si doveva provare era solo piacere. E alla fine si era convinto di non poterlo più provare, il piacere. Con Elizabeth, tornato dalla guerra, era stato un disastro assoluto. Ma meglio non era andata in seguito con chi era arrivata dopo di lei, anche se all'inizio aveva creduto di sì. Perché, quanto meno all'inizio, rispondeva. Ma poi gli tornava in mente com'erano le cose con Elizabeth, si disperdeva nella sua stessa cupezza e, semplicemente, non riusciva ad arrivare fino in fondo.

« E va tutto bene, con tua moglie? »

Archer non si aspettava quella domanda. « Perché non dovrebbe. »

« Perché mi è giunta voce dalla servitù che te ne vai a dormire nella torre colombaia. »

« Anche tu ci vai » replicò, strofinando uno stivale sull'altro per pulirlo dalla terra. Felix gli rivolse un'occhiata sorpresa, ma non diede seguito all'allusione, tanto più che Archer cambiò discorso chiedendogli: « Quale sarà la prossima impresa? »

« Finché non avrò concluso la vendita di Wroxham non ho intenzione di muovermi. »

« Che ne sarà di *Fuwalda*? » si informò dunque Archer, accarezzando l'acciaio che sembrava il dorso lucido di un possente cetaceo.

« Con il ricavato della vendita di Wroxham prenderò una proprietà ridotta ma non mi farò mancare un hangar. Oppure, farò costruire solo un grande hangar e annetterò una stanza da letto, non è che poi mi serva altro » replicò dunque Felix strizzando un occhio.

Archer assentì. Non era diventato improvvisamente curioso dei fatti privati del suo amico. « Felix. Te lo chiederò una volta sola. C'è qualcosa che devi dirmi su Milou? »

Felix fece un sorrisetto. « Sì, Blackie, avrei da dire. Ma non voglio essere triviale, tanto più che è appena rimasta vedova. »

« La conoscevi prima che sposasse Ashbury? »

L'altro lo guardò di traverso: « Cosa te lo fa pensare? »

Archer non glielo avrebbe mai spiegato. « La risposta, Felix. O è sì, o è no. »

« Sì. »

« Perché nasconderlo, allora? »

« Ashbury era paranoico. »

« Un giudizio un po' forte, considerato che lo conoscevi appena. » Felix inarcò un sopracciglio e Archer proseguì: « Quel pomeriggio, quando avete fatto il giro in volo ed eravate da soli, Ashbury è stato paranoico? »

« Pungente, direi. »

« Geloso? »

« Sì. »

« Ne aveva motivo?» Felix nicchiò con un'espressione da seduttore incallito. Archer roteò gli occhi. «Seriamente. »

« Me lo chiede l'amico o l'ispettore capo? »

« La risposta cambierebbe? »

« Cambierebbe. »

« Allora rispondi all'ispettore capo. »

Felix fece la sua espressione più briccona. « Non vedevi l'ora di giocare a guardie e ladri, confessa! »

Archer sospirò. « Sto ancora aspettando. »

Felix esitò un istante, per poi replicare: « All'ispettore capo dico no. All'amico non ho voglia di rispondere ».

Anche se lo aveva visto uscire dalla torre in compagnia di Josephine Miller, con aria molto beata e molto appagata, questo non significava nulla. Felix era ben capace di tenerne a bada due contemporaneamente. E Archer si era convinto che Milou avesse puntato Kit Ashbury imbeccata da qualcuno che aveva interessi su Wroxham Hall più di quanto la stessa Milou (o come diavolo si chiamava) ne avesse verso i soldi di Kit. Il senso dell'ovvio portava a ritenere che quella persona in prima battuta non potesse essere che Felix.

« Ricordami quando sei arrivato a Hyderabad. »

« A marzo. »

« Sicché è solo una casualità che tu abbia scelto proprio la città dove risiedeva Ashbury e che tu lo abbia spinto tra le braccia di Trewalney. »

Felix inclinò il capo. Il vento gli portò indietro i bei capelli scuri. « No, questa non è una casualità. Quello squalo di Trewalney era la persona giusta per Ashbury, cosa c'è di male in questo? Lo ha servito benissimo. »

« Facendo anche i tuoi interessi, e lo sappiamo bene, questo. »

« Blackie, se non ti conoscessi, mi sembreresti sospettoso. O forse mi sembri sospettoso proprio perché ti conosco. » Archer fece un sorriso e Felix disse: « Non li leggi i giornali? Il *Daily Mail* aveva messo in palio cinquemila sterline per chi fosse arrivato in volo da qui a Hyderabad. Ti garantisco che lo avrei fatto per meno ».

Per una questione di metodo, Archer sapeva che avrebbe dovuto verificare. E di nuovo gli prese quella mistura di senso di colpa e senso del dovere che rendeva le cose più difficili. Dubitare di Felix era un po' come dubitare anche di se stesso.

« Non leggo il *Daily Mail*. »

« Parola mia, quanto sei snob. Sei peggio di tutti noi messi insieme. »

« C'è un'altra cosa. Ho notizie da Seaman. »

Felix gettò per terra la pezza sporca. Qualcuno l'avrebbe raccolta. « E? »

« Ti lascia libero di vendere. Ma adesso occorrerebbe fargli sapere che l'acquirente è già morto. »

« Meglio evitare: questo è un tasto dolente. Seaman potrebbe obiettare che certamente la vedova si risposerà. Di chi diventerà Wroxham Hall, a quel punto? »

Quelle parole risuonarono in Archer, che si chinò per prendere la pezza sporca e poggiarla su un tavolino di legno. « E così è alla vedova che torniamo. Pensa che mossa se la sposassi tu, Felix. »

« A volte mi sembra » disse Felix, insolitamente freddo, « che il tuo sospetto non sia generico, ma sia rivolto a me in maniera specifica. Pensi che in qualche modo io c'entri qualcosa con la morte di Ashbury? »

Archer chinò un istante lo sguardo e questo bastò a Felix. « Santo Cielo, mi conosci da quando sono nato! »

« Appunto » disse Archer, con un sorriso che, nella sua rarità, sciolse in parte la tensione nell'aria.

Era possibile ma al contempo impossibile, pensò Archer, quando Felix gli andò incontro prendendogli la testa sotto il braccio e dicendogli: « Razza di zuccone. Ti pare che avrei invitato te, la punta di diamante di Scotland Yard, se mai avessi avuto un avvelenamento sul menu della serata? »

Questo Archer se l'era detto sin dal primo momento. Non aveva senso apparente. Ma poteva anche essere usato come alibi al contrario. Tuttavia, sospettare di Felix era in realtà del tutto avverso alla sua natura, e farlo suscitava in lui sentimenti contrastanti.

Archer si diceva che no, Fluke non era un assassino.

Aveva il timore che il suo giudizio fosse offuscato dalla tenerezza. Ma poi si rincuorò: quel che andava fatto, lui l'avrebbe sempre fatto. Anche non credergli.

Come Beatrice prevedeva, quando lei e Lucilla tornarono a casa vi trovarono Clara indaffarata a compilare la lista della spesa per Mrs. Pratt, che l'indomani doveva andare al mercato facendosi bastare dieci scellini. Lucilla salì subito di sopra per andare a giocare con Tigress, la sua pecora immaginaria, mentre Beatrice si accostò al tavolo della sala da pranzo, scrutando la sorella.

« Devo contarti, per cena? » le chiese Clara senza nemmeno sollevare lo sguardo dal foglio.

« Dimmi prima se devi contare te stessa » ribatté Beatrice. *Rigiro le domande come l'ispettore capo, adesso?*

Ma così si era guadagnata l'attenzione di Clara, che tenendo ancora in mano il pennino rispose: « Sì ».

« Per ora? Per sempre? »

Clara riabbassò lo sguardo. « Beatrice... se posso evitarlo io non voglio finire in un'aula di tribunale. La mia vita non sarà poi così infelice... ci ho pensato e ripensato. Vorrei adottare un bambino e posso farlo solo con Hugh. »

« È veramente così importante, per te? »

Clara posò definitivamente di lato la penna. « Io voglio una vita normale, fatta di... liste della spesa » disse sollevando il foglio come fosse il manifesto del suo pensiero. « Di bambini. Di borotalco. Di quiete domestica alla sera. Non voglio essere la parente reietta. Voglio tutto questo più di quanto non voglia Scandiani. Ho interrogato me stessa e questa è la risposta. Molto semplice. »

Beatrice si impose di non giudicare la sorella. L'avrebbe appoggiata anche in quella scelta, anche se non la approvava. Anche se aveva promesso a Federico che avrebbe provato a convincerla. Lo aveva fatto, ma non poteva manipolarla. « E allora cosa ci fai ancora qui? »

« Mi sto facendo desiderare da Hugh. Per vendetta, credo. O forse posticipo il ritorno a casa perché, almeno all'inizio, potrebbe essere difficile. Da ogni punto di vista. »

Il silenzio si allargò a macchia d'olio, mentre Clara si torceva le dita delle mani.

Beatrice mormorò: « Intendi... sul piano fisico? »

Clara annuì facendosi paonazza. « Presumo che Hugh... insomma, vorrà anche quello. »

« Credi di potercela fare? »

La sorella sogghignò in un lampo di amara malizia. « In quei momenti penserò a Scandiani. Sognerò che ci sia lui, al posto di Hugh. L'immaginazione può far miracoli. »

« Clara... Scandiani può esserci veramente. Farebbe qualunque cosa per te. »

« Scandiani è uno che nemmeno la concepisce, l'istituzione del matrimonio. Vive al di fuori delle regole. Non vi è niente di sacro, per lui. »

« Sì che c'è. Sei tu. »

« Ti prego. Non parliamone più. Dimmi invece se devo contarti per cena. »

Beatrice annuì rassegnata. « E tuo marito? » s'informò la sorella, sollevando un sopracciglio.

« Ancora a Wroxham Hall. » Le spiegò quindi tutte le novità sulla morte di Kit, che Clara ascoltò orripilata, non senza aggiungere che ciò cui la sorella assisteva da un po' di tempo a quella parte era totalmente inadatto a una signora perbene.

« Oh, be'. Ci sto facendo l'abitudine. »

« Non andarne fiera, Beatrice. »

« Non me le vado di certo a cercare! »

« Be', allora diciamo che queste situazioni immonde non ti troverebbero, se anche tu aspirassi alla quiete domestica. »

« Alla lista della spesa, al borotalco e ai bambini? Giammai! » Clara roteò gli occhi.

Il trillo del telefono, come sempre, le fece sussultare; ma Beatrice aveva una ragione in più, perché presentiva che fosse una chiamata dal Norfolk, la qual cosa venne confermata da Mrs. Pratt poco dopo.

« È vostro marito, Mrs. Blackburn » annunciò la governante, che non si premurava più di celare il proprio disappunto.

Beatrice si precipitò all'apparecchio telefonico, che gracchiava con infauste interferenze.

« Ispettore capo » disse a bassa voce per evitare di farsi udire, ma la voce di Archer era coperta dal fischio. Beatrice agitò il ricevitore con impazienza, come se potesse servire a scacciarlo via. Non vi riponeva grandi speranze, ma funzionò. Finalmente la linea risultò libera, ma proprio in quel momento suo padre entrò nella stanza.

« Beatrice » la chiamò intanto Archer.

« Sì? » incalzò lei, mentre faceva un sorriso a Leonida, che non le levava gli occhi di dosso.

« Mi sentite? »

« Meglio, adesso. »

« È venuto, Shelby? »

« Sì » replicò Beatrice. Per un magico incastro, si erano incontrati sui gradini di Queen's Gate quando lei era appena tornata da casa di Mr. Williams. Lo scambio era stato rapido: lei gli aveva consegnato il flacone e lui se n'era andato via subito.

« Adesso avrei bisogno che vi recaste alla Reading Room del British Museum, se potete farlo. »

« Certo che posso! »

« Ne siete sicura? »

Beatrice si schiarì la voce. « Tutto, per accontentarvi. » Leonida sollevò un sopracciglio e dall'altro capo del filo Archer le chiese: « State bene? »

« Spiegatemi cosa vi serve. »

« Dovrete accedere da Montague Street, non dall'atrio principale in Great Russell Street, d'accordo? Una volta entrata, cercherete Mr. Woodrow e gli direte che vi mando io e che avete bisogno di una registrazione urgente come lettrice. Non farà storie. Gli domanderete di consultare ogni numero del *Daily Mail* del mese di marzo di quest'anno. »

Nel frattempo Leonida uscì di nuovo e in un certo senso Beatrice rifiatò.

« Cosa devo cercare, esattamente? »

« Un articolo che menzioni l'impresa di Felix che ha volato dall'Inghilterra all'India. »

« Uh-uh. Cosa ci aspettiamo di trovare? »

« Conferme, è solo una formalità. »

« Devo farvi conoscere l'esito della mia ricerca? »

« Non c'è fretta. »

« Mi lusinga che preferiate affidare questo lavoro a me anziché all'agente Shelby. »

Dall'altra parte giunse una piccola esitazione. « Desideravate così ardentemente collaborare con Scotland Yard. »

« Invero c'è qualcos'altro che dovrei dirvi, sulle indagini. »

« Sentiamo. »

« Non appena ci rivedremo » rispose Beatrice, al cospetto del padre che nel frattempo era rientrato nella stanza. E in ogni caso, l'idea che il veleno lo avesse fornito Elizabeth non era cosa da potergli dire in breve al telefono. « Sarà presto, no? »

« Sarà presto, sì. »

Quella risposta le suonò dolce quasi come una promessa.

La notte fu turbolenta. Beatrice non ricordava più quando avesse dormito cullata dalla pace dei giusti e iniziava ad avere paura che non sarebbe mai più accaduto.

Fu così mattiniera, invasa com'era dallo spirito di Mata Hari, che quando arrivò davanti all'ingresso in Montague Street, lo trovò ancora chiuso.

Attese fuori, del resto le prime ore del giorno non erano troppo afose. Quando finalmente le pesanti porte furono aperte, Beatrice si presentò con il suo cappellino di paglia e la borsetta in cui aveva messo i fogli e la Parker Duofold di Leonida per poter prendere appunti nel caso fosse servito.

Al British Museum era stata solo un'altra volta, con lui e le sorelle, annoiandosi a morte. Chiese indicazioni e raggiunse quindi la Reading Room, che si aprì maestosamente davanti a lei con la sua ampia cupola rotonda dipinta d'azzurro e di giallo, le scaffalature di ferro e i tavoli disposti a raggera. Lì, domandò di Mr. Woodrow, come Archer le aveva detto di fare.

Costui era un tipetto sospettoso e poco loquace che tuttavia fu rapido come l'ispettore capo aveva previsto. Dopo una breve attesa le consegnò i primi numeri del mese di marzo e le disse che quando avesse finito con quelli, allora le avrebbe dato i successivi.

Beatrice annuì e andò a sedersi, preferendo uno dei lunghi banchi di legno cui, di lato, era già seduta un'altra donna. Costei aveva di certo passato i quaranta, aveva i capelli ancora scuri raccolti in una crocchia e una fisionomia singolare – occhi infossati, naso lungo, bocca come trattenuta in un pensiero costante. Quando Beatrice prese posto, salutando a bassa voce, l'altra era così assorbita dal proprio lavoro che non alzò neppure lo sguardo.

Beatrice iniziò quindi a sfogliare i quotidiani e in breve le dita le si annerirono d'inchiostro. Giunta al 17 di marzo sembravano quelle di uno spazzacamino, ma forse aveva trovato qualcosa che poteva interessare ad Archer.

L'articolo si riferiva alla traversata compiuta da Lord Costessey a bordo del proprio velivolo, grazie alla quale si era aggiudicato cinquemila sterline – ah però!

A documentare l'impresa, una foto di Felix con tenuta da aviatore e assegno in mano.

Ma il cronista era stato tutt'altro che breve e aveva riportato che a celebrare l'atterraggio trionfale erano presenti vari membri dell'élite inglese a Hyderabad elencati dettagliatamente. Tra di loro non era menzionato Kit, mentre, stando a quanto riportato, Mademoiselle de Seguin si era unita ai festeggiamenti.

Con la sua bella grafia, Beatrice ricopiò zelante tutto l'articolo. Una volta che ebbe finito, decise di visionare anche febbraio e, perché no, aprile. Inutile mentire a se stessa, voleva far bella figura. L'unico articolo moderatamente interessante in cui incappò era satirico.

Gli dei della pastorizia hanno voltato le spalle a Mr. Tristam Lyndon-West.

Dopo soli ventidue mesi di attività, l'allevamento di ovini Southdown è stato funestato da un'epidemia. Mentre l'opinione pubblica rurale segue il caso con interesse, ci si domanda quale sarà la prossima mossa del coraggioso gentiluomo. Le voci su una nuova impresa di allevamento di ricci africani pigmei da compagnia non sono ancora confermate, ma nemmeno smentite.

Dietro la satira, si nascondeva qualcosa che Beatrice aveva sospettato in quei giorni, e cioè che i Lyndon-West non se la passassero granché bene. La loro casa era Wroxham Hall e presto avrebbero dovuto lasciarla. Tristam sbagliava investimenti, non aveva un'attività che rendesse con costanza e si attaccava alla bottiglia con eccessiva disinvoltura. Sybil non sembrava una moglie felice.

Di certo, niente che Archer non sapesse. Si mise a copiare il trafiletto ma, arrivata a «ricci africani pigmei da compagnia» si diede della stupida, appallottolò il foglio e lo gettò in un cestino. Disse un timido arrivederci alla signora seduta di fianco, che sembrava ancora smarrita tra i propri pensieri, e andò via.

22 Il funerale

Beatrice era già rientrata in Queen's Gate da un pezzo quando Mrs. Pratt le annunciò la visita di Madame de Vanancour.

Questa poi, pensò Beatrice, accingendosi a riceverla. Si fece trovare già in piedi nel suo abitino a fiori, accogliendo Madame che invece era in gramaglie, come del resto ci si poteva aspettare.

« Eccovi qui, cara ragazza. Non speravo di trovarvi, credevo che avrei dovuto chiedere a vostro padre il vostro nuovo indirizzo... »

« E invece sono qui » replicò Beatrice con un sorriso un po' impaziente. « Prego, accomodatevi. »

Mrs. Pratt portò subito dei biscottini e del tè. Madame abbondò con lo zucchero – Beatrice, invece, era stata contagiata dall'abitudine di Archer di non usarne mai.

« Sono venuta per comunicarvi da parte di Minerva che domani si terranno i funerali del nostro povero Kit. »

« Molto gentile da parte di Mrs. Ashbury. Purtroppo io... non potrò venire » replicò Beatrice d'impulso.

Dopo quanto aveva saputo, non avrebbe potuto fingere. Semplicemente, desiderava smettere di pensarci e dimenticare tutto. Aveva anche smesso di utilizzare la spilla di Kit e non sapeva che farsene. Più probabilmente l'avrebbe rivenduta e avrebbe consegnato il ricavato al padre per togliersi qualche debito.

« Ma come, no? »

« Mi dispiace. »

« Non vi ho nemmeno detto a che ora » osservò Madame, inclinando il capo pensosa.

« Lo so, ma domani sarò via per tutto il giorno, sicché non cambia. »

« Oh. Minerva ne sarà affranta. Contava molto su di voi. »

Ma davvero? si disse Beatrice con sarcasmo. A Wroxham Hall aveva sostanzialmente finto di non conoscerla.

« Sarà mia cura offrirle sostegno in altro modo » replicò sentendosi ipocrita, perché sapeva che non l'avrebbe mai fatto. Madame, infatti, le rivolse un'occhiata scettica. « E poi sono sicura che Milou le sarà di enorme conforto. »

Geneviève roteò gli occhi. « Quella donna non ci sarà, domani. Da non credere. Si è mai sentito? »

Era, in effetti, un fatto inammissibile. « Come, non ci sarà? »

« Sta ancora male e non può muoversi da Wroxham Hall » replicò Madame, con tono di evidente scherno. « E Minerva, giustamente, non vuole attendere oltre. L'idea di suo figlio in una cella frigorifera la distrugge. Semplicemente, la distrugge. »

Al sentirla evocare, quell'immagine raggelò anche Beatrice, che rispose: « Come non comprenderla ». Subito dopo pensò che comunque era strano che Milou stesse ancora tanto male da non potersi muovere nemmeno per i funerali del marito. Sembrava essersi ripresa, quando l'aveva salutata prima di lasciare Wroxham Hall.

Non appena Madame de Vanancour se ne fu andata, Beatrice prese il telefono per chiamare il Norfolk. Sarebbe costato come minimo dieci pence e pensava già al momento terrificante in cui Leonida avrebbe aperto con mani tremanti la bolletta della linea telefonica. Chiese quindi di Archer, ma le fu detto che non era in casa. Ripiegò quindi su Octavia, che arrivò trafelata dopo un'eternità che fece fremere Beatrice all'idea dei pence che si accumulavano.

« Com'è che domani si terranno i funerali di Kit e Milou resterà lì a Wroxham Hall? » domandò quindi, evitando i convenevoli che comunque Octavia non avrebbe ritenuto necessari.

« Oh, Bee. Milou ha avuto un crollo nervoso così grave che hanno dovuto portarla in ospedale. »

Beatrice si poggiò alla parete e si chiese come fosse possibile che Minerva e Madame non ne sapessero nulla. Non poteva che essere stato un preciso desiderio di Milou.

Era ancora mezzogiorno, pensò Beatrice. Faceva in tempo a

prendere il treno del pomeriggio per Norwich. La decisione fu presto presa. C'era da fare, a Wroxham Hall.

Comunicò a Octavia che sarebbe arrivata in serata, chiedendole di avvisare i Cartwright affinché avessero la gentilezza di inviare l'autista a prenderla. Subito dopo si recò dal padre, che non poté che approvare il ricongiungimento con Archer. Lucilla, invece, fece talmente tante storie che alla fine, sorprendendo un po' tutti e se stessa per prima, Beatrice risolse di portarla con sé.

E fu così che se ne andò la prima delle sterline che le aveva dato Mr. Williams.

Giunsero a Norwich in serata, con Lucilla che reclamava una vera cena perché Brontolomew (altrimenti noto come la sua pancia) era fortemente contrariato dalla fame che lo affliggeva.

Beatrice la stava rassicurando che per prima cosa sarebbero passate dalle cucine quando, uscita dalla stazione, vide Archer poggiato all'auto dei Cartwright. Portava la camicia sbottonata sul collo e i pantaloni chiari dentro gli stivali. Fumava una sigaretta che era già alla fine e che gettò via quando la vide arrivare. La serata era fresca e l'aria profumava di fieno.

« Non mi aspettavo... » balbettò Beatrice, quando gli fu sufficientemente vicina.

Lui la scrutò sotto le sopracciglia dritte, senza risponderle. Indugiò in un sorriso così schivo che le sue fossette non si azzardarono ad apparire.

« Buonasera, Miss Lucy » disse poi, rivolgendosi alla piccola cognata con un inchino. La bambina era un po' intimidita dal marito della sorella, ma gli porse la manina.

Salirono quindi in auto nel buio del Norfolk. Il cielo inscenava un magnifico manto stellato che a Londra ormai non si vedeva più.

Durante il tragitto, non parlarono di Milou; Beatrice tirò fuori dalla borsa l'articolo che aveva ricopiato nella Reading Room per porgerlo ad Archer ma, nel farlo, la lettera ricevuta dall'ambasciata scivolò fuori, cadendo sul sedile. Lei la recuperò con furia, come se la terrorizzasse che Archer potesse prenderla e leggerla – anche se ovviamente questo era impossibile, lui non lo avrebbe mai fatto. Però la osservò, mentre una piega di perplessità gli si disegnava tra le sopracciglia. Aprì quindi il foglio che lei gli aveva dato e lesse avidamente il testo.

Sicché la versione di Felix era veritiera. Meglio così. Accusarlo di avergli mentito sarebbe stato insopportabilmente seccante. Attirò tuttavia la sua attenzione il fatto che venisse riportata la presenza di Mademoiselle de Seguin – e non quella di Kit. Era possibile, ovviamente, che lei e Felix fossero stati introdotti reciprocamente e che nella confusione generale lui non se ne ricordasse. Oppure che non fossero stati presentati affatto. Oppure che si conoscessero da prima. Chi poteva dirlo.

Quando furono a Wroxham Hall, Archer le scortò nelle cucine e, mentre la bambina mangiava come se fosse reduce da una carestia, Beatrice gli chiese notizie di Milou. C'era ancora odore di braci spente.

« È cosciente? »

« Più o meno. La tengono sedata e sotto osservazione. »

« Domani andrò a trovarla. »

« Non avete fame, voi? » disse poi Archer, con un'occhiata a Lucilla. La luce calda della lampadina al tungsteno gli accendeva le guance scavate. Le labbra piene senza essere eccessive erano rosee e levigate. Le sembrava di non vederlo da un'eternità.

« Desidero solo un po' di latte e biscotti » replicò Beatrice, dopo essersi schiarita la voce. Aveva bisogno di rifugiarsi nel suo cibo di conforto. « Dobbiamo capire come gestire l'accomodamento di Lucilla senza dare nell'occhio » disse infine.

« Dormirete con vostra sorella e io andrò nella torre come ho fatto all'inizio. »

« È... comodo? »

« Sì. E anche molto fresco. »

« Oh, d'accordo. »

« Al telefono avevate accennato a qualcosa che volevate dirmi... »

« Non è urgente. Possiamo farlo domani. Sapete... la madre di

Kit non è al corrente della crisi di Milou. Pensa solo che sia troppo pigra e debole, diciamo così, per presentarsi ai funerali, e questo non è giusto.»

«Credo che in un momento di lucidità la stessa Milou abbia chiesto di non dirlo ad anima viva.»

«Eppure qui lo sanno già tutti.»

«Difficile tenere nascosta una cosa simile.»

«Ho finito» disse intanto Lucilla, bella placida sulla sedia, le mani conserte sul pancino lievemente gonfio sotto l'abitino bianco. È la bambina più bella del mondo, pensò Beatrice, andando a darle un bacio sulla testolina bionda. Ancora per poco, pensò poi, presto sarebbe diventata una ragazzina.

«Andiamo a letto, su. Sarai stanca.»

Alla fine, Beatrice non aveva più neanche voglia del latte con i biscotti. Lucilla salutò quindi compitamente Archer e si avviò verso le scale.

Beatrice gli rivolse un ultimo sguardo stanco. «Buonanotte, ispettore capo.»

«Buonanotte, Beatrice.»

L'indomani era sorta su Wroxham Hall una mattina soleggiata.

Le cose da fare, si disse Beatrice, non le mancavano.

In primo luogo voleva mangiare, perché era affamata.

Poi avrebbe fatto visita a Milou, che di fatto era la ragione per cui era tornata.

Ma dal momento che aveva ceduto alle istanze di Lucilla (nonché a quelle del proprio cuore affamato d'affetto), nonostante l'aria di tragedia generale, voleva cogliere per lei tutta la bellezza possibile. Quindi innanzitutto farle visitare il giardino affinché inventasse uno dei suoi giochi. Se poi Archer glielo avesse mostrato, sarebbe anche stato bello farle fare un timido bagno nel laghetto, aveva portato il costume della bambina di proposito. Ovviamente desiderava anche realizzare il sogno più sogno di tutti: farle incontrare Josephine Miller.

In calendario v'era anche vedere Octavia, ma occorreva che

prima di tutto costei si svegliasse – evento che dipendeva da quanto tardi avesse tirato la sera prima e che poteva realizzarsi in maniera imprevedibile nonostante la presenza della più savia e morigerata Catherine. Tale attività fu dunque rinviata al pomeriggio.

Consumò insieme alla sorellina una prima colazione che la soddisfò molto: il pane era morbido, il miele profumato, la marmellata appena cotta. Con loro v'erano anche Sybil, Tristam, i loro figli e una parvenza di normalità apportata dalla presenza dei bambini.

Tristam le chiese di Blackie e Beatrice attraversò un momento di disagio dovendo inventare così su due piedi qualcosa di credibile. Quando tutti ebbero finito, Sybil si disse contenta di unirsi a Beatrice e Lucilla per un giro in giardino. Uno degli ultimi, dato che entro poco si sarebbero trasferiti a Baconsthorpe, in una piccola paradisiaca casa indipendente costruita in pietra di Bath con un bellissimo giardino. Certo, non grande come quello di Wroxham Hall. Volevano, lei e Archer, far loro visita al più presto?

Beatrice incamerò l'informazione e annuì, anche quando Sybil aggiunse: « Ovviamente con la vostra adorabile sorellina ».

Si misero tutti in piedi, dunque. Tristam e i figli restarono ancora nella sala della colazione a saccheggiare il porridge con l'uvetta mentre Sybil, Beatrice e Lucilla si diressero verso il giardino.

Pur sapendo di compiere un azzardo Beatrice chiese, con aria vaga: « La vostra amica Elizabeth è tornata a Clifton House? »

« Be', sapete. Non esistono veri confini tra le nostre proprietà. Lei dorme a casa propria, ma un giorno sì e uno no è qui a Wroxham. Sentirò molto la sua mancanza, invero. »

Per un istante tra i pensieri di Beatrice si fece largo l'orribile e di sicuro infondato sospetto che fosse lì che Archer trascorreva la notte lontano dalla loro stanza, e non nella torre come le aveva detto.

« Oh, capisco » rispose, distratta.

Lucilla intanto si era messa a raccogliere rametti, foglie e fiori per farsi una coroncina.

« Vi siete tranquillizzata circa la gelosia nei suoi riguardi? » domandò dunque Sybil, con un po' di apprensione.

Non direi proprio. Ma non poteva ammetterlo, quindi rispose: « Sì, certo ».

« Bene. Me ne rallegro. Se avete voglia, so che oggi Lady Charteris le farà visita. Possiamo unirci, se lo gradite. »

« Lady Charteris... conosce Mrs. Maddock? »

Le tornarono in mente le parole di Julian. *Octavia ha delle vecchie conoscenze qui.* Si trattava di Elizabeth?

« Oh, sì. È una storia lunga. Elizabeth viveva non lontano da qui e sua madre, Mrs. Elspeth Baird, era imparentata con la zia di Lady Charteris. L'ultima estate della guerra Elizabeth venne invitata a Blyfort Manor e per quel che ne so io trascorsero insieme mesi lietissimi. »

Beatrice sbiancò. L'ultima estate della guerra. Mesi lietissimi.

Poteva essere mai...

Pensò ai fiori di Elizabeth. Al fidanzato creduto morto.

« Che voi sappiate, Elizabeth conosceva Kit Ashbury? Non mi è sembrato, tuttavia... »

« No, difatti. Non che io sappia » rispose Sybil, osservando maternamente Lucilla. « E certamente l'avrei saputo, date le circostanze. »

In un certo senso quella negazione era in parte anche una conferma. Ricordava il racconto di Octavia: l'ultima estate della guerra, nel 1918. Elizabeth doveva far parte del gruppo, per forza. Era impossibile che non avesse conosciuto Kit. E poteva essere lei la ragazza che lui aveva forzato.

Elizabeth, in effetti, si era tirata indietro a cena per un malore proprio la sera in cui ci sarebbe stato lui. E quella dopo, era in uno stato d'animo oscuro che lei aveva attribuito alla vicinanza di Archer...

E poi, Elizabeth non si era raccolta in preghiera con loro a beneficio dell'anima del defunto pur essendo in casa.

E soprattutto, Elizabeth se ne intendeva di fiori e rimedi.

La vide ragazzina, piena di sogni romantici, rimasta ad aspettare il fidanzato che tornava da eroe. E vide ogni sua delusione e dolore, uno dopo l'altro.

Se le sue deduzioni erano corrette, Elizabeth aveva un movente.

Intanto Sybil le rivolgeva domande su Lucilla, come affascinata dalla bambina, ma quelle che Beatrice poneva a se stessa le sovrastavano. Se lei aveva ragione, cosa sapeva, Archer, di tutto questo? Il fidanzato creduto morto non poteva che essere lui. Una volta tornato, Elizabeth lo aveva lasciato per via delle conseguenze dell'incidente. Ma era davvero unicamente questa, la ragione? E soprattutto, quando Archer aveva spedito Kit a Pentonville, l'anno prima, era solo per James Carter Lacy?

« Sybil, perdonatemi, ho ricordato di avere una commissione urgente di cui occuparmi. Posso affidarvi Lucilla, vi spiace? »

Stranita – probabilmente domandandosi cos'avesse mai da fare di così urgente una come Beatrice – Sybil rispose: « Certo, s'intende. È un tale piacere! »

« Vi ringrazio. »

« Vi aspetto qui? »

« Oh, sì, d'accordo. Non tarderò. »

Poco dopo, con il fiatone, stava già bussando alla porta di Octavia, che le fu aperta da Catherine.

23 L'estate del 1918

All'interno della stanza, la cameriera di Octavia stava organizzando i bagagli, dal che Beatrice intuì che le due Charteris avessero iniziato i preparativi per la partenza. La domestica andò via pressoché all'istante ma la presenza di Catherine, che Beatrice non aveva calcolato tanto era stata presa dall'impulso di accorrere dall'amica, le impediva tuttavia di affrontare il discorso con Octavia.

«Posso chiederti di venire con me solo per un momento?»

Catherine avvertì subito che il fine ultimo era liberarsi di lei e con inaspettato cipiglio disse: «Vi lascio da sole».

Quando fu uscita, Octavia ridacchiava sdraiata su un'ottomana, perfida come una divinità pagana. «È gelosa marcia di te.»

Beatrice roteò gli occhi. «Non ne ha l'ombra di un motivo.»

Octavia la guardò con irritazione davanti a tanta ingenuità. «Miss Bee, tu hai spezzato il cuore di Julian e ti ostini a far finta di niente.»

Beatrice trasalì. E decise di difendersi. Era stufa di sentirsi in difetto.

«Be', lui ha sbrindellato il mio. Sapevamo che sarebbe successo e ora siamo pari. Ma non è per questo che sono qui.»

«Se allora è per parlare di Milou, Kit e le loro tragedie, ti avviso, io proprio...»

«Indirettamente è per Kit, sì.»

Octavia sospirò. «Che-noia.»

«La ragazza di cui mi hai parlato... è Elizabeth? Elizabeth Baird?»

Milady fece un'espressione che bastò a Beatrice come conferma, anche se subito dopo si affrettò a dire: «No...»

Beatrice pensò che in analoghe tragiche circostanze avrebbe apprezzato la riservatezza di Octavia. Sapere che un segreto del genere fosse tutelato da chi ne era stato testimone involontario era una misera consolazione, ma pur sempre un conforto. Fu anche per questo che Beatrice non insisté, anche se quel *no* odorava di menzogna.

« Bee, ascolta. È meglio se tieni per te questa storia. Chiunque sia la ragazza. Pensa se fossi tu, nei suoi panni » disse Octavia, seria come Beatrice di rado l'aveva vista, tant'è che aveva abbandonato la comoda posizione da Paolina Borghese e si era alzata per andarle a parlare faccia a faccia.

« Ci penso, altroché. »

Ci pensava al punto che era arrivata a stabilire che forse avrebbe dovuto parlarne con Archer non per incolparla, ma per proteggerla. Ma forse era inutile: era esattamente quanto lui stava già facendo.

« Te l'ho raccontato solo per farti capire perché non provo alcuna pena per Kit. Non sono disumana. Anzi, forse sono fin troppo umana. Ma non volevo fare gossip. Né avevo idea... » disse infine, esitante, dopo un gonfio sospiro che esprimeva tutto il rammarico di averla fatta grossa e di non poter più rimediare, « ... che tu potessi in qualche modo risalire a lei. Non avevo idea che vivesse ancora qui vicino. O forse sì, avrei potuto arrivarci ed evitare di esporla. »

« Milady, non flagellarti. Le tue intenzioni erano buone. Non hai tradito nessuno. »

« Né lo farai tu, promesso? »

« Ma con chi vuoi che ne parli! »

« Con Sybil, per esempio. »

« Per chi mi hai presa. Dovresti sapere che nemmeno io mi dedico al gossip. »

« Questo è vero. Sei piuttosto fidata. »

« Grazie! » sbottò Beatrice, ma bonariamente. « Adesso però devo lasciarti. Ho portato con me Lucilla e l'ho lasciata a Sybil... e poi ho paura che tua cugina me ne voglia troppo. »

« Non potrebbe volertene di più, garantito. Verrò a salutarti prima di partire. »

« Andrete ad Alconbury? »

Octavia annuì e la abbracciò. Emanava come sempre un odore un po' corrotto, come di frutta matura. « È difficile, la vita » disse in un bisbiglio.

« Dio mio, quanto » rispose Beatrice, stringendola a sua volta.

Di buon mattino, Archer si fece sellare un cavallo pezzato e si recò al piccolo ospedale del villaggio, dove Milou era stata ricoverata.

« Ditemi il vostro vero nome, così che io possa usarlo. » Milou lo guardò senza alcuna voglia di rispondere. « Credo possa farvi bene. Potrebbe aiutarvi a guarire. »

Lei abbassò gli occhi e mormorò, rassegnata: « Valentine ».

« Valentine » ripeté quindi Archer.

Milou non lo diceva da tanto di quel tempo, e da ancor più tempo non lo udiva, che gli occhi le si inumidirono. Forse il poliziotto aveva ragione. Sentirsi chiamare con il proprio nome le sciolse dentro un nodo. Sembrò riconciliarla per un istante con se stessa.

« Come state, oggi? »

« Potete immaginarlo. E vedervi non mi aiuta » buttò lì, l'equivalente del morso che non poteva dargli con i denti.

« Toglierò subito il disturbo, lo prometto. »

« Tanto è ovvio che avete già deciso che sono stata io ad avvelenare Kit. »

« Non ho deciso proprio niente. Ditemi piuttosto cosa vi ha fatta crollare. »

« Cos'altro dovrebbe affliggermi, se non il dolore per Kit? »

« Il senso di colpa » propose Archer, e quella risposta gli venne fuori spettrale.

« Allora vedete. Avete deciso. »

« Non necessariamente un senso di colpa da assassina, Valentine. Ci si può sentire in colpa per una miriade di fatti. Perché avete chiesto di incontrare Julian Lennox? »

« Ma questo cosa c'entra con Kit...? »

« Voi rispondete. »

« Conoscevo suo fratello Andrew perché era di stanza dove vivevo io. E lo portarono ferito nell'ospedale dove io facevo la crocerossina. E questo è vero! »

Interessante, pensò Archer.

« Vi credo. »

« Andrew è rimasto due mesi, prima di morire. Gli ho solo riportato dei ricordi di suo fratello. »

« Gentile, da parte vostra. »

« Lui... il visconte, intendo, gli somiglia talmente... » soggiunse, a voce bassa, vagamente trasognata.

« Eravate innamorata di Andrew Lennox, Valentine? »

« Lui è morto in così poco tempo che non ho fatto in tempo a innamorarmene. »

« Due mesi, a parere mio, sono più che sufficienti per innamorarsi. »

Milou lo guardò trovando tracce, per la prima volta, di sincera comprensione. E alla fine, annuì.

« Nel battaglione di Andrew Lennox c'era... qualche altro ferito che avete rivisto qui in Inghilterra? »

Innocente, Valentine replicò: « No ».

« Tristam Lyndon-West, per esempio? »

« No. »

« Collaborate, ve ne prego. Aiuterebbe la vostra posizione. » Davanti al silenzio di Milou ad Archer non restò che dirle: « Alle dimissioni tornerete a Wroxham, giusto? »

« A meno che voi non vogliate spedirmi, non so, in galera. »

« Non ancora, Valentine. Certo non lo eviterete continuando a negare a oltranza. »

Lei emise un sospiro afflitto. « Qualche ora prima che lui morisse » proseguì Archer, « avete litigato con vostro marito. Ne sono già sicuro, che voi neghiate o meno. Come pure sono piuttosto sicuro che a farvi crollare non sia stato il dolore per la perdita di vostro marito, bensì il disperato terrore di venire scoperta. »

Gli occhi di Milou si orlarono di lacrime. « D'accordo, è vero. L'ho adescato per opportunismo. Mi interessavano solo i soldi. Ma non volevo che morisse. Non volevo. »

« È stato Felix a dirvi della clausola su Wroxham Hall. Non Kit. Lui nemmeno ne era a conoscenza. »

Milou annuì e Archer emise un sospiro costernato.

« Perché avevate litigato, voi e Kit? »

« Era... geloso di Felix. »

« Aveva ragione, almeno questo bisogna riconoscerglielo. »

« Sì, ma non aveva certezze, i suoi erano solo sospetti... »

« Questo, magari, lo credete voi. »

« Siamo sempre stati attenti. »

Archer si massaggiò la fronte. Attenti, certo. Ma quando in un tipo come Ashbury si accendeva la miccia della gelosia, di attenzione ce ne voleva il doppio. In che guaio si era cacciato, Felix?

Più ogni tassello si metteva al suo posto e più Archer si sentiva in una morsa. « Magari non abbastanza attenti. »

Milou sbottò in francese, dimenticando che Archer era parzialmente in grado di comprendere, e poi disse: « Mi tormento, per capire come e quando ci ha scoperti. »

Forse, pensò Archer, Kit non aveva bisogno di scoprirli materialmente, di coglierli sul fatto. Aveva assemblato dei pezzi e tanto gli era bastato.

Che in definitiva, era proprio quello che stava facendo anche lui.

24 Il temporale

Quando Beatrice tornò nel giardino, non v'era traccia né di Sybil né di Lucilla. Era ovvio: quel serafico cielo azzurro della mattina minacciava in modo molto britannico di convertirsi rapidamente in un temporale estivo, e un tuono in lontananza ebbe la premura di confermarglielo. Captate le avvisaglie, Sybil doveva aver portato Lucilla con sé – sembrava che non le pesasse affatto. Era una donna dall'istinto materno molto spiccato.

L'acquazzone sorprese Beatrice quando le mancava ancora un discreto tragitto fino a Wroxham, e nel punto in cui si trovava non v'era posto ove potesse ripararsi. Si rassegnò a infradiciarsi fino alla biancheria intima senza troppo avvilimento. Pazienza. Si sarebbe asciugata. Ma era infreddolita, questo sì, e soprattutto, l'abito che indossava le si era appiccicato alla pelle.

Attraversò la grande rotonda centrale di corsa, per raggiungere le scale e il piano di sopra prima di incrociare qualcuno che la vedesse praticamente nuda. Di Lucilla si sarebbe curata quando asciutta. Fece irruzione nella propria stanza tirando un sospiro di sollievo per non essere stata vista da nessuno, ma di fronte a lei si ritrovò Archer praticamente nelle stesse condizioni.

Guardandosi l'un l'altro, ridacchiarono timidamente. Ma Archer abbassò lo sguardo quasi subito, porgendole un telo che era ancora asciutto, giacché lui non aveva fatto in tempo a usarlo. Beatrice lo prese e andò a rifugiarsi dietro il solito paravento. Adesso che c'era quella barriera tra loro, Beatrice riprese a respirare, ignorando l'effetto che le aveva fatto vedere Archer in quello stato. Quanto a sé, le tornò in mente ciò che diceva sempre Clara: nessuno è al suo meglio con i capelli bagnati.

Il cielo, intanto, si era rabbuiato al punto che sarebbe stato necessario accendere la luce, ma nessuno dei due lo fece, rimanendo così in penombra. I tuoni deflagravano come solo in estate.

« Da dove venivate? » chiese infine Beatrice, dopo essersi asciugata i capelli. Riusciva a istinto a riconoscere il suono dei pantaloni di lui che scivolavano sul pavimento.

« Dall'ospedale. »

« A piedi? »

« A cavallo » ribatté Archer, dall'altro lato del paravento.

« In effetti riconoscevo un sentore piuttosto selvatico, nell'aria. »

« Volete sostanzialmente dire che puzzo di bestia? »

Beatrice rise. « Un po'. »

« Voi, Mrs. Blackburn, da dove venivate? »

« Avevo lasciato in giardino Lucilla con Sybil. Io ero andata a salutare Lady Charteris. Per puro caso ho scoperto che... Octavia e Mrs. Maddock sono amiche d'infanzia. Lo sapevate, voi? »

« No » rispose lui.

Nel frattempo, Beatrice si era completamente cambiata d'abito prima di lui. I capelli rimanevano umidi ma, corti com'erano, si sarebbero asciugati presto. Lei intanto li districò con il suo pettinino di corno.

« Avete notizie di Milou Ashbury? »

« Chiamatela Valentine. È questo il suo vero nome. »

Beatrice si voltò dalla toletta. Lui nel frattempo era venuto fuori dal suo lato del paravento.

« Ve lo ha detto lei? »

Archer annuì. « Insieme a svariate altre cose. »

« Come sta? »

« Non bene. »

Beatrice assentì mestamente. « Voi... credete che lei abbia ingannato Kit per i suoi soldi? »

Archer si avvicinò allo sgabello davanti alla toletta su cui lei si era seduta. Poteva vederlo riflesso nello specchio. I capelli umidi gli ricadevano lievemente mossi sulla fronte. Gli occhi azzurri come acquemarine scintillavano nella penombra.

« Questa è una delle poche certezze che possiedo non solo su questo caso ma nella vita in generale. »

« E credete che... sia stata lei ad avvelenarlo? »

« Questa, al contrario, è ben lontana dall'essere una certezza. »

« Ma è una possibilità? »

« Sì, lo è. Potrebbe averlo fatto proprio perché, dico per dire, Kit aveva scoperto che gli aveva mentito sulla sua identità e chissà su cos'altro. »

Archer evitò di riferirle, per il momento, che era piuttosto certo che Milou, o meglio Valentine, avesse un amante e che costui si trovasse proprio a Wroxham Hall.

« Siete riuscito a capire come aveva ottenuto il veleno? »

Archer annuì. « Era in un flacone di un farmaco contro l'emicrania, ma si trattava in realtà di un rimedio velenoso contro le pulci per cani. »

« Dunque qualcuno ha manomesso il flacone? »

Come se gli costasse, Archer rispose: « Sì. In questa casa i preparati antipulci sono sempre presenti. Sapete, per via dei cani di Sybil ».

« Ma... quel farmaco è estremamente amaro. Non si poteva somministrarglielo con l'inganno. Kit deve averlo assunto spontaneamente. »

« E voi che cosa ne sapete, di veleni? »

Beatrice arrossì. « Solo una casualità, invero. Ricordate Mr. Williams, per cui ho cucito i rivestimenti dei paralumi? » Archer annuì e Beatrice proseguì. « Ecco, lui era un farmacista. E io ho pensato di chiederglielo. »

Le sopracciglia di Archer assunsero un'espressione lievemente divertita. « Vi piace davvero, il lavoro di Scotland Yard. »

Beatrice schivò il suo sguardo allo specchio prima di dire: « Era di questo che volevo parlarvi. E anche... di altro ».

« Ovvero? »

Beatrice si alzò. « Chi prepara questi farmaci? »

Inespressivo, Archer rispose: « Elizabeth ».

Beatrice si morse un labbro. Parlare, non parlare. Pensò a Octavia che le raccomandava di tenere tutto per sé. Ma molto probabilmente, non c'era niente da tenere per sé che lui non sapesse già.

« Su. Cosa volete dirmi? »

« Ispettore capo, voi avete considerato, vero, che oltre a Milou... o Valentine, quale che sia il suo nome, anche Elizabeth potrebbe aver... »

Lui la guardò con tanta delusione che lei si interruppe e in parte se ne pentì subito dopo averlo detto. Ma vero era altresì che, da quando era apparsa, Elizabeth era talmente presente che era necessario affrontare il discorso.

« Capisco che non vi vada a genio, ma questo pensiero non è da voi. »

Beatrice sbiancò, ma caparbiamente replicò: « Che non mi vada a genio è una vostra idea. E se l'ho pensato non vi è nulla di personale contro di lei ».

« Ma come può venirvi in mente che Elizabeth... »

Punta nel vivo, Beatrice ebbe un'alzata di orgoglio.

« Ispettore capo, non c'è più bisogno di fingere. Voi sapete, io so. Si spiegano troppe cose, incluso anche il trattamento che avete riservato a Kit lo scorso anno. E vi dirò di più, avete fatto bene. Se lo meritava. Come anche avete ragione a proteggere Elizabeth... »

Archer a quel punto sembrava genuinamente confuso. « Io non capisco una parola di quello che dite. »

Beatrice raggelò. Possibile che non sapesse niente della violenza subita dalla sua promessa sposa a Blyfort Manor? In tal caso, come sarebbe uscita da quel pantano in cui si era infilata salvando la faccia e anche l'intimità di Elizabeth?

Davanti al terrore che si stava irraggiando in lei, Archer proseguì: « Potete spiegarmi meglio? »

« Avete ragione. Mi sono lasciata prendere dall'antipatia. Dimenticate quello che ho detto. »

Lo superò per uscire dalla stanza – o sarebbe morta – ma lui la trattenne per il polso. Beatrice si voltò palpitante. « Ho sbagliato, vi ho detto » insisté, rivolgendogli uno sguardo cupo e scuotendo il polso come per liberarsi della sua mano, benché non fosse affatto una stretta minacciosa.

Lui la lasciò immediatamente. « Non mi resta che chiedere lumi a Elizabeth stessa. »

Beatrice emise un: « No! » strozzato.

« Concludete allora quello che avete iniziato » scandì infine lui, con una calma che celava a malapena cosa aveva dentro, qualunque cosa fosse. Beatrice scosse il capo e lui proseguì: « Cosa ha a che vedere con Elizabeth... come avete detto... Il trattamento che ho riservato ad Ashbury? »

Dio mio che guaio. E Beatrice non trovò di meglio che peggiorare la situazione. « Non lo dirò. Potete anche torturarmi, ma non lo farò. »

Lui la guardò sinistro. « Ve lo meritereste. »

« Come vi scaldate, ispettore capo, quando si tratta di *lei* » sbuffò Beatrice.

« Potrei dire lo stesso di voi » rispose Archer.

« È... talmente evidente, la vostra complicità » mormorò infine lei.

Archer soppesò le sue parole. Complicità? O era piuttosto familiarità? Ma in un'inesorabile discesa verso l'inferno lei aggiunse: « Sono sicura che sia ben pentita di avervi lasciato, qualunque fosse la ragione. Io mi sono insinuata tra voi ma non sono che un ostacolo transitorio. Adesso Elizabeth è libera ».

Archer osservò Beatrice con tale intensità che lei distolse lo sguardo.

Andò a prendere la sua borsetta. La aprì, estrasse la lettera dell'ambasciata e gliela porse. « E siete libero anche voi. Potete avere il vostro lieto fine. Lo meritate, entrambi. »

Lui, che si sentiva investito da una valanga di cui non capiva la natura, dispiegò il foglio, diede una rapida scorsa ma poi lo richiuse rapidamente. « Qualunque cosa ci sia scritto, io non sono libero. »

« Se è al vostro *problema* che alludete... »

« Non è quello » la interruppe lui, a voce bassa, restituendole la lettera. Lei la mise via e in un istante che durò un'eternità cercò di distinguere cosa ci fosse nel suo sguardo.

Archer le si avvicinò ancora. I suoi occhi malinconici si chiusero per un istante sotto le lunghe ciglia. « Non avete capito niente » le disse a mezza voce.

Lei rispose, in un sussurro: « Be', neanche voi ».

Archer accennò a chinarsi su di lei ma tornò subito indietro, un'esitazione interrogativa nello sguardo. Le stava chiedendo il permesso di... baciarla? Nel dubbio, Beatrice annuì timidamente. Solo allora lui si chinò a baciarle lentamente il collo, fino a lambire la clavicola. Quando una goccia di pioggia le sfuggì dai capelli lui la raccolse con la lingua e Beatrice emise un piccolo verso incontrollato di sorpresa e piacere. Quello che stava succedendo tra loro era sempre più intimo e fuori controllo, ma lei non aveva proprio la forza di tirarsi indietro, pensò, mentre infilava le dita tra i capelli umidi di Archer. Lui prese ad accarezzarle la schiena con dita lente e delicate e lei avvicinò a sua volta le labbra al suo collo, facendole scendere sotto il colletto della camicia. La sua pelle aveva un odore naturale, buono e virile, e quel bacio appena accennato divenne tanto più esplorativo quanto più lui le affondava la mano nella curva finale della schiena, in un modo che quasi sicuramente le avrebbe lasciato un livido. Un fremito le si accese in grembo e Beatrice scoprì in quella circostanza che il confine tra *quel* male e il piacere fisico era così sottile che quando lui allentò lei se ne dispiacque. Voleva soltanto che continuasse, esattamente in quel modo, e cercò di farglielo capire premendogli lei stessa la mano dov'era prima. Archer si scostò solo un attimo e solo il minimo, con un lampo di sorpresa nello sguardo. Beatrice era vergognosamente eccitata, al punto che forse avrebbe dovuto cambiarsi di nuovo, e solo allora intervenne la ragione per dirle: Ma cosa stai facendo? Si scostò con un senso di rinuncia dolorosissimo.

Archer mugugnò un dolce dissenso e andò all'orecchio a sussurrarle: « Quella brava con le torture siete voi, alla fine ».

Beatrice rise sommessamente. Le punte dei loro nasi quasi si toccavano. Lo guardò, con il filtro di quella luce grigia e buia. Era perfetto. Quel momento era perfetto. E in quanto tale, destinato a finire.

« Cosa c'era scritto in quella lettera dall'Italia? » mormorò lui, rimanendo vicinissimo.

« Che sono prosciolta da ogni accusa. »

« Questo significa che non avete più bisogno di questo matrimonio, né di me. »

« Come potete dirlo con tanta leggerezza dopo... »

« Dopo *questo*? » Archer affondò nel suo collo un altro bacio. Dio sia lodato, pensò Beatrice, vuole ricominciare.

Ma poi lei stessa, con uno sforzo di lucidità e con le labbra di Archer ancora sul collo gli chiese: « Voi lo volete, l'annullamento? »

Archer si scostò con riluttanza. E alla fine, dopo averci pensato, disse: « Come potrei chiedervi di accettare... »

« Voi... be', voi, ispettore capo, non mi siete sembrato... oh, non fatelo dire a me! »

In quella luce fioca che veniva da fuori, Beatrice distinse un sorriso amaro. « Non sono una mummia. Non è questo il problema. »

« E qual è... » gli domandò quindi lei, in un sussurro.

Come spiegarglielo?

Eppure, Beatrice sembrava bramare la verità. E probabilmente gliela doveva, anche se gli richiedeva uno sforzo enorme. Per prima cosa, Archer le raccontò del campo di battaglia e dell'incidente. Poi le spiegò il resto.

Prima della fine della guerra, lui ed Elizabeth non erano mai andati oltre. Era impensabile.

Archer aveva fatto le sue prime esperienze, come Felix, come tutti, altrove nel villaggio.

Ma quando era tornato dalla guerra, lei sembrava impaziente di concedersi e per conto suo lui, che aveva visto morte e orrore, non desiderava altro che cancellare almeno per un po' le brutture dalla sua mente. Del resto, si sarebbero sposati a breve. Eppure, anche se amava Elizabeth, non una parte utile di lui rispondeva all'appello. Ci provarono ancora e ancora. Era doloroso e umiliante. E lei era rigida e il suo tocco sembrava suscitarle repulsione, il che non lo aiutava, anzi, lo convinceva che stava sbagliando tutto.

Ma lei gli diceva: Non è importante. Io ti amo. E poi ruppe il fidanzamento due settimane dopo.

Questi erano i fatti. Ne omise qualcuno perché a entrare nei dettagli con lei, o con qualcun altro, proprio non ci riusciva.

Beatrice aveva voglia di accarezzarlo, ma sarebbe sembrato un gesto pietoso e quindi evitò. Il comportamento di Elizabeth, quel suo istintivo ritrarsi, poteva dipendere da ciò che le era accaduto con Kit? Per quel poco che ne capiva, immaginava di sì. Forse Archer avrebbe dovuto saperlo per mettersi l'anima in pace.

Beatrice si sentiva combattuta. Aveva il timore che le parole, proprio quelle giuste, le sfuggissero. Era certa che avrebbe sbagliato a farlo come era certa che avrebbe sbagliato a non farlo. Esitò, ma alla fine fece la sua scelta.

Gli raccontò di Elizabeth e Kit, e vide Archer letteralmente trasfigurare.

« Pensavate che io lo sapessi già. »

« Mi sembrava plausibile... »

« E che di conseguenza, lo scorso anno, io abbia spedito Ashbury in prigione per vendetta? »

Parlò con i suoi modi impassibili e Beatrice annuì, imbarazzata. Era stato un pensiero gretto, ma lui proseguì, senza traccia di rabbia, come un'eventualità semplice da pronunciare e ancor più da eseguire: « Prigione? Se l'avessi saputo, io lo avrei ucciso ».

« Non dite sul serio. »

« Oh, sì. »

« Capite adesso perché ho pensato che Elizabeth potesse... »

« Toglietevi dalla testa l'idea che Elizabeth c'entri qualcosa » le rispose, stanco, con un istinto di protezione nei riguardi di quest'ultima che la ferì. E di fronte a quella sensazione, si disprezzò anche per aver messo se stessa davanti a un evento che aveva spezzato la vita di entrambi. Era il momento di farsi da parte, non era lei la parte lesa, anche se soffriva come un cane.

Cosa pensava? Che due baci sul collo lo avessero steso ai suoi piedi? Adesso che sapeva la verità, Archer poteva perdonare a Elizabeth qualunque cosa. Beatrice fu sicura, di nuovo, di essere lei l'inciampo che li teneva separati. E certamente, Elizabeth meritava Archer più di lei, una volubile e frivola ragazza che in un anno solare si era creduta innamorata ben tre volte. Chissà, magari anche stavolta le sarebbe passata dopo tre mesi, all'arrivo del prossimo contendente. Aveva ragione Julian. Non ci si poteva fidare, di lei. Non le restava che farsi da parte, assecondando l'annullamento. Quel momento che c'era stato tra loro, così perfetto, si era già dissolto.

Abbassò lo sguardo e disse: « Certo. Avete ragione ». Lui si passò una mano tra i capelli che ormai erano asciutti e sembrò in procinto di aggiungere qualcosa, ma non disse altro. « Penso che dovrei andare a recuperare mia sorella, adesso » mormorò quindi Beatrice, confusa e imbarazzata, con un tono che voleva essere leggero.

Lui non la trattenne. Nemmeno le rispose.

Quando Beatrice ebbe chiuso la porta, Archer si accasciò scompostamente sulla poltrona su cui di solito lei si metteva a ricamare e si accese una sigaretta come se ne andasse della sua stessa sopravvivenza.

Era emotivamente sfinito e non sapeva nemmeno da dove cominciare.

E se era vero che Beatrice costituiva fin troppo spesso, certamente più di quanto avrebbe voluto, il primo dei suoi pensieri, ora non riusciva a non pensare a quel dettaglio rimasto incastrato nel passato che adesso chiariva molto di quanto a suo tempo non aveva capito. Tutto quanto di strano aveva trovato nel comportamento di Elizabeth quando era tornato dalla guerra ora aveva una spiegazione.

Schiumava di rabbia, ma non aveva intenzione di parlarle e riaprire quella ferita. Immaginava quanto potesse essere difficile affrontare il discorso proprio con lui.

Una lama di luce oltrepassò le nuvole e irruppe dalla finestra. Archer non vedeva l'ora di andarsene da lì.

Per farlo, doveva trovare il coraggio di formulare le proprie accuse.

Più sfogliava il proprio taccuino, più si convinceva dell'assoluta linearità di tutti gli indizi che aveva raccolto.

Si rimise in piedi. Spense la sigaretta in un posacenere e uscì dalla stanza pensando che però, prima di tutto, doveva scusarsi con Beatrice.

Lei aveva detto che sarebbe andata negli alloggi di Sybil e fu in quella direzione che Archer si avviò, verso il terzo piano. Tristam, Sybil e i bambini disponevano di un intero vasto appartamento.

Ma venne intercettato dal maggiordomo, il quale gli riferì che qualcuno lo attendeva al telefono. Era Shelby, con i risultati dell'esame sul flacone in possesso di Milou. Archer recepì le informazioni e tornò sui suoi passi fino agli appartamenti dei Lyndon-West.

Quando Sybil gli aprì, lo scrutò con curiosità. Forse perché era una delle rare volte in cui lo vedeva tanto scombussolato.

« Vieni, entra. » Lui si guardò attorno ma il salotto di Sybil era vuoto. « Cercavi tua moglie? » gli domandò e lui annuì.

« È andata via con la sua sorellina. Sai, Blackie... perdona l'invadenza, ma io credo che tu stia un po' tirando la corda con lei. Cercava di non darlo a vedere, ma era stravolta. E anche tu, mi sembra, non te la passi bene. » Il suo tono era gentile e materno. Sybil era sempre Sybil.

Archer rimase in silenzio. Non era minimamente abituato a parlare della propria sfera più personale. Non sarebbe mai riuscito a spiegare a Sybil tutto il groviglio che aveva dentro.

« C'entra... Elizabeth? » insisté quest'ultima. « Il fatto che sia rimasta vedova? »

« Be', quello si poteva prevedere, dal momento che il marito aveva qualcosa come trecento anni. »

Sybil fece un'espressione di bonario rimprovero, la stessa che né più né meno avrebbe riservato a Evander o a Pelham. « Sul serio. Non mi è sfuggita la strana tensione nell'aria, e neanche a tua moglie. Lascia il passato nel passato. Ascolterai la tua vecchia amica, sì? »

Archer le sorrise con velata amarezza. La sua vecchia amica. Avrebbe fatto molto male, presto, alla sua vecchia amica.

Non era però quello il momento giusto. Non ci sarebbe mai stato un momento giusto.

Annuì, desideroso di darle almeno quella piccola soddisfazione e le accarezzò una guancia.

« Promesso, Sybbie. »

« Allora non perdere tempo e vai a riconciliarti, su. Povera cara, che pena mi ha fatto. Mi ha quasi ricordato me, ma suppongo che non possa esserci moglie più derelitta della qui presente. » Archer inclinò il capo, pensoso. « Forse... anche dover lasciare questa casa che amo più di me stessa non aiuta il mio umore » proseguì lei. « Ma non ho voce in capitolo, dunque è inutile pensarci » concluse, recuperando la solita espressione quieta, persa per qualche istante. Archer stava per dirle qualcosa.

Questa casa non è così importante. Non è mai stata nostra ma al contempo sarà sempre nostra. Non possediamo davvero nulla, è un'illusione.

Invece disse: « Sybbie, Baconsthorpe andrà benissimo. Tu e i ragazzi diventerete le celebrità del vicinato. Alleverai whippet e il tuo giardino sarà il più bello del Norfolk ».

Lei gli poggiò una mano sul braccio con un sorriso rassegnato e gli disse: « Su. Vai da tua moglie, adesso. Non farla aspettare ».

« In verità, prima, c'è un'altra cosa che vorrei chiederti. »

« A disposizione. »

« Il rimedio per le pulci preparato da Elizabeth. Lo hai mai menzionato in presenza di Christopher Ashbury? »

Sybil si prese del tempo per pensarci. Alla fine disse: « Sì. In quel momento eravamo in salotto e Theodora si stava grattando furiosamente. Ora che ci penso, lui era presente, e anche sua moglie ».

« Hanno fatto domande? »

« No. »

Archer si guardò intorno. Chi aveva manomesso il flacone doveva conoscere le abitudini e le stanze di Sybil. Non v'era dubbio che Tristam e Felix le conoscessero approfonditamente.

« Mi mostri dove lo tieni di solito? »

Sybil rispose: « Certo » e gli fece cenno di seguirla fino a un armadietto nella sua stanza. Il flacone però non c'era.

« E non ti sei accorta che era scomparso? »

« No. Ho solo pensato che fosse finito, che Tristam l'avesse usato per i suoi bracchi. »

Archer sfiorò l'anta dell'armadietto come se blandendola potesse fornirgli delle risposte. « Non pensare più ad Ashbury. Basta. È stato un incidente » proseguì Sybil. « Pensa invece a risolvere i tuoi guai. »

Per quelli, rifletté Archer, non v'era proprio soluzione.

25 I fatti

Archer scese le scale che cigolavano a ogni passo. Era tornato un sole pallido ma l'aria era ancora umida. Era improbabile che Beatrice e Lucilla fossero andate nel giardino con il terreno tutto infangato, ma non erano neanche nella loro stanza. Alla fine le trovò nella sala del pianoforte, con Josephine Miller. Quest'ultima stava facendo del suo meglio per rispondere alle domande di Lucilla, mentre Beatrice provava a placare i suoi entusiasmi.

In realtà la pazienza di Josephine era persino sorprendente. Sembrava un tipo che, da una bambina, poteva soltanto sentirsi irritata, invece pareva deliziata dalle attenzioni di Lucilla.

Quando Beatrice sollevò lo sguardo e incontrò quello di Archer, sussultò.

Era come se nel suo campo visivo fosse apparso all'improvviso l'arcobaleno.

Lui le si avvicinò dopo un cenno fugace a Josephine e le mormorò all'orecchio: « Posso parlarvi? »

Beatrice annuì. « Lucy, su » disse rivolgendosi alla sorellina. Affidarla a Sybil era pensabile, ma a Miss Miller in persona... Per distoglierla, tuttavia, ci voleva la giusta esca, si disse Archer, come leggendo nel pensiero di Beatrice.

« C'è un posto che Miss Lucy amerebbe. Per andarci però ci vorrebbero delle galosce. Sono abbastanza sicuro che Sybil potrà prestarci quelle di Pelham. »

Lucilla si voltò verso il cognato. « Cos'è? Cos'è? » esclamò, troppo eccitata già dall'incontro con Miss Miller per potersi contenere.

Beatrice intervenne dicendole: « Solo un po' di pazienza, Lucy ».

E in effetti poco dopo, tutti muniti di galosce prese in prestito da Sybil che frusciavano sull'erba, attraversarono il parco per una lunga passeggiata.

Lucilla, con il suo abito bianco e il cappellino di paglia, li precedeva salterellando allegramente insieme a Theodora, che si era unita alla combriccola. Archer e Beatrice camminavano affiancati, nell'aria piacevole rinfrescata dal temporale ma di nuovo soleggiata. Sembrava davvero una magnifica giornata per andare a fare un bagno.

« Cosa volevate dirmi? » gli chiese Beatrice, con fare sostenuto.

Archer, tuttavia, le trasmise uno sguardo luminoso. « Volevo scusarmi. Il mio comportamento è stato indegno. »

Beatrice assentì. « Quale punto è stato indegno, esattamente? »

« Tutto, direi. » Lei restò silenziosa. Nel tutto ricadeva allora anche quel momento che era stato *tutto*. « Ma... avete presente quando avete detto che voi vi siete... *insinuata*? »

Beatrice cadde dalle nuvole. A volte, quando parlava d'impulso, non sapeva nemmeno lei quello che diceva; figurarsi ricordarsene. Ma poi capì. Alludeva a quando aveva detto di essersi *insinuata* tra lui ed Elizabeth. « Sì. »

Archer esitò un attimo e le disse, obliquamente, continuando a camminare: « Ebbene, per la precisione voi non vi siete *insinuata*. Voi avete occupato ogni spazio. Ogni dannato spazio avessi nella testa. Credo che dobbiate saperlo ». Beatrice sgranò gli occhi e si voltò tremante. Si scambiarono uno sguardo incendiario e dopo una piccola esitazione lui aggiunse: « A prescindere da ciò che inevitabilmente succederà tra noi ».

Beatrice non ebbe la prontezza di rispondergli prima che Lucilla si intrufolasse tra loro. Guardando Archer con quei suoi occhioni innocenti gli chiese: « Manca ancora molto? »

« Non molto. Vedete quella fattoria lì in fondo, Miss Lucy? »

La bambina annuì, andando ad agganciare la mano di Beatrice, che tuttavia sembrava assente.

« Una fattoria...? » Archer disse sì. « Mucche? Pecorelle? »

« Lucy, accontentati » disse Beatrice in italiano, ancora scossa.

Ma Archer disse: « Eh, no. Troppo facile. Quelle si vedono ovunque ».

L'attenzione di Lucilla si riaccese. « Cosa, allora? »

Lui disse che era una sorpresa, appena arrivati la portò personalmente a vedere i porcellini d'India e Lucilla fece un gridolino di gioia.

L'aveva riconquistata nel giro di tre secondi, pensò Beatrice, e stessa cosa poteva dirsi sostanzialmente di lei.

I fattori, che ricordavano Rosie, la madre di Archer, insisterono affinché restassero a pranzare con loro, e fu un pasto umile ma saporito e allegro. Lucilla non se ne sarebbe più andata e l'unico modo per distoglierla fu prometterle di raggiungere il laghetto dove sì, ora che il tempo lo permetteva, avrebbe anche potuto fare un bagno.

Arrivarono quindi allo specchio d'acqua, che aveva alle spalle anche una piccola cascata.

Lucilla alzò le gonne per saggiare l'acqua con i piedini e Theodora la seguì.

Archer, con le mani nelle tasche, si avvicinò prudentemente alla riva e Beatrice gli andò dietro.

« È qui che venite a fare il bagno la mattina? »

Lui annuì, mentre Lucilla strillava, eccitata: « È freddaaaaaaa! »

Archer si sedette sull'erba con naturale eleganza, le gambe distese e incrociate, le mani posate a terra a sorreggere il busto inclinato all'indietro. Strizzò gli occhi per via del sole che gli rischiarava il viso, flettendo lievemente il collo, segnato da un piccolo rossore di cui lei era evidentemente responsabile. Nondimeno, lo avrebbe fatto ancora. Per un istante aveva provato quasi la voglia di morderlo. Che vergogna.

Si sedette quindi anche lei, vicina ma non troppo, in una posa rigida e raccolta.

« Penso che... domani dovremmo tornare a Londra » disse quindi lui e Beatrice annuì. D'altra parte, non si poteva rimanere in un giardino incantato per sempre.

« Il che significa che avete un'idea chiara su quanto è accaduto? »

Archer guardava le acque placide del laghetto scosse dagli schizzi di Lucilla mentre rispondeva: « Non è tutto chiaro, no.

Ma non possiamo rimanere qui nel Norfolk finché non lo sarà. Anche perché forse, nei dettagli, non lo sarà mai ».

Beatrice desiderava ardentemente chiedergli di più. Lei stessa era attanagliata dai dubbi. Era stata Elizabeth, per vendetta? Era stata Milou, per interesse? Erano stati Sybil e Tristam, per la rabbia di dovergli lasciare la casa? Era stato Felix, per ragioni che non riusciva a immaginare?

Certamente era assurdo rimanere sotto lo stesso tetto di potenziali assassini, nessuno dei quali somigliava però nemmeno lontanamente a una persona capace di ideare un piano omicida. Forse perché, pensava sempre più spesso Beatrice, un piano omicida non c'era stato davvero.

« Voi avete pensato... che possa essere stato solo un incidente? »

Ma Archer ignorò il quesito perché replicò, direttamente: « Beatrice, alla luce dei fatti io devo rimettere il mandato ».

Lei lo guardò turbata. « Ma perché? »

« Accettarlo è stato un errore fin dall'inizio, sono troppo coinvolto. »

« Vorreste... raccontarmi tutto dapprincipio? Almeno, fino a che Lucilla ce lo permetterà. »

Archer si raccolse in una postura meno rilassata. E iniziò a raccontare per la prima volta ad alta voce la ricostruzione dei fatti che gli sembrava più plausibile.

« Milou, ovvero Valentine Seinard, è una ragazzina della Normandia. Durante la guerra presta servizio come volontaria nell'ospedale di guerra e lì, seguitemi bene, conosce Andrew Lennox. »

A quel punto Beatrice era confusa. « Il fratello di Lord Warthmore? »

« Esattamente. I due hanno una simpatia, per quanto possibile. Il ragazzo è ferito molto gravemente e muore per un'infezione qualche tempo dopo. Ma attenzione. Lennox non è l'unico ricoverato in quell'ospedale tra le nostre conoscenze. C'è anche Tristam. »

« E così » continuò Beatrice al posto suo, « Milou conosce Tristam già nel 1917. »

« E non soltanto. Tristam si invaghisce di Valentine e la porta con sé in Inghilterra. Lei accetta: è una spiantata, non ha un mestiere, il padre è morto in guerra ed è sostanzialmente destinata ad andare a servizio se non peggio.»

«Ma Tristam... era già sposato con Sybil?»

«Lo era, certo. Ma sono sicuro che non vi stupisce davvero.»

«No. Difatti.»

«Non la porta qui a Wroxham. La lascia a Norwich in un appartamento che le prende in affitto. Sostanzialmente, la mantiene. Nel frattempo, Tristam continua con i suoi investimenti un po' sconsiderati; gli anni passano, Tristam perde gli ennesimi soldi nella miniera di Carter Lacy che certamente voi ricordate bene. Si è anche stancato, ormai, di Valentine. Tristam intanto viene a sapere che Ashbury ha ereditato le azioni e che in India ha fatto fortuna. Ed è così che matura l'idea di usare Valentine, indurla a sedurre Kit e a farsi sposare. I due stringono un patto d'affari, né più e né meno. Tristam le procura dei documenti falsi e la spedisce in India nel più breve tempo possibile. E Valentine è parte attiva nella faccenda, non è la povera vittima di un mascalzone. Si mette in viaggio con l'idea di andare a segno. Ma è qui che entra in scena Felix.»

«Felix sapeva delle macchinazioni di Tristam?»

«Io penso di sì. Ma non aveva previsto di prendersi lui per primo una sbandata per Valentine. E a quel punto, i piani si ampliano: lo scopo è pagare i debiti di Wroxham Hall, ma soprattutto, alla fine... riprendersela.»

«Però, per farlo, Valentine deve rimanere vedova, giusto?» incalzò Beatrice, titubante.

«Esatto. E quindi, Mrs. Blackburn, come vedete, esiste un movente perfetto per un omicidio. E dirò di più. La notte della morte, Felix e Valentine commettono un'imprudenza e Ashbury li scopre. Difatti era disperato e fuori di sé. Il movente si fa ancora più impellente: non si può perdere tempo, occorre ucciderlo prima che a Kit venga in mente di divorziare o cambiare testamento.»

«Eppure... voi non siete convinto. Tutto fila, tutto torna, ma voi avete ancora dei dubbi.»

Archer scosse il capo. « Sono troppo coinvolto. »

« Temete che l'affetto per Felix vi oscuri il raziocinio? Non è possibile » disse Beatrice con un sorriso. « Riflettete insieme a me. Se hanno dovuto agire urgentemente, di certo non hanno avuto il tempo di offrirgli da bere né da mangiare. Né di certo lo hanno avvelenato con la forza: il suo corpo non aveva nessun segno di pressioni o aggressioni. È questo che non vi torna. »

« Tuttavia il fine ultimo di Felix era riprendersi Wroxham. Quindi deve aver accarezzato l'idea. »

Beatrice rispose con una certa rapidità. « Ma mi avete anche detto che Felix era venuto a patti con la possibilità di perdere Wroxham Hall. Non gli importava. Voleva solo i soldi e viaggiare per il mondo a bordo del suo velivolo, come uno splendido avventuriero. Forse il desiderio di Felix e Milou era solo prendersi i soldi della casa e scappare insieme. E in quest'ottica, non sarebbe stato nel loro interesse uccidere Kit e venire accusati. Anzi, tutt'altro. Sarebbe piuttosto una meravigliosa vendetta di Kit dall'oltretomba, vederli accusati del suo omicidio e non potersi godere nemmeno un giorno di pace e libertà. »

Archer la guardò con una strana speranza negli occhi. Beatrice dovette ammettere con se stessa che era meno lucido del solito.

« Non è un punto di vista sbagliato. »

« Il che equivale a dire che è giusto » disse Beatrice, ringalluzzita.

« Nessun procuratore crederebbe a questa versione, tuttavia. I fatti sono chiaramente contro di loro. La falsa identità di Valentine non aiuta e sarà la prima cosa che le verrà contestata. »

« E invece la falsa identità dimostra tutto il contrario: non ha mai avuto intenzione di ereditare. Era troppo rischioso, nella sua posizione. Lei voleva solo scappare. E forse... so che può sembrare assurdo ma... forse Kit, quel veleno, l'ha assunto da solo. Per propria volontà. Aveva un sapore troppo amaro per poterlo camuffare. »

Archer la guardò colpito.

« Al suicidio, fugacemente, avevo pensato anche io. Ma confesso di aver scartato l'ipotesi perché Ashbury mi sembrava il tipo capace di infliggere sofferenza e privazione a chiunque, meno che a se stesso.»

«Come voi conoscete Felix e sapete in fondo al vostro cuore che non è un assassino, io conoscevo Kit e posso dirvi che era irrazionale. Agitato. Mutevole. Preda delle sue stesse emozioni. Potrebbe essersi sentito raggirato e, in seguito a questo, potrebbe essere crollato abbandonandosi a idee folli. E se ci pensate bene, quale miglior vendetta contro Milou?»

«Ma a che prezzo? Avrebbe potuto condurre una vita tra agi stratosferici. Uno come lui non avrebbe fatto fatica a riprendersi.»

«Certo. Con il senno del poi. Ma in quel momento Kit ha perso la testa. Io giurerei che è andata così.»

«Non posso dimostrarlo in alcun modo» ribatté Archer. Il suo tono era quello che avrebbe usato con un pari, ripensando al flacone del farmaco per l'emicrania che conteneva in realtà il rimedio per le pulci preparato da Elizabeth. Quel flacone finito sotto il cuscino di Milou. Shelby gli aveva già comunicato i risultati: era lo stesso veleno assunto da Kit. E se fosse stato Ashbury a travasarlo e a lasciarlo lì proprio per incastrare la moglie?

«O magari» aggiunse Beatrice, pensosa, «non voleva andare fino in fondo. Non voleva suicidarsi. Forse voleva fingere un tentativo di omicidio, per incastrare Milou e Felix. Un gioco pericolosissimo che gli è riuscito male.»

Archer era strabiliato. A quello, in piena onestà, non aveva pensato. Chi diavolo si trovava davanti?

«Però, in tal caso, avrebbe davvero chiamato un medico, anziché andare a morire in giardino» obiettò tuttavia, lievemente divertito.

«E difatti ha detto a Sybil di averlo fatto.»

«Ma non il medico del villaggio, che sarebbe stata la cosa più logica di tutte.»

Beatrice rimase silenziosa. Alla fine disse: «Il punto che mi preme che capiate è che non siete voi poco lucido per ragioni affettive. I fatti sono davvero aperti a più interpretazioni di quanto può apparire. Se rinuncerete al mandato» proseguì, «chi vi subentrerà probabilmente arriverà alla conclusione che sono stati Milou e Felix. Mentre voi potete impedirlo. »

« La mia indagine sarà sempre macchiata da un vizio di forma. »

Beatrice capì che su questo Archer aveva ragione e non avrebbe cambiato idea.

« Felix e Milou, o Valentine, quale che sia il suo nome, sono due truffatori? Sì. Due traditori? Sì. Meritano di essere accusati di omicidio? No. »

« Beatrice, dovreste studiare legge. Con le arringhe siete piuttosto efficace. »

« Grazie, ma non sono portata per gli studi. E tuttavia... stavo pensando che se quello di Kit è stato un suicidio per un misto di disperazione e vendetta, cosa di cui lo credo assolutamente capace... forse si è tradito in qualche modo. Deve aver lasciato tracce nel momento in cui si è messo a cercare il veleno. Del resto deve averlo deciso fulmineamente, in uno stato mentale alterato. »

« È possibile » convenne Archer.

« Dove si trovava il veleno? Chi lo conservava? »

« Sybil, nei suoi appartamenti. »

« Quindi, dato che di certo non poteva introdursi di notte, lo ha sottratto di sera. Forse mentre tutta la famiglia era a cena. »

« Eppure » non poté fare a meno di dire Archer, « non si è alzato da tavola. »

« Ma potrebbe averlo fatto prima. O dopo. »

« Dipende da quando Kit ha scoperto Milou e Felix » osservò Archer. « Nel pomeriggio avevano già litigato, questo lo so dall'impiegata della drogheria che li ha visti. »

« Se li avesse scoperti già allora, altro che litigare. Sarebbero andati un po' oltre, non credete? »

« Non se Kit aveva deciso di pianificare la sua vendetta. »

« Ma soprattutto » riprese Beatrice, « com'è che gli è venuto in mente proprio quel farmaco? Qualcuno deve averlo menzionato in sua presenza. Ne avete parlato con Sybil? »

« Poco fa. E sì, lo ha menzionato davanti ad Ashbury. » Lucilla, intanto, aveva stabilito di averne abbastanza ed era tornata tra loro bagnata fino alle gonne.

« Dev'essersi tradito, in qualche modo » ribadì Beatrice, mentre tirava fuori dalla borsa un telo di cotone e sfregava amorevolmente i piedini di Lucilla.

E poi, durante il tragitto verso Wroxham, Beatrice e Archer non fecero che congetturare ed elucubrare.

Cos'era plausibile e cosa no. Cos'era probabile e cos'era impossibile.

Arrivati davanti alla stanza che condividevano solo in teoria, separarono le loro strade.

Beatrice rientrò con Lucilla. Archer tornò da Sybil.

26 La torre colombaia

Quando Sybil vide nuovamente alla porta Archer lo accolse dicendogli: « Che cos'altro hai combinato alla tua povera moglie, Blackie? »

Teneva in braccio Theodora, che gli scodinzolò allegramente.

« Desumo che abbiate sconfitto le pulci. »

« La lozione di Elizabeth è insuperabile. »

« Già. E io sono ancora qui a chiedermi come sia uscita da questa stanza. Non è possibile che Ashbury abbia frugato qui dentro come un ladro. Gliela hai data tu? »

Sybil lasciò andare Theodora.

« Non io. »

« E chi? Tristam? »

Sybil annuì. « Ma solo perché glielo ha chiesto lui! Ha detto che gli serviva per i suoi cani e, be', insomma, chi poteva mai credere, o sospettare, che finisse così... »

Archer la scrutò severamente. « E suppongo che tu e Tristam non me lo abbiate detto prima per paura. »

« Ma certo! Per quale altra ragione? »

« Non so, Sybil. Quando c'è un morto di mezzo le ragioni sono tante e ciascuna inimmaginabile, se non con il senno del poi. »

« Non lo abbiamo ucciso noi. Te lo posso giurare. Tristam è infedele, è sciocco e, diciamolo francamente, è un uomo inutile. Ma non è un assassino. » Se le circostanze fossero state diverse, quella definizione avrebbe strappato ad Archer un sorriso. Ma non stavolta. « Non tradirci, Blackie. Siamo la tua famiglia » proseguì Sybil, implorante.

Quella parola, *famiglia*, lo colpì al cuore.

« Non ce ne sarà bisogno » disse, austero. « Per fortuna, Ashbury era sciocco e inutile anche più di tuo marito. »

« Blackie! » esclamò Sybil, scandalizzata, facendosi velocemente il segno della croce.

La cena, a Wroxham Hall, continuava a essere servita frugalmente senza che famiglia e ospiti si radunassero nella sala più elegante.

Beatrice aveva l'impressione che la casa aspirasse a svuotarsi e a tornare alla propria normalità. Ma quale sarebbe stata la normalità d'ora in avanti?

Lucilla era esausta. Del resto aveva camminato molto e, come teneva a precisare, le sue gambe erano più corte di quelle degli adulti, dunque facevano più passi e più fatica. Si addormentò prima che Beatrice facesse in tempo a rimboccarle le coperte.

Lei, al contrario, era tutto fuorché sonnolenta.

Si era seduta in poltrona per leggere *Frankenstein*, ma saltava le righe e doveva tornare indietro di continuo. E in un certo senso fu proprio il dottor Frankenstein a ispirarle un'idea che poteva e voleva condividere solo con una persona.

Verificò che Lucilla dormisse profondamente, ma le lasciò comunque un biglietto accanto al cuscino per rassicurarla nel caso in cui si fosse svegliata ritrovandosi da sola.

Fuori era già buio, così andò di sotto, nelle stanze della servitù, per farsi prestare una torcia a batteria. Si fece spiegare anche dove si trovava la torre colombaia. Non era difficile da raggiungere: sempre dritto attraverso il parco, oltre il tempio di Esculapio puntando a nord.

Il cammino non fu lungo: dietro agli alberi, a un certo punto, iniziò a scorgere la cima della torre. C'era una luce fioca a una delle piccole finestre, quindi Archer doveva essere là come lei aveva ipotizzato e sperato. Nella notte, il suono dei grilli che frinivano era l'unico che Beatrice poteva udire.

Bussò e lui le aprì la porta non molto dopo, rimanendo genuinamente sorpreso nel vederla. Aveva l'aria di chi si fosse rivestito di tutta corsa.

« Va tutto bene? » le domandò.

« Sì, è solo che ho avuto un'idea. »

Lui spalancò la porta. « Benvenuta nei miei umili alloggi. »

Beatrice avanzò guardandosi intorno.

Superato il piccolo ingresso vuoto si accedeva a una stanza con un camino e un letto fin troppo grandi per lo spazio disponibile. La luce era fioca, solo quella di un candelabro poggiato su un tavolino in un angolo. Nella torre non era stata portata l'elettricità.

« È arrampicandovi qui che vi siete rotto il polso? »

Lui guardò il soffitto. « E la clavicola. Già. »

Sedimentò a quel punto uno strano silenzio, che Beatrice interruppe dicendo: « Ho pensato che forse quello che ha detto Kit, e cioè che aveva chiamato un medico, potrebbe essere verificato ».

« Sappiamo già che non ha chiamato... »

« ... il medico del villaggio, lo so » lo interruppe lei. « Ma non sappiamo se ha telefonato al proprio medico di fiducia. Si potrebbe verificare con il centralino. No? »

Archer ci pensò. « Il centralino chiude alle dieci di sera. Resta da capire se lui ha telefonato prima di quell'ora. Io mi sono fatto l'idea che lui abbia assunto il veleno dopo cena e che però la sostanza abbia agito piuttosto lentamente. Difatti, a chi lo ha visto, sembrava ubriaco. »

« La teoria del finto tentato omicidio spiegherebbe anche perché si sia fatto vedere in giro sofferente. »

« Tanto più che » ragionò Archer, « l'insetticida Ashbury lo ha chiesto direttamente a Tristam. Il quale non ha voluto dirlo prima per paura che la sua posizione risultasse equivoca. »

« E lo è? »

« Se lo avesse detto prima, in realtà, avrei avuto un elemento in più per giungere *io stesso* alle vostre conclusioni. »

Lei gli lanciò un'occhiatina trionfale. « È buona, l'idea di chiedere al centralino? »

« È buona. »

« Avete ancora intenzione di rinunciare al mandato? »

Archer fece un respiro un po' più profondo e poi disse: « Presenterò al mio superiore tutti gli elementi che ho raccolto e lascerò che sia lui a decidere ». Beatrice assentì. Capiva perfettamente.

Ma intanto lui si corresse. « Anche se forse sarebbe più esatto dire che *abbiamo* raccolto. »

« L'ennesimo caso risolto brillantemente dalla Blackburn&-Blackburn's » esultò lei, ma già avviandosi verso l'uscita.

« Brillantemente, non direi. Non abbiamo ancora una prova che sia una, ma che volete che sia. »

« Domani torneremo dunque a Londra? »

Archer annuì. « Dopo un salto al centralino, s'intende. »

« Non avete altro da fare... nei dintorni? »

« Siate esplicita nel formulare il vostro quesito, Mrs. Blackburn. »

« Andrete a Clifton House? »

« Perché dovrei? »

« L'ultima volta che mi avete messa sull'auto dei Cartwright l'autista si è premurato di dirmi che doveva far presto, perché aveva premura di accompagnarvi a Clifton House, sicché non mi sembrerebbe inusuale. »

« Le ho già detto addio. »

« Ma... non volete parlarle, dopo quello che io vi ho raccontato? »

Archer inclinò il capo. « Cosa non vi è chiaro di quello che vi ho già detto questo pomeriggio, Beatrice? »

Lei avvampò. Ma trovò dentro di sé l'audacia di rispondergli, spigliata: « Effettivamente, ispettore capo, non possiamo dire di aver sviscerato l'argomento ».

Archer la guardò con quel misto di incredulità e divertimento che lei era solita causargli.

« Molti punti restano... oscuri » balbettò quindi Beatrice, sotto il suo sguardo magnetico.

« Punti oscuri » ripeté Archer. « Vediamo di chiarirli » disse, prendendole il viso tra le mani. « A uno a uno. » Si chinò su di lei. Era vicinissimo alle sue labbra. Beatrice aveva chiuso già le palpebre quando all'improvviso lui si ritrasse rimanendo comunque a portata di bacio. Le sfiorò la bocca con il pollice e a voce bassa aggiunse: « Io non penso più a Elizabeth da molto tempo. Mentre i... *vostri* punti oscuri? »

Beatrice lo guardò arditamente: « Non era destino, tra me e *lui* ».

Una scintilla gli accese lo sguardo. « Che rivelazione. Ma non mi basta. »

Beatrice credette di morire. « Forse... non sono, o meglio non ero così costante come credevo. »

Lui esitò e lei non riusciva più a guardarlo. Si sentiva nuda. Ma sincerità per sincerità, era ora di arrivare fino in fondo.

« Volete l'annullamento o no? Indipendentemente da... »

« No » rispose lui, interrompendola.

« No cosa? »

« Non vorrei l'annullamento » sussurrò lui come se dovesse essere cauto persino con se stesso, nel pronunciare una simile assurdità. « Vorrei tutto il contrario, dell'annullamento, in realtà. Ma... »

Stavolta fu lei a interromperlo. « A me non importa. *Quello*. A me non importa. »

Archer le rivolse un'espressione scettica, ma con un guizzo sarcastico negli occhi. « Non sapete quello che dite. »

Beatrice si risentì. « Non sono una bambina. Io so scegliere per me stessa. »

« Davvero? E cosa state scegliendo esattamente? »

Una certezza emerse improvvisa. « Voi. »

Archer trasalì, pieno di stupore. Scosse il capo come se avesse appena udito un'assurdità, ma lei proseguì. « Non mi interessa se non avremo figli. Vi svelo un segreto: io non ne voglio. Sono terrorizzata di fare la fine di mia sorella. E non mi interessa » scandì bene, « se non condivideremo mai un letto in *quel* senso. » *Dio santissimo, l'ho detto veramente!?* « Non mi interessa perché penso che condividiamo già molto altro. »

Archer era lì, a un passo. Non aveva distolto lo sguardo da lei nemmeno per un istante. Tornò a sfiorarle la nuca, protettivo e carezzevole. « Ma non potrà bastarvi per sempre. »

« Questo lo vedremo. »

Archer esitò. « State tremando » disse, prendendole una mano. Era gelida. Ma Beatrice la guidò sul cuore, per fargli sentire quanto forte le batteva. « Non è stato facile dirvelo » e infine tacque perché era semplicemente stremata.

E benché lei avesse tolto la propria da un pezzo, lui lasciò la mano, per qualche istante, dove lei l'aveva posata e le rivolse un sorriso appena accennato, che incurvava un solo lato delle labbra.

« Non è così che mi passerà. Questo tremore » riuscì a mormorare lei.

« Non voglio che vi passi » le bisbigliò lui all'orecchio, facendo scivolare piano la mano sulla curva morbida del seno.

« Questo è... sconveniente » mormorò lei, senza scostarsi di un millimetro.

« Siamo sposati » replicò lui, cercando con il dorso delle dita il punto più sensibile attraverso il tessuto leggero. Beatrice sussultò di sorpresa. Archer continuò a guardarla mentre proseguiva quel gioco lento che le stava togliendo il respiro, ma intanto, con l'altra mano, slacciò uno dei due nastri che le chiudevano il vestito sulla schiena. Si aprì un varco, le sfiorò le scapole e lei fece un piccolo passo verso di lui. Sentiva il bisogno crescente di toccarlo. E che lui toccasse lei.

« Voi... siete... perverso. » Le parole le rotolarono fuori in disordine.

« Un po' » ammise Archer, allontanando la mano dal punto sul seno che si tendeva sotto le sue dita.

Solo allora, quando lui stava per baciarla, lei sentì attraverso i vestiti la pressione delle sue creste iliache. E non solo.

Lucidamente presente Beatrice bisbigliò: « Voi... »

« Io non... io non ho problemi a... cominciare » mormorò lui e subito dopo le impegnò la bocca in un lento bacio di un'indecenza esemplare, pieno e completo, in cui lei si perse totalmente. Non aveva idea di come sarebbe stato *finire*, ma intanto una manica del vestito le scivolò sulla spalla e Archer fece scendere l'altra con un gesto così deliberato che lei andò a fuoco. Era la prima volta che si trovava seminuda davanti a un uomo perché Julian, in effetti, non l'aveva mai spogliata. Ma smise di pensarci, anche perché Archer la baciò di nuovo, facendo sempre più sul serio, mormorando il suo nome. Beatrice iniziò allora a sbottonargli la camicia così goffamente che lui le andò in aiuto e lasciò che addentrasse timidamente la mano tra il cotone e la pelle, con un tocco così leggero eppure intimo che lei sentì sfuggirgli un respiro carico e profondo. In quel momento, Beatrice desiderava soltanto che la notte non finisse mai, e quando sentì dei colpi forti alla porta, e la voce di Felix che chiamava: « Archer!!! » avrebbe pianto per la frustrazione di doverlo lasciare andare.

« Resta » gli disse, tenendolo per un polso. Le sembrò vacillare, ma Felix insisté.

« Archer!!! Apri! »

Lui le diede un altro bacio, già nostalgico, e si riabbottonò la camicia, in silenzio.

Lei era così mortificata che non aggiunse altro e si affrettò a tirare su le bretelle dell'abito.

« Non farlo » andò a mormorarle lui all'orecchio.

Ma che piacesse o no a entrambi dovette farlo, e anche velocemente.

Era trascorso poco tempo da quando Beatrice aveva lasciato Wroxham Hall per raggiungere la torre, e quando era uscita nulla lasciava presagire che un cavo surriscaldato avesse iniziato a fare scintille dentro l'intercapedine della parete di legno di una delle stanze del primo piano, innescando un incendio che aveva cominciato a serpeggiare dapprima lentamente. Poi furiosamente.

Ma questo venne scoperto solo tempo dopo.

L'allarme generale era partito quando il fumo si stava già diffondendo nei corridoi. Tristam era andato con l'autista fino al villaggio ad avvisare la brigata di vigili del fuoco più vicina, ma nel frattempo occorreva darsi da fare. Le porte di tutte le stanze erano state chiuse e gli abitanti erano già quasi tutti fuori dalla casa, impegnati a organizzarsi rapidamente in una catena umana di secchi d'acqua presa dalla vasca del giardino, quella su cui ogni mattina danzavano le libellule.

Beatrice aveva un solo pensiero: sua sorella, che nella confusione generale era rimasta nella casa. Ognuno aveva pensato per sé e nessuno l'aveva vista. A Lucilla avrebbe dovuto pensarci lei, ma lei era...

Archer la scosse dai pensieri recriminatori dicendole: « Resta qui, aiuta gli altri o non fare nulla. Ma a Lucilla ci penso io, intesi? »

Lei annuì e mentre si univa alla catena di secchi, ricevendone uno da Josephine Miller avvolta in una vestaglia di piume di struzzo, vide Archer entrare nella casa che, almeno nella parte bassa, sembrava ancora indenne.

No, non poteva aspettare lì. Restituì il secchio a Josephine e incurante di Sybil che le gridava « Non andare! » Beatrice varcò la soglia.

C'era confusione per il viavai di persone con i secchi d'acqua che tentavano di domare l'incendio. Le travi del tetto già crepitavano.

Beatrice raggiunse le scale e salì i gradini correndo verso la loro stanza, dove forse era rimasta Lucilla, dal momento che nessuno aveva badato a lei. Al primo piano le fiamme erano divampate e lei ebbe paura, ma non abbastanza da impedirle di proseguire. Tossì forte, così forte che le bruciò il petto.

In quei concitati minuti pregò.

Clara la ammoniva sempre di non chiedere l'aiuto dell'Onnipotente solo nel bisogno. O ci credi o non ci credi. Ma la situazione le sembrava così drammatica che solo Dio poteva salvarli tutti. Urlò i nomi di Archer e di Lucilla ma non sentì niente, solo le voci dei servitori, di Felix, gli scrosci dell'acqua sulle fiamme.

E poi li vide emergere entrambi dal fumo. Archer portava Lucilla in braccio e la bambina gli si era aggrappata al collo. Era rossa in viso, piangeva e tossiva e Archer la consegnò alla sorella sfiorandole i capelli con un gesto di sollievo.

Beatrice strinse a sé Lucilla come se fosse morta e risorta nel giro di tre secondi, e quasi non si rendeva conto del pericolo che incombeva su di loro, tanto che Archer le fece, spiccio: « Beatrice. Giù, subito ».

Lei annuì. « Venite anche voi. Ve ne prego. »

Ma Archer e Felix, che si era avvicinato nel frattempo, si scambiarono uno sguardo eloquente.

« Non vorrete veramente restare qui con il rischio di morire? » trasecolò Beatrice.

« Non temete per la nostra pellaccia, Beatrice » disse Felix. « Nessuno vuole morire oggi. Ma proviamo a salvare questa vecchia zia, vero, Blackie? »

Archer spostò lo sguardo da lui a lei, fece un sospiro rassegnato e le sussurrò all'orecchio: « Se sopravvivo anche a questa, Mrs. Blackburn, sono intenzionato a riprendere esattamente da dov'eravamo rimasti ».

Sul volto di Beatrice era passato un arco di emozioni tanto ampio in così poco tempo che gli sorrise in mezzo alle lacrime e al naso che le colava. Quando lui le chiese di promettere che lei e Lucilla non sarebbero più rientrate per nessun motivo, lei accettò. E lo cinse in un abbraccio stretto, talmente stretto che non avrebbe creduto di avere in corpo tutta quella forza.

« Lasciatemene un pezzo, Beatrice! » esclamò Felix.

Doveva uscire, non poteva fare diversamente. Doveva pensare a Lucilla: l'aveva già esposta a rischi sufficienti, per quella sera. Non si sarebbe spinta oltre.

Scese quindi di sotto, con il cuore in gola.

Raggiunse il parco, dove tutti guardavano con occhi spalancati Wroxham ardere come una creatura viva. Nel frattempo erano arrivate dal villaggio auto piene di gente desiderosa di collaborare per salvare la magione. Avevano caricato botti d'acqua e gli uomini stavano entrando dentro la casa per aiutare il barone a salvare almeno quadri, arazzi, argenterie e i registri contabili.

Era arrivato anche Tristam con i pompieri, ma la pressione del tubo si rivelò insufficiente a spruzzare acqua al primo piano. Gli alti soffitti di Wroxham, che erano il suo vanto, si stavano ritorcendo contro di lei.

Era a tutti gli effetti, pensò Beatrice, come assistere a una lenta morte.

Quella casa era profondamente amata. Sybil non avrebbe mai

voluto lasciarla. Felix e Archer stavano rischiando di morire pur di non farla collassare.

Lei, là fuori, veniva raggiunta dal fumo e dalla cenere mentre in preda all'ansia si chiedeva quando Archer sarebbe emerso da quella fornace infernale. Le sembrava trascorsa un'eternità e le fiamme divoravano la casa sempre più velocemente. Stava per affidare Lucilla a Josephine quando scorse Archer uscire dall'atrio principale, con Felix che si reggeva interamente su di lui.

Erano anneriti e sudici e tossivano fino a sputare i polmoni.

Il barone di Costessey si lasciò cadere sull'erba.

Stava piangendo. Beatrice non aveva mai visto un uomo piangere.

La grande cupola rotonda crollò per prima, sotto gli occhi di tutti, in un boato tragico, mentre Sybil e Felix si abbracciavano, singhiozzando. Beatrice si avvicinò ad Archer che era in piedi, lì di fronte, investito dal bagliore arancione.

« È andata » mormorò lui, passandosi le mani tra i capelli fradici di acqua e sudore.

« Si può ricostruire... » ribatté Beatrice, partecipe.

Archer si portò il dorso della mano alle labbra. Si era ferito e sanguinava.

« Con quali fondi? »

« ... con i soldi di Kit? » sussurrò lei.

Lui scosse il capo come se né quelli, né l'ottimismo né la buona volontà fossero sufficienti. Wroxham stava morendo. E probabilmente aveva iniziato a farlo già da tempo.

Beatrice lo studiò di sottecchi. Non singhiozzava come Felix e Sybil, ma aveva gli occhi lucidi. Forse il fumo. Forse no.

« Siete il figlio illegittimo del barone. È così? » gli domandò, diretta. Lui si voltò, sinceramente sorpreso. « In un mondo giusto, Wroxham sarebbe stata vostra » proseguì Beatrice rispondendo imperterrita al suo sguardo.

Archer si prese un po' di tempo prima di annuire, distante come se la cosa non lo riguardasse.

Poi tornò a guardare Wroxham Hall mentre veniva divorata dalle fiamme, nel cielo nero come l'inchiostro.

Epilogo

La prima notte che Beatrice e Archer trascorsero nello stesso letto fu dunque da sfollati, in un alloggio di fortuna nel villaggio.

Sudati e sfiniti. E con Lucilla nella stessa stanza che continuava a tossire.

Tutti i vestiti di Beatrice erano ridotti in cenere. Anche la spilla di Kit, probabilmente, era andata incontro a un destino simile.

Pur in quello stato, la mattina dopo l'incendio raggiunsero il centralino. E sì, Kit aveva chiamato Londra per parlare con il proprio medico.

Contattarono dunque anche quest'ultimo. Kit gli aveva detto di star male dopo aver assunto un farmaco per l'emicrania. Era stato un modo per crearsi un altro testimone? Nessuno poteva affermarlo con certezza. Archer avrebbe riferito al procuratore e da lì in avanti non sarebbero stati più affari suoi. Neanche che fine avrebbero fatto Felix e Valentine.

Era piuttosto incline a ritenere che sarebbero scappati sul *Fuwalda* e nessuno li avrebbe mai più rivisti.

Straniati e impresentabili, dopo un viaggio eterno Archer e Beatrice giunsero quindi a Londra che ormai era quasi sera.

Quando se li trovò davanti, Leonida non poté non abbandonarsi a lamentale.

« Giovanotto, io davvero mi meraviglio di voi. Vi ho dato due delle mie figlie e me le riportate a casa in queste terribili condizioni. »

« Non lo ha appiccato lui l'incendio, papà » ribatté Beatrice, piccata, ma sul viso di Archer vi era solo una singolare ilarità.

« Mrs. Pratt, rimettete a nuovo Lucilla » disse quindi Leonida.

« Sperando che non mi morda » rispose la donna, guardando la bambina arruffata. « Vieni qua, bestiolina. »

« E quando avrete finito, preparate per Mr. e Mrs. Blackburn un pasto caldo. »

Scrutandosi le unghie annerite dalla fuliggine che non se n'era ancora andata e che lo disgustavano, Archer replicò: « Non disturbatevi. Io e mia moglie abbiamo fretta di tornare a casa nostra ».

Mrs. Pratt gli rivolse uno sguardo ammaliato. L'avesse avuto lei un uomo che, con una voce come quella, le chiedeva ben altro che un pasto caldo.

Beatrice, a sua volta, guardò il marito con una certa sorpresa.

Tornare in Yeoman's Row.

Restare da soli.

Senza omicidi. Senza incendi (forse). Senza più difese.

« Suvvia, non scherziamo. Rifocillatevi qui. »

Beatrice cercò lo sguardo di Archer, ma l'esortazione di Leonida rimase senza una loro reazione, perché nel frattempo era rientrata anche Clara.

Insieme a lei c'era Federico Scandiani.

Leonida guardò il figlioccio e divenne esanime. Non ce la poteva fare ad affrontare anche lui. « Ragazzo mio, non è giornata. »

Clara guardò Lucilla, che sembrava uscita da *Oliver Twist* mentre veniva portata via da Mrs. Pratt, poi fissò Beatrice con evidente perplessità. Ma c'erano questioni ben più gravi da affrontare. Si rivolse ad Archer: « Vi spiace se parliamo in italiano, ispettore capo? »

« È una questione di famiglia? Vi lascio da soli. »

« Ma lui... è della famiglia » obiettò Beatrice, in inglese, trattenendolo con la mano.

Mano che Archer strinse a sua volta.

Clara rivolse uno sguardo impassibile alla sorella e infine disse a Leonida: « Papà... è successo un guaio ».

« Non potrà essere peggio dell'incendio cui sono miracolosamente scampate le tue sorelle » replicò lui, con una vampata d'ottimismo.

« Clara, vuoi spiegarci? » la incalzò quindi Beatrice, in italiano.

E fu nella loro lingua madre che Clara cercò riparo per spiegare che, adesso, Hugh esigeva il divorzio per adulterio.

Leonida ne fu letteralmente tramortito. « Ma come si permette! È un'assurdità! »

Federico lo guardò e facendosi coraggio rispose: « No, zio, non lo è ».

Leonida ebbe bisogno di un attimo prima di capire, sgranare gli occhi e inveire, con voce strozzata per il gargarozzo che stava per esplodergli: « Tu! Si era capito dal giorno del battesimo che sei l'Anticristo! »

A quel punto Beatrice si voltò verso Archer bisbigliandogli all'orecchio: « D'accordo. È meglio che andiate. Non sarà un bello spettacolo ».

Archer non riusciva a staccare gli occhi dal suocero. « Se soltanto sapesse... »

« E infatti non lo saprà » mormorò lei, caparbia.

Si diressero verso l'ingresso mentre, nell'altra stanza, la voce di Leonida si faceva sempre più alta.

« Aspettatemi a casa, ispettore capo. »

« Credo che, dopotutto, potreste prendere l'abitudine di chiamarmi Archer. »

Le guance di Beatrice si colorarono leggermente mentre annuiva. « Allora a dopo, *Archer.* »

Lui stava già varcando la porta ma poi fece un passo indietro, intrecciò le dita tra i suoi capelli e le posò un bacio sulle labbra.

« A dopo, Beatrice. »

Quando tornò dai suoi familiari, Beatrice aveva ancora un po' di rossore sul viso. Leonida era accasciato sulla poltrona e Federico gli stava tenendo il polso per contare i battiti.

« Sta male? » domandò Beatrice, allarmata. Federico roteò gli occhi come a dire: Ma no.

Era accaduto, spiegò dunque Clara più dettagliatamente e dovendo combattere contro se stessa per riferire quei fatti ad alta voce, che Hugh avesse assoldato un detective privato che l'aveva seguita e spiata, scoprendo così che lei e Scandiani si erano trovati nel piccolo appartamento che lui aveva preso nel West End. Clara aveva inteso concedersi un'ultima razione di tenerezza e devastazione ma questo, ovviamente, non lo rivelò.

« Ma perché aveva preso un detective? » trasecolò Beatrice. « Era pieno di buoni propositi per riaverti a casa. Non voleva più il divorzio. »

« Credo che abbia giocato d'anticipo nel caso in cui io mi fossi rifiutata di tornare » mormorò Clara, disfatta. Mai, mai nella vita avrebbe creduto che una puritana come lei stessa sapeva di essere avrebbe fatto una fine del genere.

Al che Beatrice si rivolse al padre: « Papà, ragiona. Capisco che di primo acchito siamo tutti stravolti, ma in realtà è un'ottima, ottima notizia ».

Leonida la fissò con severità. « La vostra povera madre vi avrebbe tirate su con criterio. Io, con tutta evidenza, non ve ne ho dato. »

E intanto sottrasse sgraziatamente il polso dalle mani di Federico e alzatosi in piedi lo fissò con riprovazione, anche quando quest'ultimo disse: « Io nutro dei sentimenti per Clara e sono pronto ad assumermi ogni responsabilità ».

Clara rivolse a Federico uno sguardo nascosto, pieno di commozione.

« Sentimenti? Responsabilità? Dovevi pensarci prima, disgraziato » sbottò Leonida, dandogli uno schiaffetto secco sulla nuca.

E Clara a sua volta disse: « Papà... Non odiarci. Piuttosto, aiutaci ».

« E come? Con lo stigma di adultera perderai il lavoro alla scuola per signorine. E non troverai impiego in nessun'altra scuola, nemmeno se andrai a cercarlo nelle Highlands. E in Italia non potete tornare: non appena varca il confine questo qui lo fucilano – e bene farebbero. »

« Io non riesco a immaginare di andare incontro a un processo per divorzio » ammise Clara. « All'inizio, credevo che Hugh lo avrebbe chiesto e ottenuto per la mia... infermità. Ma questa... Questa è tutta un'altra storia. Detective privati che testimonieranno contro di me, depravazione sbandierata ai quattro venti... Non posso affrontarlo. Non posso. »

Beatrice ci pensò e infine disse: « Esiste un'alternativa ».

Clara la guardò con gli occhi orlati di lacrime. Leonida era terreo e Federico non se la passava meglio.

« Se tu ti allontani da casa tua per due anni consecutivi, Clara, Hugh può ottenere la separazione legale. E sono già trascorsi otto mesi. »

« Come fai a essere così preparata? » le chiese Leonida, avvilito.

« L'ho letto sul giornale » rispose Beatrice, mentendo. Sul tema ne sapeva più lei di un avvocato. « Se andrai via, e sarai irrintracciabile, arriverete comunque alla separazione ma senza che tu debba passare per un'aula di tribunale. »

« Ma è ovvio che Hugh vuole il divorzio. Vuole risposarsi e avere dei bambini. Non gli basta la separazione » obiettò Clara, tremante.

« Francamente non me ne importa niente di cosa vuole o non vuole Hugh » ribatté Beatrice, accalorandosi.

« Be', ma anche io e Federico... saremo sempre irregolari, senza un divorzio. »

Dall'espressione sul viso di Scandiani si capiva che quello, per lui, era il minore dei problemi.

Beatrice sembrò sulle spine, ma alla fine guardò tutti con un po' di imbarazzo e disse: « Pensandoci bene, il fatto che il tuo allontanamento non faccia comodo a Hugh può essere un'arma a nostro vantaggio. Se è il divorzio che vuole, per proseguire la sua vita, tu a un certo punto tornerai e lui lo otterrà. Ma senza tacciarti di adulterio ».

« È un ricatto, né più né meno » mormorò Clara, cupa.

Davanti alla durezza di quella parola Beatrice impallidì. « Sì, forse lo è. O forse dovremmo pensare che piuttosto è... una negoziazione. E se c'è un linguaggio che Hugh capisce è quello delle transazioni. »

« È un ricatto » insisté Clara.

Beatrice si spazientì. « Quando pure lo fosse, chi ha iniziato questa guerra? Di certo non tu. È disgustoso, certo, ma se lo merita. E una volta smaltito odio e rancore, non c'è nulla al mondo che lui possa capire meglio, specie se ha l'obiettivo di risposarsi. Che altra possibilità abbiamo per farlo ragionare? »

« E dove dovremmo andare? » chiese Clara, stremata.

« Io un'idea l'avrei » s'intromise Federico, illuminandosi. « Potremmo andare in Francia. Parigi è un posto formidabile in cui sparire. Hugh non potrà trovarci lì. » In Clara sembrò riaccendersi una debole fiammella di speranza alla parola *sparire*. Era esattamente quanto desiderava in quel momento. « Tuo padre ha ragione, in Italia sarebbe molto più complicato » proseguì Scandiani, guadagnandosi un'altra occhiataccia di Leonida.

« Questo significherebbe lasciarvi » considerò Clara, guardando il padre e Beatrice.

« E difatti » tuonò il padre, « è un'idea inconcepibile. Non andrai da nessuna parte. Chiederemo consiglio a un azzeccagarbugli. Avrà pure un'idea migliore. Ci sarà pur un modo per difenderti senza che tu diventi una fuggiasca. »

Federico, però, guardò Clara implorante. Era evidente che quell'idea di partire e ripartire gli garbava parecchio.

« Papà. Dobbiamo lasciarla andare » lo esortò Beatrice, pacata. Aveva gli occhi lucidi e il cuore spezzato, ma neanche un dubbio.

« Ma se partirò per la Francia con Federico, Hugh avrà una prova in più di adulterio. Potrà accusarmi a maggior ragione » obiettò Clara. Era incontrovertibile, almeno quello.

« Non partirai con Federico, difatti » disse Beatrice.

Le due sorelle si guardarono. Sul volto di entrambe apparve tutto l'amore che un sorriso poteva contenere.

A quel punto, bisognava solo spiegarlo ad Archer.

Certificato PEFC
Questo prodotto è realizzato con materia prima da foreste gestite in maniera sostenibile e da fonti controllate
PEFC/18-31-226
www.pefc.it

Fotocomposizione Editype S.r.l.
Agrate Brianza (MB)

Finito di stampare
nel mese di dicembre 2025
per conto della Longanesi & C.
da Grafica Veneta S.p.A. di Trebaseleghe (PD)
Printed in Italy